Horst Bieber

FEHLALARM

rororo

Rowohlt

RORORO THRILLER
HERAUSGEGEBEN VON BERND JOST

Originalausgabe
Veröffentlicht im Rowohlt Taschenbuch Verlag GmbH,
Reinbek bei Hamburg, Dezember 1991

Umschlagfoto Wolfgang Filser/G + J Fotoservice
Umschlagtypographie Peter Wippermann/Britta Lembke
Satz Sabon und Helvetica (Linotronic 500)
Gesamtherstellung Clausen & Bosse, Leck
Printed in Germany
980-ISBN 3 499 43028 2

DIE HAUPTPERSONEN

Die Firma Alfachem

Norbert Althus Dieter Fanrath	Inhaber
Angela Wintrich	Geschäftsführerin
Richard Jäger	Sicherheitsbeauftragter
Dr. Alexander Brauneck	Chemiker
Britta Martinus	Laborantin
Peter Cordes	Nachtwächter

Die staatlichen Organe

Paul Sartorius	Hauptkommissar
Petra Wilke	Hauptmeisterin
Heike Saling	Staatsanwältin

Außerdem wirken mit

ein jähzorniger Brandmeister
eine erfahrene Nutte und eine Anfängerin
ein falscher Grieche,
Referenten und Büroleiter verschiedener Ministerien
und ein Innenminister

Alle Namen und Personen, Firmen und Vorgänge sind frei erfunden. Nur die Verhältnisse sollen an die Bundesrepublik erinnern.

I

An der Einmündung der Grubenstraße mußte Sartorius scharf bremsen. Polizisten räumten Straßensperren weg, rollten Wimpelleinen ein und schalteten blinkende Warnlampen aus. Zwei Mann warfen die Metallständer mit unnötiger Wucht auf die Ladefläche eines Transporters, selbst auf die Entfernung war ihre schlechte Laune nicht zu verkennen.

«Was ist los?» fragte er den jungen Wachtmeister, der mit wütender Miene auf ihn zugestürzt kam, und hielt ihm vorsichtshalber den Dienstausweis unter die Nase.

«Ah, Sie – guten Abend, Herr Hauptkommissar. Blinder Alarm, sonst nichts.» Es kostete ihn Mühe, höflich zu bleiben. «K 4-Alarm, nur ein kleiner K 4-Alarm.»

«Das tut mir leid», sagte er freundlich.

«Und natürlich am Freitagabend. Wir haben ja die Woche über nichts zu tun.»

Auf diese Diskussion wollte er sich nicht einlassen. Der Wachtmeister riß sich zusammen und trat zur Seite: «Etwa achthundert Meter weiter.»

«Vielen Dank.» Vorsichtig ließ er die Kupplung kommen und steuerte im Slalom an den Polizeiwagen vorbei. Wie war das noch – K 4? Das war Brandalarm der höchsten Stufe, erinnerte er sich schwach. Objekte der obersten Gefahrenstufe; ein ganzes Viertel um den Brandherd herum mußte abgesperrt und evakuiert werden. Um diese Zeit, kurz vor Mitternacht, hielten sich allerdings nur wenige Menschen im Industriegebiet auf, Nachtwächter und einige wenige Arbeiter an den Maschinen, die aus technischen Gründen rund um die Uhr liefen. Als er die Scheibe herunterkurbelte, fächelte ihm lauwarme Luft entgegen. Sogar fast ohne Gerüche, was in dieser Gegend nicht die Regel war, obwohl alle Fabriken erst in den letzten zwanzig Jahren nach modernsten Standards gebaut worden waren. Breite Straßen, viele Leuchten und an einigen Stellen sogar spärliches Grün. In den Hallen und Gebäuden brannte kein Licht, die ungewöhnliche Stille irritierte ihn regelrecht.

Vor der «Alfachem. Chemische Werke Norbert Althus & Dieter Fanrath» parkten Polizeiautos und Feuerwehrwagen kreuz und quer. Auch hier wurde zusammengepackt, wurden Schläuche aufgerollt, Geräte in den grellroten Kastenwagen verstaut. Vier Männer steckten in unförmigen Taucheranzügen, große Stahlflaschen auf den Rücken geschnallt, die Köpfe unsichtbar in kugelförmigen Helmen, aus denen sie sich nicht ohne Hilfe befreien konnten. Sie sahen aus wie Astronauten kurz vor dem Ausflug in den Weltraum. Gelbe und blaue Lichter zuckten, zornige Männer schimpften vor sich hin, schleppten Schlauchtrommeln zu den Gerätetransportern zurück und kurbelten Hydrantenanschlüsse zu.

Einen Moment sah Sartorius fasziniert zu. Jeder wußte, was er zu tun hatte. Zwölf Fahrzeuge der Feuerwehr, der Leiterwagen war schon auf die Seite rangiert, ein Großeinsatz. Kein Wunder, daß die Männer ihrem Zorn Luft machten. So unauffällig wie möglich schlängelte er sich durch das Gewirr von Schläuchen, Kabeln und Kisten.

Vor ihm lag, von den noch brennenden Scheinwerfern erleuchtet, eine Art Hochbunker, ein farbig angestrichener Betonbau ohne Fenster. Die wenigen Türen standen jetzt weit offen, auf der Verladerampe fuchtelten zwei Männer wild herum. Das hohe Gittertor vor dem Werkshof war zur Seite gefahren. Ein Mann hockte auf einer Kiste und balancierte ein Klemmbrett mit Formularen auf den Knien.

«Guten Abend», grüßte Sartorius höflich, «mein Name ist Sartorius, Kriminalpolizei. Sie haben doch einen Toten gefunden?»

Der Mann schaute kurz hoch, den Dienstausweis beachtete er nicht. «Vorne im Bürogebäude.»

«Danke.»

Links und rechts führten befestigte Wege am Werksgelände vorbei, das mit einem hohen, festen Zaun gesichert war, gekrönt von Y-Trägern mit Nato-Draht. Zwei Schaumtank-Fahrzeuge setzten gerade rückwärts heraus auf die Grubenstraße, er mußte sich an den Zaun pressen und spürte im Rücken den festen Alarmdraht. Das Ding war ja gesichert wie Fort Knox! Lärm und Dieselgestank betäubten ihn für Sekunden.

Die Feuerwehrwege mündeten oben auf der Hollerstraße, an der das Verwaltungsgebäude lag. Bürohaus und Fertigungsbunker waren auf beiden Seiten des Geländes mit Flachbauten verbunden, und in dem dadurch gebildeten Hof wuchsen tatsächlich zwei Bäume, deren Kronen die Dächer der Verbindungstrakte überragten. Das Gelände stieg leicht an.

In der Hollerstraße herrschte etwas weniger Betrieb, auch hier stand das Tor weit offen, auf den Parkplätzen vor dem Gebäude waren mehrere Polizeiwagen abgestellt. Neben den Glastüren zur hellerleuchteten Eingangshalle langweilte sich ein Polizist, der lässig an die Mütze tippe: «'n Abend, Herr Kommissar.»

«Abend», erwiderte er kurz und blieb einen Moment stehen. Die Glastüren waren aufgebrochen, mit roher Gewalt hatte man das Panzerglas eingeschlagen und anschließend das Doppelschloß mit einem Winkelhaken aufgestemmt.

«Waren wir das?» erkundigte er sich.

«Nein, die Feuerwehr», antwortete der Wachtmeister gemütlich. «Als die kam, war hier alles dunkel und verriegelt. Obwohl laut Alarmplan der Nachtwächter alle Türen und Tore öffnen sollte.»

«Der Einsatzleiter ...»

«... ist drin. Brandes heißt er.» Der Polizist grinste. «Der kocht, Herr Kommissar. Und sprüht Funken.»

«Dann gibt's wenigstens was zu löschen», zwinkerte er und trat in die Halle, stockte und schüttelte verwirrt den Kopf. Die Halle schwamm, anders konnte man es nicht bezeichnen. Auf den hellbraunen Steinfliesen schwappte das Wasser zentimeterhoch, von den Steinplatten der Wände lief die Feuchtigkeit noch in dünnen Rinnsalen herunter. Selbst die Decke tropfte. Auf der Treppe glänzten die Stufen verräterisch, kein Quadratzentimeter schien trocken zu sein. Links vom Eingang war eine Art Pförtnerloge eingebaut, rechts die Treppe, und genau gegenüber den Eingangstüren gab eine bis zum Sicherungshaken geöffnete Tür den Blick auf den Innenhof frei. Die Fenster links und rechts standen weit offen. An der rechten Wand beugten sich drei Männer über ein formloses, nasses Bündel auf dem Boden, das nicht mehr nach einem Menschen aussah. Direkt an der Wand; als habe sich der Mann auf seiner Flucht noch an die Steine gepreßt, um dem Täter zu entgehen. Alle Lampen brannten, und das Licht wurde von den nassen Flächen reflektiert.

Als sie seine Schritte hörten, richteten sich die drei Männer auf und drehten sich um. Hellmers, den Arzt, kannte Sartorius; die beiden anderen schauten ihm unwillig entgegen.

«Guten Abend – oder guten Morgen», grüßte er. «Sartorius, Kriminalpolizei, 1. K.»

Der mittelgroße Stämmige fauchte: «Brandes. Ich bin der Einsatzleiter.» Er glühte tatsächlich vor Zorn, und seine hellroten Haare sträubten sich. Vielleicht ein tüchtiger, aber auf jeden Fall ein jähzorniger Mann.

«Ich bin Richard Jäger, der Sicherheitsbeauftragte der Alfachem.» Ein müdes, sorgenvolles Gesicht. Mitte Fünfzig, mittelgroß und nach Figur und Auftreten bestimmt kein Held. Sartorius nickte ihm freundlich zu. Hellmers zerkaute ein Lächeln und seufzte komisch. «Tut mir leid, Paul, ich kann dir nichts sagen. Eine Kopfwunde, aber die muß nicht tödlich gewesen sein.»

«Ich denke, es war ein Fehlalarm», sagte er verwundert.

«War's auch!» brauste Brandes auf.

«Und warum ist hier gelöscht worden?» Dabei deutete er auf die Wasserflecken und spürte in derselben Sekunde, wie die Nässe durch seine Sohlen drang.

«Hier hat niemand gelöscht», brüllte Brandes. «Hier hat's nicht gebrannt, in der ganzen Scheißfirma nicht. Der Arsch, der uns alarmiert hat, tickt nicht sauber, der hat die ganze Halle unter Wasser gesetzt.» Er fuhr so heftig herum, daß er auf dem glatten Boden beinahe ausgerutscht wäre. «Damit. Wenn ich den kriege…»

‹Damit› war ein Kasten in der Wand, mit einer roten Blechkappe, hinter der sich ein unordentlich aufgerollter Wasserschlauch und ein Wasserhahn befanden. Jäger räusperte sich unglücklich: «Ja, Herr Kommissar, mit dem Schlauch dort. Alles ausgespritzt, auch im ersten und zweiten Stock.»

Nun ja, es gab viele Methoden, verräterische Spuren zu beseitigen, und Wasser unter hohem Druck zählte nicht zu den schlechtesten. Die Spurensicherung brauchte gar nicht erst anzutreten; was das Wasser nicht zerstört hatte, war von den Feuerwehrleuten vernichtet worden. Brandes atmete schwer und zwang sich zur Ruhe: «Manchmal könnte man aus der Haut fahren. Ausgerechnet K 4!»

Hellmers hatte das Intermezzo beobachtet und griff jetzt nach seiner Tasche: «Du hörst von mir... nein, kein Tip, wann oder woran er gestorben ist. Nicht unter diesen Umständen.»

«In Ordnung.»

«Wiederseh'n.» Zu dritt sahen sie dem Arzt nach, der froh schien, diesen Ort zu verlassen; Sartorius wäre gern an seiner Stelle gewesen. «Der Tote ist...»

«Unser Nachtwächter», bestätigte Jäger leise. «Cordes, Peter Cordes.»

«Hat er den Fehlalarm ausgelöst?»

«Keine Ahnung.» Jäger zog unbehaglich die Schultern hoch und vermied, Brandes anzublicken, der prompt den Kopf schüttelte: «Unwahrscheinlich. Kommen Sie, ich zeig's Ihnen.»

Mit schnellen Schritten marschierte er auf die Tür neben der Empfangsloge zu. Dahinter lagen zwei ineinander übergehende Räume. Der vordere, ein besserer Schlauch, war mit technischen Geräten vollgestopft. Eine Wand bestand fast ausschließlich aus Tafeln mit Lampen und Anzeigeskalen, Tabellen und Schildern.

«So, sehen Sie! Die Firma ist eins a gesichert, in der oberen Reihe die Temperaturmelder, alle vollautomatisch. Darunter Rauchmelder. Und an gefährlichen Stellen Gasspürgeräte.»

Obwohl er so gut wie nichts verstand, nickte Sartorius brav. Über den einzelnen Feldern waren Schildchen angebracht: «PVC-Lager. Rührwerk I. Extruder.» Weil sein Gesicht seine Ratlosigkeit verriet, gestattete sich Brandes ein winziges Lächeln: «Das sind vollautomatische Melde- und Überwachungsgeräte. Wenn eines von denen anspringt, gibt die Anlage automatisch Alarm über eine eigene Ringleitung, die vom Telefonnetz unabhängig ist. Der Alarm läuft bei uns in der Hauptwache auf. Gleichzeitig springen hier im Werk überall Sirenen an. Der Nachtwächter muß in diesem Fall die Tore in der Grubenstraße und der Hollerstraße entriegeln und öffnen, damit wir ohne Verzögerung auf das Werksgelände können. Außerdem muß er alle Türen zu allen Gebäuden durch eine Fernbedienung entriegeln, darf sie aber auf keinen Fall öffnen – können Sie sich vorstellen, warum nicht?»

Sartorius nahm ihm das Examinieren nicht übel: «Damit kein Durchzug entsteht und dem Feuer kein Sauerstoff zugeführt wird.»

«Treffer! Das gilt auch für die Fenster...»

«Richtig», stimmte er überrascht zu. «Aber in der Halle...»

«Sehen Sie! Bei einem K4-Alarm rast ein Vorauskommando los, zu dem der Einsatzleiter gehört. Wenn alles nach Vorschrift gelaufen wäre, hätte ich sofort in dieses Zimmer marschieren und feststellen können, an welcher Stelle es brennt oder wo Gas emittiert wird. Danach hätte ich meine Kräfte gleich an die richtige Stelle dirigieren können.»

«Ja, das leuchtet mir ein», sagte er nachdenklich, «in einer Chemiefabrik kann man wohl nicht wahllos mit Wasser löschen.»

«Oh, Sie können schon, Sie riskieren nur, daß Ihnen der ganze Laden um die Ohren fliegt. Manche Chemikalien reagieren ganz nett mit Wasser. So! Der Alarm ging um 23.14 Uhr bei uns ein. Um 23.21 Uhr standen wir draußen vor dem Tor. Alles verschlossen, kein Licht, keine Tür geöffnet, alle Tore zu und nirgendwo ein Nachtwächter.»

«Also sind Sie über das Tor geklettert...»

«Natürlich! Und haben die Eingangstüren aufgebrochen. Die Halle stand unter Wasser...»

«Der Nachtwächter lag da schon an der Wand?»

«Muß wohl, in dem Moment habe ich aber nicht darauf geachtet, sondern bin sofort in diesen Raum gestürmt. Und habe das gefunden! Kein automatischer Alarm, sondern von Hand ausgelöst.»

Direkt neben der Tür hingen zwei schwarze Kästen an der Wand. Über einem stand dick und schwarz «Feuerwehr», über dem anderen «Polizei». An dem Polizeikasten wies der Hebel nach oben; ein schmaler Papierstreifen mit einer Plombe saß stramm über dem Schalthebel und einem Haken auf der Oberkante. Bei dem Feuermelder war der Hebel in die untere Position gedrückt, links und rechts baumelte der zerrissene Papierstreifen mit der Plombe herunter.

«Der Alarm ist also von Hand ausgelöst worden.»

«Ja.»

«Vom Nachtwächter?»

«Na, na, Herr Kommissar! Um 23.14 Uhr. Sieben Minuten später waren wir hier. In der kurzen Zeit muß dieser Cordes alles unter Wasser gesetzt haben, den Schlauch zusammengerollt und sich umgebracht haben.»

«Eine dumme Frage», gab er zu, nicht im mindesten beleidigt.

«Nicht dümmer als das, was sich hier abgespielt hat.»

Darauf entgegnete er lieber nichts. Die vielen Schalter und Anzeigegeräte, Lampen und Skalen verwirrten ihn, er brauchte Zeit, die Schilder zu studieren. Auf der anderen Seite zeigte eine Schalttafel an, daß jetzt alle Türen der Alfachem entriegelt waren, einige standen offen, sichtbar an orangefarbenen Lichtern. Der Sammelschalter für alle diese fernbedienten Schließmechanismen war in die Position «AUF» geschoben.

«Das haben wir gemacht», knurrte Brandes, der seinem Blick gefolgt war. «Alles war zu, mäusedicht verschlossen.»

«Aber die Fenster in der Halle...»

«...haben wir offen vorgefunden, gegen die Vorschrift, um das noch einmal zu wiederholen.»

Eine weitere Tafel bestand aus einer Art Telefontastatur: «Notfall. Sicherheitsbeauftragter. Notdienst.»

«Was heißt das?»

Bis jetzt hatte Jäger sich bemüht, unsichtbar zu sein, nun mußte er antworten. «Zwei Leute sind über das Wochenende Tag und

Nacht erreichbar. Falls mal was passiert. Ich hatte Dienst und bin über diesen Notruf geholt worden. Der zweite Mann, ein Techniker, kontrolliert gerade in der Produktion, ob irgend etwas mit den Maschinen geschehen ist.»

«Ah so!» Er wollte es nicht zugeben, war aber beeindruckt von all den Sicherungen. Und wieder las Brandes seine Gedanken, er lachte spöttisch: «Perfekt organisiert, was? Zwei meiner Männer kennen jeden Winkel dieser Firma, nein, nein, wir bereiten uns auf alles vor.»

«Aber daß ein Toter in einem allseits verschlossenen Gebäude einen Fehlalarm gibt, haben Sie noch nicht erlebt», reizte Sartorius ihn, und prompt stieg Brandes' Blutdruck.

«Nein!» fauchte er.

«War denn wirklich alles verschlossen?»

«Sicher.»

«Das heißt, daß der Täter Schlüssel gehabt haben muß, um hinter sich alles wieder vorschriftsmäßig zu versperren.»

Brandes und Jäger stöhnten wie auf Kommando, und Sartorius lachte leise. Von Chemie verstand er weniger als nichts, bei der Feuerwehr kannte er sich kaum aus, aber Tote in geschlossenen Räumen fielen eindeutig in seine Kompetenz.

«Tja, Herr Brandes, dann übernehmen wir mal. Ihren Bericht bekomme ich auf dem schnellen Dienstweg, einverstanden? Und über alles weitere halte ich Sie auf dem laufenden.»

«In Ordnung.» Plötzlich wirkte der Brandrat erschöpft. «Sie müssen meine Erregung entschuldigen – aber dieser Fehlalarm hat 120 Mann auf die Beine gescheucht. Meine und Ihre. Das können wir uns nicht leisten.» Ein-, zweimal holte er tief Luft, verschluckte aber, was ihm noch auf der Zunge lag, und stapfte grußlos in die Halle hinaus. Für alle Fälle wartete Sartorius eine Minute, bevor er ihm folgte. Draußen dröhnten überall schwere Motoren auf, die Feuerwehr rückte ab, und in dem Lärm hätte er das leise Hüsteln hinter sich fast überhört. Jäger schnitt eine Grimasse, als plagten ihn Zahnschmerzen.

«Ausgerechnet Brandes!»

«Etwas jähzornig, hatte ich den Eindruck.»

«Und nachtragend, Herr Kommissar. Das wird noch Ärger geben – ich darf gar nicht daran denken.»

In der Halle waren zwei neue Trupps eingetroffen. Alle hoben beim Gehen die Füße an, als könnten sie damit ihre Schuhe trokken halten. Die übliche Routine hatte begonnen, ein Fotograf blitzte, zwei Leute arbeiteten mit dem Meßband, ein dritter fertigte auf Millimeterpapier eine Skizze an.

«Da bist du ja endlich!» schnauzte Kurz laut. Name und Figur stimmten hundertprozentig überein, Achim Kurz war kurz, beleibt, flink und tüchtig, hatte aber weder die Höflichkeit noch die Geduld gepachtet. «Was soll ich hier? Wasserproben entnehmen?»

«Warum nicht? Du Säufer weißt doch gar nicht mehr, wie Wasser schmeckt», frozzelte Sartorius den Leiter der Kriminaltechnischen Untersuchung an.

«Nee, da hast du recht. Ich verlange außerdem Nässezulage.»

«Kriegst du, lieber Achim. Was hat dich denn an einen Tatort getrieben? War dir das Bier ausgegangen?»

Alle hörten zu, aber keiner unterbrach seine Tätigkeit oder verzog eine Miene. Kurz machte – auch in dieser Beziehung paßte sein Name – kurzen Prozeß mit Faulpelzen und Lästerern.

«Bier! Wer trinkt noch Bier? Besteht doch zum größten Teil aus Wasser, bäh! War dieser faule Knochenklempner schon hier?»

«Ja, aber er kann und will noch nichts sagen.»

«Zumindest ist die Leiche schon gewaschen.»

So zynisch konnte man es auch ausdrücken; Sartorius schwieg und ging noch einmal zu dem hilflosen Bündel. Cordes war ein schmächtiger Mann gewesen, und das faltige, spitze Gesicht war im Tode zu einer Fratze unmenschlicher Angst verzerrt und erstarrt. Dünne graue Haare, die ihm jetzt naß am Schädel klebten. Auch Hose und Hemd saßen ihm wie eine zweite Haut auf dem Körper, der Täter mußte den Wasserstrahl minutenlang direkt auf den Toten gerichtet haben. Sinnlos, hier nach Spuren zu suchen.

«Paß auf, Achim, laut Vorschrift sollten alle Fenster in dieser Treppenhalle fest geschlossen sein. Wahrscheinlich hat der Täter sie geöffnet, schau dir mal die Griffe an, auch in den oberen Etagen.»

«Geht in Ordnung. Bernd, Roland, los, marsch, marsch!»

Zwei Männer setzten sich wortlos in Bewegung.

«Wir wissen nicht, wie der Täter ins Gebäude gekommen ist. Das hier ist Richard Jäger, der Sicherheitsbeauftragte der Alfachem.»

«Schon verstanden, lieber Paul. Dann woll'n wir mal, Herr Jäger.»

Auf seinen kurzen Beinchen wieselte Kurz davon, und Jäger, der nicht wußte, wie ihm geschah, folgte ihm widerwillig. Der kleine Dicke besaß mehr Kräfte, als man ihm zutrauen wollte, und wen er am Arm gefaßt hielt, kam so leicht nicht frei.

«Packt so schnell wie möglich zusammen. Hier finden wir ja doch nichts.»

Die Männer brummten Zustimmung, und Sartorius verließ die Halle. Jetzt brauchte er eine Zigarette. Vor der Tür lehnte noch immer der Wachtmeister an der Wand, er döste vor sich hin und wollte sich stramm hinstellen, als er den Hauptkommissar bemerkte.

«Lassen Sie das!» befahl Sartorius, und der Mann schnaufte erleichtert. In der Grubenstraße starteten die letzten Autos, was in der stillen Nacht gut zu hören war. Solche Großeinsätze hatten ihren eigenen Rhythmus, die grünen und roten Wagen erschienen in Pulks, kurz nacheinander, verbreiteten Hektik und Krach. Aber nach dem Einsatz rückten sie leise, vereinzelt, in großen Abständen wieder ab, so, als habe sich alle ihre Aktivität erschöpft. Die Nacht eroberte sich ihre Stille und Dunkelheit zurück. Noch vor dem Ende seiner Zigarette schoben sich die beiden Männer mit der Zinkwanne an ihm vorbei. Auch die Polizei schien sich heimlich zu entfernen, die Spurensicherung hatte sich schon verabschiedet. Minuten später tauchte Siekmann auf; das achte Revier an der Bohlenbahn war wohl für die Absperrung des Viertels zuständig.

«Scheißspiel», murmelte Siekmann statt einer Begrüßung. «Brauchst du uns noch?»

«Laß mir einen Wagen da, bis der Laden wieder verschlossen ist. Den Rest kannst du mitnehmen.»

«Brandes hat sich schon verdünnisiert?»

«Ja. Warum fragst du?»

«Bei K 4 ist er Einsatzleiter, auch für uns.» Ärgerlich nahm er die Mütze ab und kratzte sich den Kopf. «Der sollte zum Militär gehen.»

«Wieso kommandiert bei K 4 die Feuerwehr?»

«Ach, die größte Gefahr ist wohl, daß bei einem Brand Gas entsteht. Oder gefährliche Wolken. Die können schon besser abschätzen, was geschehen muß.»

«Hast du mal einen echten K 4-Einsatz mitgemacht?»

«Jau, zweimal. Bei einem Brand sind mir sieben Leute umgekippt, alle reif fürs Krankenhaus, einer ist erstickt. Nee, Chemiebrände schenke ich dir mit Handkuß.» Unter dem Arm trug er eine Mappe, die er hochhob. «Einsatzpläne, Paul. Zum Glück hab ich zwei ehemalige Seeleute bei meiner Truppe, die verstehen was von Feuer. Das Wochenende fängt gut an. Na, dann mach's mal gut!»

«Tschüß, Gerd.»

Die nächsten zehn Minuten konnte er verträumen, dann hüstelte es hinter ihm wieder. Der Sicherheitsbeauftragte war auch zu bedauern, erst Brandes, dann Kurz, der energisch schnaufte: «Kein Einbruch, Paul. Alle Schlösser unbeschädigt. Ich verdufte dann auch.»

«Ja, danke, Achim.» Wenn Kurz behauptete, es sei nicht eingebrochen worden, durfte er sich darauf verlassen. Auch Jäger schien davon überzeugt, er rang die Hände: «Ich kann mir einfach nicht vorstellen, daß Cordes einen Fremden hereingelassen hat. Nicht Cordes.»

«Wieso nicht?»

«Er war – na ja, er war nicht der Hellste. Und ängstlich außerdem. Deswegen hat er sich streng an seine Vorschriften gehalten: Kein Einlaß, wenn er allein in der Firma war.»

«Ängstlich – hm. Auch zuverlässig?»

«Doch, doch! Gut, er hätte mich hereingelassen, na ja, das wär gar nicht nötig gewesen, ich hab Schlüssel für den Seiteneingang, wegen möglicher Notfälle oder so.»

«Seiteneingang?»

«Ja. Soll ich's Ihnen zeigen?»

«Ja, bitte.»

Sie mußten etwa vierzig Meter laufen, bis sie eine feste Stahltür in der Umzäunung erreichten. Jäger holte einen Bund aus der Jakkentasche und schloß auf. Genau gegenüber, fast schon an der Ecke des Bürogebäudes, gab es eine weitere Stahltür, die er öffnete. Dahinter lag ein schmaler Gang.

«Hm», machte Sartorius wieder. «Haben viele Mitarbeiter Schlüssel zu diesen beiden Türen?»

«Nein.» Einen Moment rechnete Jäger stumm. «Sieben Leute: Die beiden Chefs. Die Geschäftsführerin. Zwei Chemiker, die oft spät oder nachts arbeiten. Ich. Und abwechselnd der Mann, der Bereitschaft schiebt.»

«Was heißt ‹Bereitschaft›?»

«Na ja, abends werden die Maschinen abgestellt, aber wenn dann doch mal was nicht in Ordnung ist, kann Cordes einen Facharbeiter per Knopfdruck alarmieren.»

«Cordes faßt also die Maschinen nicht an?»

«Um Gottes willen, nein!» Jäger schien ehrlich entsetzt. «Das wäre eine Katastrophe. Zum Glück hat er – hatte er Angst vor der Chemie.» Dabei lachte er, was nicht ganz überzeugend klang. «Ich hätte kein Auge bei dem Gedanken zugemacht, Cordes treibe sich in der Produktion herum.»

Das wiederum hörte sich ehrlich an; Sartorius überlegte einen Moment, warum die Alfachem überhaupt einen Nachtwächter beschäftigte, wenn sie den Mann aus den wirklich gefährdeten Bereichen des Betriebes fernhielt. Wahrscheinlich bestanden die Versicherungen auf einem solchen Mann. «Wie lange war er Nachtwächter bei der Alfachem?»

«Sieben Jahre, ja, ziemlich genau sieben Jahre.»

«Und nie Grund zu Klagen?»

«Nein. Nie.» Jäger verschloß die Tür wieder.

«Bis auf heute abend.»

«Bis auf – ich weiß nicht, Herr Kommissar.» Sie schlenderten zu dem Tor in der Umzäunung zurück. «Ich kann mir beim besten Willen nicht vorstellen, was passiert ist. Nein, beim besten Willen nicht», wiederholte er, als müsse er sich selbst vergewissern. Sartorius hielt den Mund, während Jäger sorgfältig den Schlüssel umdrehte und zur Probe an der Klinke rüttelte. «Sehen Sie, auf den Anzeigetafeln sind eben Lichter aufgeleuchtet, als ich die beiden Türen geöffnet habe. Wir haben das Gelände gegen alles und mit allen möglichen Tricks gesichert, Cordes wußte ganz genau, daß er im Zweifelsfall lieber einmal zuviel die Polizei alarmieren sollte, als den Helden zu spielen.»

«Hat er das getan, ich meine, die Polizei gerufen?»

«Ja, einmal, da wollten Betrunkene unbedingt über das Tor hier in der Hollerstraße klettern, und er hatte es mit der Angst zu tun gekriegt.»

«Also da hat er die Polizei gerufen?»

«Ja. Mein Gott, wie oft hab ich ihm eingeschärft: Feuerwehr nur, wenn's wirklich brennt.» Bei dem Gedanken an Brandes verschloß es ihm den Mund, und einen Augenblick verspürte Sartorius Mitleid mit ihm. Sicherheitsbeauftragter – das hieß viel Verantwortung und viel Ärger. Und Jäger schien keine dicke Haut zu besitzen. Morgen und in der kommenden Woche würden viele ihre Verärgerung auf ihn abladen.

Der Polizist unterhielt sich mit einem Mann, und Jäger atmete erleichtert auf: «Das ist Walter Konzek, einer unserer Chemiearbeiter. Er hatte heute abend Einsatzdienst, ich hab ihn geholt.»

Konzek, groß und breitschultrig, mußte sich als Säugling geschworen haben, nie die Ruhe zu verlieren, geschehe, was da wolle. Er mochte Ende Vierzig sein und hatte drahtig dichtes graues Haar. Sartorius gab ihm die Hand, und Konzek betrachtete ihn gründlich, bevor er in tiefster Baßstimme «'n Abend» antwortete.

«Wie sieht's aus?»

«Nichts, Herr Jäger. Kein Mensch ist in der Produktion gewesen, auch in den Lagern und in den Labors nicht. Nichts angefaßt oder verstellt, nichts geklaut.»

«Das verstehe, wer will!» platzte Jäger heraus.

«Würde es denn einen Einbruch lohnen?» fragte Sartorius neugierig.

«Kaum.» Konzek ließ sich Zeit mit dem Lächeln. «Hier gibt's keine Edelmetalle, keine Drogen, keine seltenen Materialien.»

«Auch kein Geld?»

«Vielleicht ein paar hundert Mark in der Kasse», meinte Jäger, nachdem Konzek – in dieser Frage nicht zuständig – einfach ausdruckslos geschwiegen hatte. «In einem Tresor. Nein, ich kapier das nicht.»

«Okay, wir reden drinnen weiter. Können die Polizisten abrükken?»

«Haben Sie alles verschlossen, Herr Konzek?»

«Sicher, außer uns ist kein Mensch mehr hier.»

«Gut, dann machen Sie hier Schluß», ordnete Sartorius an. «Siekmann soll das Wochenende über unregelmäßig Streife fahren lassen.»

«Zu Befehl, Herr Hauptkommissar!» Der Polizist verschwand blitzschnell, und er überlegte, ob er sich den halb beleidigten, halb höhnischen Ton nur eingebildet hatte.

In dem schmalen Raum hinter dem Empfang studierte Sartorius noch einmal die Anzeigetafeln. Verwaltungsgebäude, Fabrikation und Labors hatten insgesamt acht Zugänge, bei zweien brannte ein Lämpchen, Tor Hollerstraße und Haupteingang Bürohaus. Der Alarmschalter für die Feuerwehr war jetzt hochgeklappt und mit einem neuen Papierstreifen verplombt. Sonst schien alles normal zu sein. Bei dem leichten Klacken, mit dem der Uhrzeiger sprang, schrak er zusammen. Die Datumsanzeige hatte schon gewechselt, auf Samstag, den 30. Juni. Plötzlich mußte er gähnen.

«Welchen Dienst hatte Cordes eigentlich?»

Schwerfällig öffnete Jäger die Augen, er hatte in der Tür gelehnt und für einen Moment seiner Müdigkeit nachgegeben. «Werktags trat er um 19 Uhr an und blieb bis morgens sieben Uhr. An Wochenenden blieb er von freitags 19 Uhr bis montags sieben Uhr.»

«Die ganze Zeit?»

«Ja. Kommen Sie, ich muß Ihnen was zeigen.» Er gab sich einen Ruck und öffnete die nächste Tür. «Das war sein Reich.»

«Darf ich mich mal umsehen?»

«Natürlich.»

Das erste Zimmer war nicht groß, hatte auch nur ein schmales Fenster zur Straße hin. Eine Liege mit Decke und Kissen, ein Sessel, ein schmaler und hoher Schrank, der Schlüssel steckte. Viel hatte Cordes nicht mitgebracht, eine Art Sack mit Tragegurt, aus dem Sartorius einen verschlissenen Kulturbeutel, zwei kleine Handtücher und ein Hemd hervorholte. Keine Wäsche; nun ja. Vor dem Schrank stand ein Paar Schnürschuhe, über einem Bügel hing im Schrank ein mehrfach gestopfter Pullover. Das Fach über der Stange bog sich unter der Last von Zeitschriften; er zog neugierig drei, vier heraus und brummte verärgert. Jäger nickte kummervoll: «Schrecklich, was? Er las nichts als diese verdammten Pornohefte.»

Nun gab es selbst bei Pornoheften Qualitätsunterschiede, und Cordes hatte sich für das niedrigste Niveau entschieden. Alle Hefte waren intensiv gelesen, zum Teil schon zerfleddert.

«Das darf doch nicht wahr sein!»

«Oh, Herr Kommissar, es kommt noch ärger.» Jäger flüsterte, als schäme er sich.

«Geht das überhaupt?»

In der Ecke stand ein Fernseher mit Videorecorder, auf einem kleinen Tisch daneben ein Radio. Die Kassetten waren auf dem Boden übereinander gestapelt, achtzig, wenn nicht hundert Stück. Weil er ahnte, was ihn erwartete, nahm er einige mit spitzen Fingern hoch und schüttelte angewidert den Kopf. Nichts als Pornos und Horrorvideos; er legte die Stücke rasch wieder hin.

«Tickte der Cordes nicht mehr sauber?» fragte er Jäger.

«In diesem Punkt nicht.»

«Der hat die ganzen Nächte hier gehockt und sich solch Zeugs reingezogen?»

«Ja, das ist in der ganzen Firma bekannt. Wissen Sie, Herr Kommissar, Cordes ist – Cordes war – na ja, nicht sehr helle. Ein halber Analphabet, ein ziemliches Würstchen, er hatte Angst vor Menschen und erst recht vor Frauen. Das hier war seine – seine...»

«Ersatzbefriedigung», half Sartorius aus, jetzt mehr angeekelt als aufgebracht. Jäger nickte schwach. «Und einem solchen Kerl haben Sie die Sicherheit einer chemischen Firma anvertraut?»

«Seine Arbeit hat er sorgfältig erledigt.» Jetzt verteidigte sich Jäger, aber die Röte in seinem Gesicht ergänzte seine Aussagen.

«Er hat nicht getrunken, war langsam, gut, das war er, aber zuverlässig.»

Was brachte es, wenn er mit einem Mann zankte, der nicht anders reden durfte? Wortlos ging er weiter. Der nächste Raum, fensterlos und künstlich belüftet, war als Küche eingerichtet, mit einem kleinen Elektroherd, Kühlschrank, Tisch und zwei Stühlen. Ein niedriger Schrank enthielt Töpfe und etwas Geschirr. Flüchtig inspizierte er den Kühlschrank. Kein Alkohol, das stimmte, viel Milch und Säfte. Außerdem Fertiggerichte, Brot, etwas Aufschnitt, Margarine. Üppig hatte sich Cordes nicht verpflegt. Auf dem Tisch eine Schachtel mit billigen Zigarillos, eine Schachtel Streichhölzer. Die Erbärmlichkeit schüttelte ihn unwillkürlich. Die Seife neben der Spüle war bis auf ein winziges Stück aufgebraucht und das Handtuch naß und schmutzig. Nein, über den toten Nachtwächter sollte er sich wohl nicht mehr ärgern, der verdiente eher Mitleid. In dem Tragesack hatte er ein Portemonnaie gefunden, alt und abgegriffen, das außer einer Monatskarte der Verkehrsbetriebe ganze zehn Mark enthielt. Wer konnte ein Interesse daran haben, so ein armes Schwein umzubringen? Jäger half ihm, die Sachen zusammenzulegen; er würde sie holen lassen, für heute reichte es ihm.

«Was geschieht mit den Zeitschriften und Videos?»

Einen Moment musterte er den Sicherheitsbeauftragten erbost, dann entspannte er sich: Jäger wollte das Zeugs da so schnell wie möglich loswerden, das ehrte ihn; er hatte nicht gefragt, um sich die Arbeit zu erleichtern.

«Vorerst müssen wir alles aufheben, bis wir wissen, wer darauf Anspruch erhebt.» Im Asservatenkeller des Präsidiums verwahrten sie noch ganz andere Dinge, da befanden sich die Pornohefte in bester Gesellschaft. «Hatte Cordes Familie?»

«Ich glaube, nein», antwortete Jäger zögernd, «aber das kann Ihnen Frau Wintrich besser erzählen, darüber weiß ich nichts.»

«Wer ist Frau Wintrich?»

«Die Geschäftsführerin. Sie muß jeden Moment hiersein, ich habe sie gleich angerufen.»

«Schön, dann warten wir.» Wenn er vor sich ehrlich war, begrüßte er jeden Grund, noch nicht abzufahren. Konzek hatte sich einen Schrubber besorgt und schob in der Halle das Wasser Richtung Türen. Auf den ersten Blick bewegte er sich herausfordernd langsam, aber Sartorius, der ihn heimlich beobachtete, registrierte anerkennend, daß der Grauhaarige gründlich arbeitete. Was er anfaßte, brachte er sicher zu Ende, und deshalb ging er spontan auf ihn zu: «Herr Konzek.»

«Ja?»

«Was haben Sie von Cordes gehalten?»

Konzek sah ihn fest an, während er überlegte. Seine Stimme war wirklich ungewöhnlich tief. «Ein armer Teufel, Herr Kommissar. Er konnte einem leid tun.»

«Ja, ich verstehe. Und als Nachtwächter?»

«Mit dem Job ist er fertig geworden.»

«Sie hatten also keine Einwände gegen ihn?»

«Nein.» Konzek runzelte die Stirn. «Ich weiß ja nicht, was hier passiert ist, aber Cordes hat bestimmt nichts falsch gemacht.»

«Danke, Herr Konzek, Sie haben mir sehr geholfen.»

Mit einem Kopfnicken machte sich der Grauhaarige wieder an die Arbeit, und Sartorius war sicher, daß Konzek ihn genau verstanden hatte, auch das, was Sartorius nicht ausgesprochen hatte.

Eine halbe Stunde tigerte er hin und her, weil er nicht wagte, sich zu setzen; zwei Minuten Ruhe, und er schlief ein. Der Tag war lang, hart und ärgerlich gewesen, er hatte sich beim Kriminal-Dauerdienst nur deshalb zur Bereitschaft gemeldet, weil er einen Vorwand suchte, nicht nach Hause in seine triste Zwei-Zimmer-Wohnung zu fahren und dort allein seine düstere Stimmung zu ersäufen. Fast vier Stunden hatte er im Präsidium Akten gelesen, dazu kam er untertags selten, weil er immer wieder unterbrochen und gestört wurde. Er las langsam, träumte zwischendurch zum Fenster in den dunklen Hof des Präsidiums hinaus und versuchte, sich in jene Fälle hineinzufinden, die seine Leute beschäftigten. Gute Leute und schlechte Beamte, die einen konnten Berichte schreiben, die anderen würden es nie mehr lernen. Die guten waren ihm dankbar, wenn er sich so unbefangen wie gründlich über Aussagen, Protokolle, Berichte und Dokumente hermachte, auf der Suche nach Haken, Widersprüchen, Hinweisen, Ungereimtheiten, die ihnen schon nicht mehr auffielen, weil sie zu tief in dem Fall steckten. Die guten Leute murrten auch nicht, wenn sie morgens die Akten auf ihren Schreibtischen fanden und obenauf den Zettel mit Anweisungen, was sie noch zu klären hatten, mit wem sie noch sprechen sollten, was er nicht verstanden hatte. Die schlechten empfanden es als Kontrolle, und bei ihnen meinte er es auch so. Die siezte er auch noch nach Jahren; früher hatte er sich bemüht, sie in andere Kommissariate abzuschieben; das gelang im freilich immer seltener.

Verdammt, er rauchte zuviel. Seine Kehle kratzte.

Als er draußen ein Auto vorfahren hörte, schnaufte er erleichtert. Konzek saß am Empfang und las eine Zeitung, Jäger hatte es nicht an einem Ort gehalten, er stromerte durch die Firma und kontrollierte alles noch einmal, zum zweiten- und drittenmal.

Die Frau kam mit langen, energischen Schritten in die Halle marschiert, und Sartorius hielt unwillkürlich den Atem an. Hübsche Frauen gab es viele, aber da näherte sich eine wirkliche Schönheit. Groß, schlank, sportlich und attraktiv zugleich, sexy wäre ein zu billiges Wort für das, was sie ausstrahlte. Ein schmales Gesicht mit einem verheißungsvoll großen Mund, dunkle, blitzende Augen, braune Haare, die rötlich schimmerten, wie Kastanien, zu kunstvoller Unordnung hochgekämmt. Sie trug ein knöchellanges, dunkelgelbes Kleid aus einem dünnen Stoff mit einem tiefen Ausschnitt, sie konnte es sich leisten, auf einen BH zu verzichten. Das etwas dunklere Cape hatte sie sich nur über die Schultern geworfen. Kein Zweifel, Jäger hatte sie von einer Party weggeholt, sie war perfekt geschminkt. Und noch mehr als ihr Aussehen beeindruckte ihn sofort ihr Selbstbewußtsein. Sie war schön, nicht im landläufigen Sinne, sondern auf ungewöhnliche, unvergeßliche Art. Und sie war intelligent und hart, sie entschied, wer sich ihr nähern durfte, sie verschenkte keine Freundlichkeit.

Konzek war aufgestanden, als sie hereinkam, und bei ihrem flüchtigen «Guten Abend, Herr Konzek» schmolz selbst der Eisengraue dahin. Seine Verbeugung war nicht tief, aber er verbeugte sich. Sartorius seufzte und verwünschte seine Müdigkeit.

«Guten Abend, mein Name ist Angela Wintrich.»

«Guten Abend», antwortete er leise, «Sartorius, Kriminalpolizei.»

«Tut mir leid, daß ich nicht früher kommen konnte. Aber ich mußte von Astenberg hereinfahren. Jäger hat mir am Telefon gesagt, daß Cordes ermordet worden ist?»

Viel konnte er ihr nicht berichten, sie hörte aufmerksam zu und blickte ihn zwischendurch immer wieder zweifelnd an. Zum Schluß schüttelte sie nur den Kopf und murmelte: «Das verstehe, wer will.»

«Ich brauche noch einige Auskünfte über Cordes...»

«Selbstverständlich, einen Moment bitte.» Sie ging zu Konzek und redete eindringlich auf ihn ein; der Eisengraue sah sie höflich an und schien nachher zuzustimmen. Aber als sie auf Sartorius zusteuerte, bemerkte er einen wütenden Zug in ihrem Gesicht. «Gehen wir in mein Zimmer?»

«Gerne.»

Auf dem Schildchen neben der Tür im zweiten Stock stand «Geschäftsführerin». Sie sperrte mit unnötiger Heftigkeit auf, bemerkte aber trotz ihres Zornes, daß es ihm nicht entgangen war. Unerwartet lächelte sie: «Natürlich bin ich sauer, Herr Sartorius, die ganzen Scherereien bleiben nämlich an mir hängen.»

Ihr Zimmer war groß und erschreckend ordentlich. Selbst die Aktenstapel auf ihrem Schreibtisch schienen akkurat Kante auf Kante ausgerichtet, und das Cape, das sie nachlässig auf einen Stuhl warf, störte das Bild der Perfektion.

«Ich nehme an, Sie brauchen alle persönlichen Angaben zu Cordes.»

«Ja, bitte.»

Sie verschwand durch eine andere Tür, für Minuten herrschte eine ungewöhnliche Stille. Weil ein Aschenbecher auf dem Tisch stand, zündete er eine Zigarette an und überlegte, ob er sie um einen Kaffee bitten könnte. Sitzen und nichts tun – er spürte förmlich, wie sich sein Blutdruck senkte. Mit dem Gedanken war er noch nicht zu Ende, als sie aus dem Nebenzimmer rief: «Ich denke, gegen einen Kaffee haben Sie nichts einzuwenden.»

«Ich habe gerade überlegt, wie ich Sie darum bitten könnte, ohne unhöflich zu wirken.»

«Unnütze Sorgen, Herr Kommissar. Ich pflege in Kaffee zu baden.»

«Dann haben wir schon ein Laster gemeinsam.»

Ihr Lachen gefiel ihm. «Während der Kaffee durchläuft, kopiere ich eben die Unterlagen. Ich vermute, Sie wollen sie mitnehmen.»

«Das wäre eine große Hilfe.» Danach schmeckte die Zigarette besser, er drückte sie gerade aus, als sie erneut rief: «So, Sie dürfen tragen helfen.»

Die zweite Tür führte in das Sekretariat, neben dem eine kleine Kaffeeküche lag, aus der es verheißungsvoll duftete. Sie klapperte mit Tassen und Löffeln. «Zucker? Milch?»

«Danke, weder – noch.»

«Prima. Dann mal los.»

Er schaffte es, das Tablett auf ihrem Schreibtisch abzusetzen, ohne etwas umzustürzen oder zu verschütten. Und wenn er ehrlich war, bereitete nicht nur das Balancieren Mühe. Sie hatte getrunken, das konnte er riechen, aber viel intensiver empfand er ihr Parfüm und ihre Wärme. Ein schneller Blick streifte ihn, jede Wette, daß sie ihn durchschaute; der Funke war noch nicht übergesprungen, aber er knisterte. Sie brachte eine Hängemappe mit Cordes' Personalakte, die er dankbar aufschlug.

Cordes wohnte im Gazellenweg, ganz in der Nähe des Botanischen Gartens, 62 Jahre alt, Hilfsarbeiter, verheiratet, aber dauernd getrennt lebend – er sah hoch: «Was ist mit seiner Frau?»

«Das weiß kein Mensch. Sie ist schon vor vielen Jahren mit der Tochter spurlos verschwunden, Cordes wußte nicht einmal, ob sie noch lebte.»

«Auch das noch!» Seit sieben Jahren Nachtwächter bei der Alfachem, vorher Lagerarbeiter bis zu einem schweren Betriebsunfall, bei dem ihm mehrere Rippen und das Becken gebrochen waren, außerdem Kopfverletzungen und Muskelabrisse im linken Bein. Vierzehn Monate Krankenhaus und Rehaklinik, seitdem 80 Prozent erwerbsgemindert.

«Wir müssen unsere Quote erfüllen, Herr Sartorius.»

«Als Nachtwächter war er tauglich?»

«Doch, ja.» Der leichte Spott krauste ihre Nase. «Man mußte allerdings ein paar Eigenarten beachten. Auch wenn man ihm etwas ganz langsam erklärte, kapierte er es nicht auf Anhieb. Dann lächelte er nur nett und tat gar nichts, in dem Punkt mußte man aufpassen.»

«Aber sonst zuverlässig?»

«Hundertprozentig. Er funktionierte wie eine Maschine.»

«Mit Geistesgaben scheint er nicht gesegnet gewesen zu sein.»

«Nein. Er war schrullig, menschenscheu, ein Einzelgänger mit äußerst eingeschränktem Denkvermögen. Übrigens ein halber Analphabet, wenn er mit Behörden oder der Krankenkasse zu tun hatte, mußte jemand aus der Personalabteilung für ihn den Schriftverkehr erledigen.»

«Hm. Wie steht's mit Verwandten?» Sie zuckte die Schultern. «Wir müssen doch jemanden benachrichtigen.»

«Blättern Sie mal!» Ziemlich weit hinten war ein halbes Blatt abgeheftet. «Wenn mir was zustößt, bitte Frau Martha Gusche, Gazellenweg 48, Telefon 55 38 14, benachrichtigen.» Das war sauber mit der Maschine getippt, auch das Datum, und der handschriftliche Krakel «Peter Cordes» enthüllte selbst dem Laien, unter welcher Schwäche Cordes gelitten hatte.

«Martha Gusche...»

«Soviel wir wissen eine Frau, die in seinem Hause wohnt.»

«Heute ist es zu spät – Frau Wintrich, können Sie sich einen Menschen vorstellen, der Grund hatte, Cordes umzubringen?»

«Nein», antwortete sie prompt, «Cordes hatte keine Feinde hier in der Firma. Ich glaube auch, die meisten Mitarbeiter haben ihn als ein Stück Einrichtung betrachtet – das soll nicht abwertend klingen, sondern beschreiben, wie wir ihn gesehen haben.»

«Im Moment spricht viel dafür, daß Cordes seinen Mörder selbst hereingelassen hat.»

«Ausgeschlossen! Er hatte gelernt, daß er keinem Fremden öffnen durfte, also hat er es auch nicht getan.» Sie seufzte. «Jesus Christus hätte um Einlaß flehen können, Peter Cordes hätte ihn nicht erhört.»

«Können Sie sich denn einen Grund vorstellen, nachts in die Alfachem einzusteigen?»

«Nein.» Das klang nicht ganz so entschieden, und sie bemerkte es selbst. «Bei uns gibt's nichts, was Einbrecher normalerweise interessiert, also kein Gold oder Platin. Auch keine Drogen, nicht einmal Vorprodukte für synthetische Rauschmittel.»

«Was stellt die Alfachem eigentlich her?» Er hatte seinen Block hervorgeholt und schrieb eifrig mit. Der Kaffee war verboten stark, langsam erwachten seine Lebensgeister wieder.

«Verstehen Sie was von Chemie?»

«Weniger als nichts.»

«Schade. Na, dann laienhaft: Etwa die Hälfte unserer Produktion besteht aus Klebstoffen – ja, Klebstoffen, nicht nur für Papier, sondern für andere Zwecke. Um Glas mit Glas oder Metall mit Metall zu verkleben. Dann stellen wir Pigmente her, für Farben aller Art, und schließlich Markerfarben.»

«Was sind...»

«Zwei Beispiele: Sie neutralisieren eine Säure, indem Sie meinetwegen Natronlauge zugeben. Und genau beim Punkt 5,5 wird eine farblose Flüssigkeit plötzlich giftgrün.»

«So was wie Lackmuspapier?»

Bei dem Vergleich schauderte sie: «Ja, so in der Art. Oder Sie brennen eine Keramik, und bei exakt 1325 Grad wird eine rote Testfläche blau.»

«Eine sehr dumme Frage, Frau Wintrich: Kann jemand hinter den Rezepten dieser – dieser Markerfarben her gewesen sein?»

«Unwahrscheinlich, Herr Sartorius. Wie man das macht, ist chemisch kein Geheimnis, nein, nein, schlagen Sie sich den Gedanken aus dem Kopf, da habe jemand Industriespionage betreiben wollen.»

Das konnte sie besser beurteilen als er; daß die Geschichte dadurch nur verworrener wurde, mußte er ihr wohl nicht erklären; ihr Blick verriet freundlichen Spott, etwas Mutwillen und eine kleine Portion Anteilnahme, die nicht nur sachlich begründet schien. Ein, zwei Sekunden schienen sich ihre Blicke zu verhaken. Gerade noch rechtzeitig schlugen sie beide die Augen nieder. Sie wußte, daß sie eine attraktive Frau war, und ihm war klar, daß sie ihre Partner nach ihren Wünschen wählte. Notfalls auch tief in der Nacht, in ihrem Büro in der Firma.

Unterstellt, ein Einbrecher war von Cordes überrascht worden und hatte den Nachtwächter – zufällig? absichtlich? – umgebracht. Dann ergab es noch Sinn, daß er mit dem Feuerlöschschlauch alle Spuren beseitigte. Aber warum, zum Teufel, hatte er hinterher die Feuerwehr alarmiert? Und wenn Cordes Alarm geschlagen hatte, bevor er Opfer des Einbrechers wurde: Warum nicht die Polizei? Hatte er in seiner Aufregung die Schaltkästen verwechselt – aber nein, das kam zeitlich nicht hin: Zwischen dem Alarm bei der Feuerwehr und dem Eintreffen des «Vorauskommandos» konnte der Täter unmöglich alles schaffen: Cordes töten, auf drei Stockwerken das Treppenhaus ausspritzen, die Schläuche wieder aufrollen und ungesehen verschwinden. Eine blöde Kiste! Er schnaufte, und ihr amüsierter Blick brachte ihn der Lösung des Rätsels auch nicht näher.

«Ja, das wär's vorerst, Frau Wintrich, vielen Dank für Ihre Hilfe.»

«Gern geschehen, Herr Sartorius.» Sie war ernst geworden. «Und noch eins: Sollten Sie niemanden finden, der sich um Cordes' Beerdigung kümmert, geben Sie mir bitte Bescheid. Ich möchte nicht, daß er einfach – verscharrt wird.»

Einen Moment musterte er sie intensiv. Das Wort «verscharren» hatte ihn irritiert, obwohl es ganz korrekt war. Vielleicht zu korrekt. Weil sie gerade aus der Schublade eine Visitenkarte herausholte, bemerkte sie sein Stutzen nicht: «Bitte rufen Sie mich an, hier oder privat, wenn's etwas Neues gibt. Oder wenn ich Ihnen helfen kann.»

«Ja, natürlich.» Auch er kramte eine Karte hervor. «Ich werde Sie bestimmt noch einmal belästigen.»

«Ein kaffeesüchtiger Kettenraucher belästigt mich nie und nirgends, Herr Sartorius. Wir Sünder müssen zusammenhalten.»

In der Halle standen Konzek und Jäger zusammen und berieten sich, beide sahen müde aus.

«Brauchen Sie noch Hilfe?» fragte er.

«Nein, danke, Herr Kommissar», antwortete Jäger schwerfällig. «Herr Konzek und ich bleiben die Nacht über hier, ich muß morgen früh sehen, daß als erstes die Eingangstür repariert wird.» Die Feuerwehr hatte tatsächlich gewaltig zugelangt. «Morgen kommt ein anderer Nachtwächter, der sonst Cordes im Urlaub vertrat.»

«Gut. Das Wochenende über wird das Revier in der Gruben- und Hollerstraße verstärkt Streife fahren. Wenn was sein sollte, benachrichtigen Sie mich bitte umgehend, jederzeit.» Er legte eine weitere Karte hin, die Jäger nur erschöpft betrachtete. «Gute Nacht.»

«Gute Nacht.» Konzek sagte nichts, nickte aber freundlich, es war so gut wie ein Gruß. Einen Großteil ihrer Gedanken hätte er ihnen erzählen können: Die Besatzung einer allseits verriegelten und gesicherten Burg bereitete sich auf die nächtliche Belagerung vor. Es war albern, aber Verbrechen weckten unlogische Gefühle.

Auf der Feuerwehrzufahrt zur Grubenstraße blieb er einmal stehen. Trotz der Bogenleuchte bedrückte ihn die Finsternis, und die ungewöhnliche Stille verstärkte den irrigen Eindruck von Kälte und Einsamkeit. Wenn er alleine war, erlaubte er sich immer häufiger, solchen Gefühlen nachzuhängen.

Im Auto meldete er sich über Funk ab: «Ich fahre nach Hause, beim nächsten Einsatz soll der Dauerdienst raus, ich muß jetzt pennen.»

«Geht in Ordnung. Ende.»

Während der Fahrt kämpfte er mit dem Schlaf. Es war ein ziemliches Ende bis zum Ostrand der Stadt, aber er wußte genau, daß nicht sein Körper streikte, sondern sein Kopf, der abschalten wollte. Jedenfalls nicht mehr die Frage behandeln wollte, ob sie ihn nun eingeladen hatte oder nicht. Die meisten Menschen reagierten auf die Kripo nervös oder ängstlich. Sie hatte von der ersten Sekunde an mit ihm geflirtet.

II

Gegen zehn Uhr wachte er schon wieder auf, nicht richtig ausgeschlafen, aber zu ausgeruht, um länger im Bett zu bleiben. Von seiner Wohnung hatte er einen weiten Blick über die ganze Stadt (viel mehr gab es an diesem Hochhaus auch nicht zu loben), die Sonne schien, das Thermometer zeigte 23 Grad, und am Himmel trieben nur dünne Wolkenfetzen. Ein schöner Tag, mit dem er nichts anzufangen wußte, und wenn er dem Fall Cordes nachging, vertrieb er sich die Zeit und zögerte die Entscheidung hinaus, ob er den Fall behielt oder abgab.

Das Haus Gazellenweg Nummer 48, in Sichtweite des Eingangs zum Botanischen Garten, war alt und rußig angelaufen, so klein und geduckt, als habe es zäh seine Existenz gegen die Neubauten links und rechts verteidigen müssen. Sechs Klingeln; die Bewohner mußten zusammenrücken; im Treppenhaus blätterte die Farbe.

Unter der Tür im ersten Stock erwartete ihn ein dicker, unrasierter Mann, der so ungeniert gähnte, daß Sartorius ihm beinahe zu seinen prächtigen Mandeln gratuliert hätte. Zu einer Trainingshose trug er ein halbärmeliges Unterhemd, das längst in die Wäsche gehörte.

«Guten Morgen, mein Name ist Sartorius, Kriminalpolizei. Ich hätte gerne mit Frau Gusche gesprochen.»

«Kripo?» Der Dicke blubberte aufgeregt, der Ausweis interessierte ihn nicht. «Und Sie wollen zur Martha?»

«Ja, zu Frau Gusche. Wer sind Sie denn?»

«Ich bin der Werner. Werner Gusche, die Martha ist meine Mutter.»

«Ah so. Ist Ihre Mutter zu Hause?»

«Nee, aber sie muß bald kommen. Was wollen Sie denn von der Martha?» Er meinte es nicht einmal unhöflich, er hatte es nicht anders gelernt, und Sartorius schaltete auf unempfindlich: «Es geht um Peter Cordes.»

«Um den Peter?»

«Ja.»

«Was ist denn mit Peter? Der ist aber nicht da, der ist auf Arbeit, Nachtwächter bei einer...»

«Ich weiß, Herr Gusche. Peter Cordes hatte gestern abend einen Unfall...»

«Wat? Unfall? Schlimm?» Gusche kratzte sich aufgeregt den Bauch.

«Ja, sehr schlimm, Herr Gusche. Cordes ist tot.»

«Tot? Nee, dat kann doch nicht – tot, sagen Sie? Also, dat is ja 'nen Ding!» Vor Staunen und Verwirrung bekam er den Mund nicht zu, seine Miene erinnerte an ein Mondkalb; mehr Gefühle schien er auch nicht zu besitzen. «Der Peter tot. Also, nein.»

«Können wir uns unterhalten?»

«Na sicher doch, kommen Sie rein!» Von Trauer keine Spur, nicht einmal von Erschrecken; Sartorius hatte Mühe, sein ausdrucksloses Gesicht beizubehalten. Mit wiegendem Gang stampfte Gusche voran, in eine typische Wohnküche mit der unvermeidlichen Eckbank, Eiche geschnitzt, die Sitzpolster mit geblümter Plastik bezogen, auf dem Tisch eine krümelübersäte, geblümte Plastikdecke.

«Setzen Sie sich doch! Wollen Sie einen Kaffee?»

«Gerne.»

«Die Martha muß wirklich jeden Moment kommen. Na, dat is ja nich zu glauben. Der Peter tot.» Er konnte es nicht fassen.

Werner Gusche war Arbeiter in der städtischen Müllverbrennungsanlage, verheiratet, kinderlos; seine Frau arbeitete als Verkäuferin in der Innenstadt, «die kommt auch bald». Zu dritt lebten sie in dieser engen Wohnung, «wegen der billigen Miete, versteh'n Sie?», und Werner Gusche war einem längeren Plausch nicht abgeneigt. Daß Sartorius sein Notizbuch hervorholte, schmeichelte ihm sichtlich; offenkundig wurden seine Worte nicht allzu oft wichtig genommen.

Na klar, den Peter kannte er gut. Bis zu seinem Unfall war er ja...

«Moment mal! Welcher Unfall?»

Ach du meine Güte, wann war das gewesen? Vor acht, neun

Jahren? So in der Kante, Lagerarbeiter war er damals gewesen, und ein Gabelstapler hatte ihn vor ein Stahlregal gedrückt. Rippen und Becken kaputt, auch der Kopf lädiert, ne, ne, es war schon schlimm. Und hinterher nichts mehr mit richtiger Arbeit, Nachtwächter mußte er spielen; Gusche grinste und nahm kein Blatt vor den Mund. Ein armer Teufel, oben unterbelichtet, weiß Gott keine Schönheit, und als Mann bestenfalls mal eine halbe Portion. Einmal hatte ihn eine rumgekriegt, Franziska Sowieso, ein flotter Feger, der sich ein Kind eingefangen hatte. Und dem Trottel Peter hatte sie es untergeschoben. Ein Mädchen wurde es, Cordula Cordes, allein so ein Name war doch schon eine Schnapsidee. War auch nicht gutgegangen, nach zwei oder drei Jahren packte sie ihre Sachen und das Kind und verduftete. Keiner hätt's richtig verstanden, aber seitdem hatte der Peter einen Knacks mehr weg. Die Franziska hatte er gemocht, aber an der Cordula hatte er gehangen, obwohl's doch nicht sein Balg war. Na ja. Dann zog er oben ein, in die Dachwohnung, die Martha ging putzen, auch beim Peter, und so langsam blieb's wohl nicht nur beim Putzen, na, ihn hatte es nicht gestört, der Peter war schon in Ordnung, da hätt die Martha auf ganz andere reinfallen können.

«Hat Cordes mal von der Firma erzählt, in der er Nachtwächter war?»

«Ganz selten mal.» So oft hatte er den Peter auch nicht getroffen, eigentlich nur, wenn er Nachtschicht hatte. Dann saß der Peter manchmal hier in der Küche und trank mit der Martha Kaffee, und gegen sechs mußten beide losziehen, er in diese Stink- und Kracherbude in der Hollerstraße und sie zum Putzen. Und mit dem Reden war das überhaupt so eine Sache, der Peter sprach nicht viel, der hörte lieber zu, und wenn Fremde dabeisaßen, hatte es ihm ohnehin den Mund vernäht. War schon ein armer Teufel.

«Wie meinen Sie das?»

«Ach, dem ist doch alles schiefgegangen.» Zuerst mal die Mutter, eine Magd, auch kein Kirchenlicht, aber sonst wohl recht proper – Gusche benutzte beide Hände, seine Worte zu verdeutlichen. Natürlich mußte sie auf einen verheirateten Mann fliegen, der gar nicht daran dachte, sich scheiden zu lassen und den Peter als sein

Kind anzuerkennen. Und dann eine komplizierte Geburt, ein Kollege von der Feuerung hatte mal behauptet, daher sei der Peter so geistesschwach, na, vielleicht war's so, davon verstand er nichts.

«Wußte Cordes denn, wer sein Erzeuger war?»

«Erzeuger ist gut, haha.» Gusche mußte wieder lachen, daß seine Mandeln lüfteten. Ne, das wohl nicht. Seine Mutter hatte ihm nicht viel erzählt, so einiges hatte er sich zusammengereimt, und wenn er mal eine Flasche Bier getrunken hatte, also blau wurde – ne, er trank so gut wie gar nichts und vertrug auch nichts –, dann prahlte er, sobald er in Rente wäre, würde er seinen Vater suchen gehen. Oder seine Stiefgeschwister. Da stünd noch eine Rechnung offen. Aber das hatte keiner ernst genommen, nicht der Peter, der keinen Brief allein schreiben konnte, sondern dafür immer die Martha einspannte oder in der Firma bettelte, daß ihm jemand den Behördenkram erledigte. Der hätte sich doch nie getraut, auf einem Amt nachzufragen.

Sartorius nickte versonnen. Gusche drückte brutal offen aus, was für einen Mann wie Peter Cordes wohl in der Tat eine unüberwindliche Hürde darstellte.

Gusche schwadronierte weiter, Hemmungen kannte er nicht, und für keinen seiner Sätze würde er geradestehen. Also, Freunde oder Bekannte – absolute Fehlanzeige. Peter Cordes war der größte Langweiler, den man sich vorstellen konnte. Das höchste Vergnügen war für ihn Mensch-ärgere-dich-nicht; Dame oder Mühle oder Halma oder Skat – ne, da kam er nicht mit, da verzog er sich unauffällig.

«Dann hat er außer mit Ihrer Mutter...»

Vielleicht noch mit dem Erich zur Mühlen, der wohnte auch oben unter dem Dach, neben dem Peter. Frührentner, Gusche brüllte vor Lachen, nachdem die Leber so schrecklich hart geworden war.

«Das heißt, dieser zur Mühlen trinkt?»

Trinken? Mann Gottes, Pferde tranken, Erich soff. In der «Welle», die Straße runter, am Schafsmarkt. Ab und zu hatten die beiden Knacker zusammengehockt, der eine wußte nichts zu sagen, der andere brachte nichts mehr heraus, Gusche wieherte, und

Sartorius musterte ihn scharf. Doch da äußerte sich nur absolute Gleichgültigkeit, Gusche hatte den Freund seiner Mutter sogar leiden mögen, aber daß er jetzt tot war, beschwerte ihn nicht. Bis jetzt hatte er nicht einmal wissen wollen, wie Cordes gestorben war.

Martha Gusche kam zehn Minuten später, als sie aufschloß schrie Gusche Richtung Diele, ohne aufzustehen: «Martha, komm mal schnell. Der Peter ist tot, gestern abend.» Sartorius hätte ihn erwürgen mögen.

Anders als ihr Sohn klagte sie wenigstens: «O du mein Gott, der arme Peter!» Was ihr an Worten fehlte, konnte sie zeigen: Trauer um einen Toten und Erschütterung. Ihre Augen wurden feucht, und minutenlang saß sie stumm am Tisch, die Hände gefaltet und den Kopf gesenkt. Gusche schwieg unbehaglich, selbst dieser Primitivling begriff in diesem Moment, daß der Tod eines Menschen nicht nur eine sensationelle Neuigkeit bedeutete, wenn er auch wahrscheinlich nicht verstand, warum es seiner Mutter naheging. Als sie den Kopf hob, ahnte Sartorius, was sie empfand. Wieder hatte sie etwas verloren, unwiederbringlich, und sie hatte bereits soviel hergeben müssen, daß sie sich dagegen nicht mehr auflehnte.

Ja, sie kam vom Putzen. Morgens drei Stunden privat, abends in Büros und Arztpraxen, sie schlug sich halt durch, die Witwenrente langte vorne und hinten nicht. Sartorius musterte sie. Klein, dick, kurzatmig, mit strähnig grauen Haaren und roten Händen. Sie redete langsamer als ihr Sohn, auch Wörter waren für sie kostbar geworden, sie hatte nichts zu verschenken. Den Peter hatte sie kennengelernt, als er hier einzog, na ja, auch bald mal bei ihm geputzt, der arme Kerl verkam ja regelrecht, mal die Socken gestopft oder Knöpfe angenäht. Dankbar war er, und bezahlt hatte er korrekt, doch, in diesem Punkt wollte sie nichts auf ihn kommen lassen. Auch, wenn er hier mal was ordentliches Warmes aß. Oder sie Briefe für ihn schreiben mußte. Schwerfällig stemmte sie sich hoch und schlurfte zum Herd. Zeit für ein spätes Mittagessen, die Schwiegertochter kam auch bald, und vom Sohn erwartete sie nicht mehr, daß der ihr Arbeit abnahm.

«Frau Gusche, Cordes hatte in der Firma Ihren Namen für den Fall angegeben, daß ihm was zustoßen sollte.»

Das war so abgemacht. Bekannte und Verwandte hatte der Peter ja nicht. Etwas Geld stand auf einem Sparbuch, das sollte sie bekommen. Und eine Versicherung für die Beerdigung, einer mußte sich ja darum kümmern, um die Wohnung, die Möbel, das bißchen Kram, das er besaß. Das hatte sie alles für ihn aufgeschrieben, und er hatte seinen Namen darunter gemalt. Damit hatte es seine Richtigkeit.

«Es ist gut möglich, daß Cordes die Männer oder den Mann, der ihn niedergeschlagen hat, selbst in die Firma hereingelassen hat.»

Nein, das glaubte sie nicht. Peter hatte keine Freunde, und Fremden ging er soweit wie möglich aus dem Weg. Ein Sterbender hätte um Hilfe klingeln können, und Peter hätte nicht aufgesperrt. Wie konnte er denn wissen, was der Fremde von ihm wollte? Nein, nein, außer mit ihnen sprach der Peter freiwillig nur mit einem Nachbarn, diesem Erich zur Mühlen, und der Säufer hätte erst recht nicht die Firma betreten dürfen.

«Hat er mal von der Alfachem erzählt?»

Sie zuckte die Achseln. So gut wie nie. In dem Gebäude hatte er sich ganz wohl gefühlt, nachdem er seine Angst vor der unheimlichen Chemie überwunden hatte. Aber Menschen – die interessierten ihn nicht, Nachtwächter war schon genau das, was ihm lag, da blieb er allein und mußte mit niemandem reden. Sie begann, Teller auf den Tisch zu stellen, und er verstand den Wink. Werner Gusche hatte die ganze Zeit über keinen Ton mehr gesagt.

«Frau Gusche, haben Sie Schlüssel zu Cordes' Wohnung?»

«Ja, der Werner gibt sie Ihnen.» Der schmale Bund hing neben der Wohnungstür an einem Haken, Gusche nestelte die beiden Schlüssel herunter. Sartorius hätte ihm gern gesagt, daß es höchste Zeit wurde, unter die Dusche zu gehen.

Die Dachwohnung bestand aus einem großen Raum mit schrägen Wänden, einer kleinen Küche und einer verwinkelten Diele. Sartorius hatte keine Lust, sie zu durchsuchen, er sah sich nur flüchtig um. Irdische Reichtümer hatte Cordes nicht aufgehäuft, ein Bett, einen Sessel, einen schiefen Schrank, dessen Türen erbärmlich quietschten, dazu einen Tisch mit drei verschiedenen Stühlen. Der Teppich war durchgetreten, alles sah aus, als habe er es aus dem Sperrmüll geklaubt. Aber die Wohnung war sauber, nicht wirklich gepflegt, doch nicht so verkommen, wie die Qualität der Einrichtung nahelegte. Schon jetzt hatte sich der leise Mief eines ungelüfteten Raumes breitgemacht. Er schauderte, hier würde er es keinen Tag aushalten. Auch in Küche und Bad fand er nur das Allernotwendigste, und an seiner Garderobe hatte Cordes ebenfalls gespart. Für dieses Gerümpel würde niemand mehr eine müde Mark geben. Kahl, farblos, leer. Nur ein armer Teufel, arm an Geist und Gemüt, konnte hier leben. Erst nach langem Überlegen fiel ihm ein, woher dieser schreckliche Eindruck von feindseliger Öde rührte: kein Bild an der Wand, kein Buch, keine Zeitung, nichts Gedrucktes. Nicht einmal Radio oder Fernseher, gut, das hatte er in der Alfachem. Die Kacheln im Bad waren grau angelaufen.

Zum Glück hatte Cordes auf seine Art Ordnung gehalten. Im Schrank stieß er auf eine große Blechdose mit einem fest schließenden Klappdeckel, sie hatte einmal mehrere Kilo Tee enthalten, die erhabenen Verzierungen waren eingedellt und blankgeschrammt. In diesen Behälter hatte Cordes alles gestopft, was selbst er an Schriftlichem nicht vermeiden konnte, Urkunden, Formulare, Zeugnisse, Briefe, auch Fotografien. Erleichtert klappte er den Deckel zu, das war tatsächlich alles. Ein Leben in einer Teebüchse.

Weil er die Siegel vergessen hatte, mußte er noch einmal zurück; die Dose stellte er in den Kofferraum. In der anderen Dachwohnung meldete sich niemand.

Die «Welle» war eine eher triste Kneipe; durch die bunten Bleiglasfenster fiel aber im Moment so viel Licht, daß sie passabel aussah. Hinter dem Tresen regierte eine mittelalterliche Frau, schwarzer Rock, weiße Bluse. Sartorius bestellte Kaffee, was sie sichtlich verwunderte, und fragte höflich, ob sie einen Erich zur Mühlen kenne.

«Ja», sagte sie mißtrauisch, «was wollen Sie denn von Erich?»

«Ich möchte mich mit ihm über einen seiner Bekannten unterhalten.» Weil die steilen Falten auf ihrer Stirn nicht verschwanden, setzte er freundlich hinzu: «Ich bin kein Gerichtsvollzieher, ich habe kein Geld von Herrn zur Mühlen zu kriegen, und friedfertig bin ich überdies.»

«Na denn», murmelte sie und rief laut: «He, Erich, ein Gast will dich sprechen.»

Ein klappriger alter Mann in der Ecke richtete sich auf. Die wäßrigen, blauen Äuglein verrieten sein Laster auf große Entfernung. Sartorius seufzte heimlich, die weißen Bartstoppeln und der zittrige Mund stellten zur Mühlens Zuverlässigkeit kein gutes Zeugnis aus. Hier durfte er nicht mit der Tür ins Haus fallen, deswegen bestellte er für den Alten ein neues Bier und robbte sich langsam an den Namen Peter Cordes heran. Die Wirtin schielte aufmerksam zu ihnen herüber; er mußte aufpassen, daß sich zur Mühlen nicht aufregte. Doch der alte Säufer blieb friedlich, er hatte allein gesessen und schien über Ablenkung nicht böse zu sein. Sein Alkoholspiegel bewegte sich auf einer Höhe, die noch eine vernünftige Unterhaltung erlaubte.

Ja, der Peter. Ein komischer Vogel, trank nicht, rauchte nicht, höchstens mal einen billigen Zigarillo, am Essen sparte er auch, nein, sein Freund hielt sein Geld zusammen.

«Wofür eigentlich, Herr zur Mühlen?»

Darauf kicherte der Alte unangenehm. Flausen hatte der Peter, dicke Flausen. Seinen Vater wollte er finden, und wenn nicht den, dann die Kinder des Mannes, der seine Mutter ins Unglück gebracht hatte, da war noch eine Rechnung zu begleichen.

«Was erhofft er sich denn davon?»

Tja, das war die Preisfrage, die stellte er dem Peter auch immer wieder. Um Geld ging's ihm nicht, aber was er wirklich plante, verriet er nie. War ja auch eine Auster, konnte stundenlang den Mund halten und nur zuhören, gut zuhören, doch, das mußte man anerkennen. Ein Gedächtnis hatte der Peter, davon konnte manch einer nur träumen. Wenn auch ein bißchen spinnert – zur Mühlen senkte vertraulich die Stimme: Schon dieser Nachtwächterjob, also, das war doch nichts für einen vernünftigen Menschen. Jede Nacht. Und die Wochenenden. Immer nur Radio und Fernseher und diese blöden Pornohefte.

«Mit Frauen hat Peter Cordes nicht viel im Sinn?»

Der Säufer schüttelte zweifelnd den Kopf, schaute aber so nachdrücklich auf sein leeres Glas, daß Sartorius ergeben der Wirtin winkte. Also, das mit den Weibern, das konnte man nicht so pauschal behaupten. Er rülpste, und Sartorius hielt die Luft an. Der Peter war langsam, aber gründlich. Jede Woche leistete er sich sein Vergnügen, doch, ganz regelmäßig.

«Was heißt ‹leisten›? Er zahlt also dafür?»

«Na sicher doch! So attraktiv ist er ja nun nich, diese halbe Portion.» Das war auch so eine Geschichte. Irgendwer hatte dem Peter mal die Kleinanzeigen in der Zeitung erklärt, und der Peter hatte sich systematisch drangemacht. Bis er gefunden hatte, was er wollte, nein, nein, hartnäckig war der Peter, dagegen war ein Panzer hilflos. Jetzt hatte er eine, feste Termine, feste Preise.

«Da ist er aber an ein komisches Weib geraten.»

«Langsam, langsam, mein Herr.» Neidisch, aber auf das Ansehen seines Freundes doch bedacht, stellte er die Sache klar. Also, komisch waren ja wohl alle Nutten, nicht sein Fall, ne, bestimmt nicht. Aber diese Frau, die der Peter geangelt hatte – noch recht jung und eine tolle Figur, doch, doch, der Peter wußte, wovon er sprach, er las genug Pornohefte. Außerdem eine eigene Wohnung in einer ordentlichen Gegend, man mußte sich nicht schämen, dort gesehen zu werden, und jedesmal eine Stunde, eine reelle Stunde.

«Zu welchem Preis?» erkundigte er sich und konnte die Heiterkeit nicht unterdrücken, zur Mühlen sah ihn strafend an: «Das will der Peter nie verraten.»

Sartorius nickte eilig, bevor der Säufer wiederholen konnte, daß Peter Cordes sein Geld zusammenhielt, und wartete geduldig. Aber sein Gegenüber hing jetzt irgendwelchen alkoholgeschwängerten Erinnerungen nach, und er nutzte die Chance, unauffällig zu zahlen und aus der «Welle» zu verduften. Jeden Moment konnte zur Mühlen auf die Idee kommen, ihn zu fragen, warum er sich eigentlich nach Cordes erkundigte. Auf dem kurzen Spaziergang zu seinem Auto wunderte er sich über sein Verhalten. Warum hatte er nicht mit offenen Karten gespielt? Und nicht gesagt, daß Cordes tot war? Hauptkommissar Paul Sartorius hatte sich überaus unkorrekt verhalten und hätte gern den Grund erfahren.

Das Präsidium war ein langgestrecktes, vierstöckiges Rechteck aus den zwanziger Jahren, aus dunkelbraunen Ziegeln gemauert, mit dicken Wänden, endlosen Fluren und breiten Treppenhallen. Auf beiden Längsseiten gab es dekorativ verzierte Einfahrten in den Innenhof, der tagsüber bis in den letzten Winkel zugeparkt war. Genau in der Mitte wuchs eine riesige Kastanie, die dem Schatten und den Autoabgasen trotzte; sie wurde später grün und später braun als die Bäume vor dem Gebäude. Jeden Herbst, wenn fallende Kastanien kleine Beulen in die Autodächer pickten, wurden Unterschriften gesammelt, das Prachtstück endlich zu fällen. Scharenberg hatte sich immer geweigert, aber der Polizeipräsident war Ende des Jahres in den vorzeitigen Ruhestand geschickt worden, und der neue Chef sah nicht so aus, als würde er sich wegen eines Baumes freiwillig Ärger aufladen. Beim ersten Treffen der Dezernats- und Referatsleiter hatte Jochkamp viel von guter und vertrauensvoller Zusammenarbeit geschwafelt, sich aber die Bemerkung nicht verkneifen können, er sei kein Freund von Eigenmächtigkeiten. Natürlich hatte er das auf Sartorius gemünzt und dabei so blank in die andere Richtung gelächelt, daß auch der Dümmste begreifen mußte, woher künftig der Wind wehen würde.

Bis auf die Wache am Haupteingang begegnete ihm kein Mensch. Ein neuer Geist war in dieses alte Gemäuer eingezogen, und wenn man ihn um seine Meinung gebeten hätte, wäre ihm ein neues Präsidium mit dem alten Geist sehr viel lieber gewesen. In seinem Zimmer riß er das Fenster auf und atmete ein paarmal tief durch, bevor er ins Geschäftszimmer zurückging und sich einen leeren Schnellhefter holte. «... zum Nachteil Cordes, Peter» malte er auf den Deckel und wuchtete die Schreibmaschine auf den Tisch. Erst am Montag mußte er entscheiden, ob er den Vorgang selbst bearbeitete.

Es dämmerte schon, als es an seine Tür klopfte.

«Ja?» Wer verirrte sich am Samstag, am heiligen, freien Samstag, in die Mordkommission?

«Ich hab dich überall gesucht!» Petra Wilke steckte den Kopf ins Zimmer, diese Kunst beherrschte sie, von ihrem Körper war sonst nichts zu sehen, sie grinste breit und klimperte mit ihren beeindrukkenden Wimpern.

«Dann hast du mich jetzt gefunden, du Quälgeist meiner alten Tage.»

«Prima.» Vergnügt huschte sie ins Zimmer, donnerte die Tür hinter sich zu, verstaute ihr langes Gestell im Besucherstuhl und legte ein Bein über die Armlehne. Bei ehrlichen 180 Zentimetern, ohne Strümpfe gemessen, war sie zu mancherlei Verrenkungen fähig, und damit ja keiner ihre Länge übersah, trug sie auch jetzt wieder Sandalen mit abenteuerlich hohen Absätzen. Und Jeans, bei denen er sich häufig fragte, wie sie ohne eine Art Schuhlöffel überhaupt hineinstieg, der Stoff spannte wie eine zweite Haut über ihrer knabenhaft schlanken Figur. Es war ein erfreulicher Anblick. Sorgfältig markierte er die Stelle, die ihm aufgefallen war, schob einen Papierstreifen über den Rand und klappte die Akte zu.

Sie kannten sich gut, dienstlich wie privat, und wenn sie sich auf diese Art vor seinen Schreibtisch hockte, hatte sie etwas auf dem Herzen. Wütend war sie nicht, sonst würde sie jetzt an ihrem dünnen Hemdchen zerren, das war ein Signal, das man besser nicht übersah. Sie wühlte auch nicht in ihren goldblonden, schulterlangen Locken; das deutete auf Unsicherheit hin, dann brauchte sie einen Rat und traute sich nicht, ihre Hilflosigkeit zu gestehen. Aber ihre großen, blauen, wunderschönen Augen, in die er sich zuerst verliebt hatte, ließen ihn nicht los, und das hieß, sie wollte ihm etwas anvertrauen, das – ob dienstlich oder privat – in diesen vier Wänden bleiben sollte.

«Paul, ich muß dir was beichten.» Wie immer, wenn sie etwas sehr beschäftigte, kratzte ihre Stimme.

«Ja?»

«Sie haben mir den Kommissarslehrgang abgelehnt.»

«Nein!»

«Doch! Ohne Angaben von Gründen.» Zwei steile Falten erschienen auf ihrer Stirn. «Aber ich weiß, warum. Das hat dieser Marzin ausgespuckt, dieser neue Psychologe – wußtest du, daß sie mich zu einem Eignungstest geschickt haben?»

«Das darf nicht wahr sein!»

«Dieser Marzin ist ein seltenes Arschloch.» Damit untertrieb sie gewaltig. «Der machte unheimlich Bohei, diesen Test, jenen Test, dann ein langes Gespräch. Und kannst du dir vorstellen, auf was das alles hinauslief? Ob ich zu selbständigem Arbeiten und Entscheiden fähig sei.»

«Was? Was sollte denn das?»

«Ich hätte doch eine sehr enge Beziehung zu meinem Dienstvorgesetzten, wie allgemein bekannt sei. Dabei grinste er so schmierig, daß ich ihm am liebsten in die Eier getreten hätte... nein, nein, keine Angst, hab ich nicht, wahrscheinlich hat er gar keine. Ob ich denn auf einer anderen Dienststelle selbständig handeln werde und könne. Nach einer Viertelstunde bin ich aufgestanden und hab ihm verklickert, daß man nach meinen Erfahrungen einen Psychologen am schnellsten daran erkenne, daß er die Hilfe eines Kollegen dringend nötig hat. Das war's dann, aus, Ende, Schluß, ungeeignet.»

«Das kann ich nicht...» Er brachte den Satz nicht zu Ende, weil er wußte, daß es stimmte, Wort für Wort. Weil es genau dem Ton entsprach, der sich im Präsidium ausbreitete, mies, gehässig, kleinkariert und vor allem feige. Petra sollte büßen, was man ihm nicht vorzuhalten wagte. Denn jetzt regierte das Mittelmaß. Sicher, er, ein verheirateter Mann, der von seiner Frau getrennt lebte, hatte mit einer Mitarbeiterin seines Kommissariats ein Verhältnis gehabt. Das verstieß bestimmt gegen eine Unmenge von Vorschriften und Anweisungen, er hatte sich nie die Mühe gemacht, einmal nachzuschlagen. Bis jetzt hatte auch niemand den

Mut aufgebracht, ihn darauf anzusprechen oder ihm offen diese Beziehung vorzuwerfen, nein, das wurde indirekt betrieben.

«Warum erzählst du mir das erst jetzt?»

«Ich hab's gestern schriftlich bekommen.» Sie angelte nach seinem Zigarettenpäckchen.

Nach einer langen Pause fragte er hilflos: «Und was machen wir jetzt?»

«Gar nichts!»

«Aber das können wir uns doch nicht gefallen lassen!» Das «wir» verstand sie schon richtig, schließlich hatte er die Hauptmeisterin Wilke zum Lehrgang empfohlen und die nötige Beurteilung geschrieben, Petra bekam den Tritt und er die Ohrfeige. Eine Behörde reagierte nach außen plump und nach innen subtil, das konnte einzig und allein Nichtbeamte überraschen.

«Die warten doch nur darauf, daß wir protestieren», widersprach sie erstaunlich gelassen. «Willst du zum Schaden auch noch den Spott kassieren?»

Darauf schwieg er. Ausnahmsweise hatte sie vernünftiger reagiert als er, genau so würde es nämlich ablaufen. Nein, diese Blöße mußte er – mußten sie nicht bieten. Plötzlich zwinkerte sie ihm zu: «Du hast gestern auch nicht übermäßig glücklich ausgesehen.»

«Nein. Nein, das war ich auch nicht.»

«Dienstlich oder privatim?»

Entschlossen schüttelte er den Kopf: «Nicht hier. Ich habe Hunger. Gehst du mit?»

«Hunger hätt ich schon. Aber nicht in ein Restaurant.»

«Bei mir gibt's nur Reste.»

«Macht nichts, so lange du genügend Wein im Hause hast.»

Bis sie sich entschieden hatten, was sie aus seinen spärlichen Vorräten bruzzeln sollten, war die erste Flasche leer. Mit dem Kochen hatte er sich nie anfreunden können. An einen Teig für Pfannkuchen hätte er sich nie gewagt, und während er nach ihren Befehlen Zwiebeln schälte und kleinschnitt, Eier verquirlte und Schinkenwürfel in der Pfanne wendete, beobachtete sie ihn genau.

«Also, Paul, was hat dir die Petersilie verhagelt?»

«Ich mußte gestern zur Saling. Anweisung von oben: Die Ermittlungen im Fall Ilonka Bertrich werden eingestellt.»

«Nein!»

«Aber sicher!»

Weil sie eine kluge Frau war, schwieg sie jetzt. Ilonka Bertrich, 16 Jahre alt, Auszubildende in den städtischen Gärtnereibetrieben, war am Neujahrstag gegen 14 Uhr im Kesterwald, noch in der Gemarkung Rollesheim, von Spaziergängern aufgefunden worden. Die Leiche war nackt und steifgefroren. Drei Tage vor Silvester hatte Dauerfrost mit Temperaturen bis minus zwölf Grad eingesetzt; in dem harten Boden hatten sie keine Spuren von Schuhen oder Reifen oder Schlitten sichern können. Der Körper des auffallend hübschen Mädchens wies nicht die geringste Wunde auf, sie war, soweit der Pathologe das feststellen konnte, nicht geschlagen und nicht verletzt worden. Ilonka war sogar eine *virgo intacta*, kein Hinweis auf einen Beischlafversuch, kein Sperma, weder am Körper noch an den Händen. Das verzerrte Gesicht erklärte sich leicht: Sie war am eigenen Erbrochenen erstickt. Dafür wiederum gab es eine häßliche Erklärung: Ihr Blutalkoholgehalt betrug 1,4 Promille, und getrunken hatte sie auf praktisch leeren Magen. Ein Mädchen, das nach zwei Gläsern Wein entweder einschlief oder auf dem Tisch zu tanzen versuchte. Ausnahmslos alle Zeugen hatten beschworen, daß Ilonka nicht trank und nichts vertrug. Wer hatte sie dazu gebracht, sich auszuziehen und so viel Alkohol zu schlucken, daß sie kotzen mußte?

Mord oder Totschlag konnte er also ausschließen, für Körperverletzung mit Todesfolge fehlte jeder Hinweis, und selbst fahrlässige Tötung durfte er sich abschminken. Eine Sechzehnjährige hatte sich allen Indizien nach freiwillig ausgezogen und betrunken, strafrechtlich blieb – höchstens – unterlassene Hilfeleistung. Wenn überhaupt! Aber daß der Unbekannte das tote Mädchen in den Wald geschleppt und dort wie ein Stück Abfall oder Ärgernis abgeladen hatte, empörte Sartorius, erfüllte ihn mit einer hartnäckigen, kalten Wut. Über Wochen hatte er Kollegen, Bekannte, Freunde und Verwandte der Toten durch die Mühle gedreht: Zu wem war sie an Silvester in die Wohnung gegangen? In wen war Ilonka verliebt? Für wen schwärmte sie? Er hörte Namen und recherchierte Alibis, er jagte weiteren Namen nach und mußte neue Alibis akzeptieren. Im Laufe der Untersuchung hatte sich in seinem Kopf das Bild des Mannes geformt, der als Täter in Frage kam – wenn man juristisch überhaupt von einem Täter sprechen konnte. Älter als Ilonka, erfolgreich (nach ihren Kriterien), selbstbewußt, ehrgeizig, er hatte eine Position erobert, die ihr wenn schon nicht Gehorsam, so doch Respekt abverlangte, die es ihm nicht erlaubte, in einen Skandal verwickelt zu werden. Gleichzeitig war er schwach, mußte seine Autorität dazu mißbrauchen, sich für den Silvesterabend ein unerfahrenes Mädchen einzuladen, weil er sonst allein geblieben wäre. Und dann vertraute er nicht auf seine Persönlichkeit, sondern griff zu Alkohol.

Sartorius mochte den Unbekannten von Gedanke zu Gedanke weniger leiden.

Ilonka hatte an Silvester gearbeitet, ab sieben Uhr in der städtischen Gärtnerei an der Feuerwiese; gegen zehn Uhr schickte der Meister sie aus den Treibhäusern nach vorn in den Verkauf, weil die drei Kolleginnen dem Ansturm nicht gewachsen waren. Als mittags geschlossen wurde, rief Ilonka zu Hause an: Die Kolleginnen wollten sie zum Essen einladen, sie käme später heim. Die drei Frauen beschworen hoch und heilig, kein Wort davon sei wahr. Der Anruf war Ilonkas letztes Lebenszeichen gewesen. Zwischen zehn und zwölf Uhr hatte sie sich, davon war er fest überzeugt, mit dem Mann verabredet, der ihre Leiche später im Kesterwald beseitigte. Und seit drei Wochen glaubte er auch zu wissen, wo er den Mann zu suchen hatte.

Staatsanwältin Saling schüttelte pausenlos den Kopf, wagte aber nicht, ihm in die Augen zu sehen. «Das ist sinnlos, Herr Sartorius. Sie stochern blind in einem Heuhaufen herum und wissen nicht einmal, ob dort eine Nadel liegt...»

«Mittlerweile weiß ich eine ganze Menge über den Mann.»

«Vermuten Sie eine Menge! Ich habe Ihre Akte mehr als einmal studiert.»

«Was Sie offenbar nicht beeindruckt hat.»

«Beeindruckt schon. Ich bin sogar beim Leitenden gewesen. Aber die Anweisung ist klar: abschließen und abgeben.» Er hatte sie schweigend angestarrt, bis sie nervös wurde: «Unterlassene Hilfeleistung – höchstens. Geldstrafe nach 323 c, mehr ist doch nicht drin.»

«Ist das Ihre Meinung?»

«Die Meinung der Staatsanwaltschaft, Herr Hauptkommissar.» Der Wechsel vom Namen auf die Dienstbezeichnung war ihm nicht entgangen, aber Heike Saling war das jüngste Mitglied der Staatsanwaltschaft und verschanzte sich gerade hinter der Amtsautorität, vielleicht aus Schwäche, vielleicht aus Feigheit, möglicherweise auf Anordnung. Wie auch immer – sie würde es nicht zugeben. Deshalb hatte er sich die Akte geschnappt und mit einem flüchtigen «Wiederseh'n» kehrtgemacht.

Die zweite Flasche war leer, Petra räumte das Geschirr zusammen und moserte: «Was soll der Quatsch? Natürlich machst du weiter!»

Er begann laut zu lachen.

Noch später lehnte er in der Tür und beobachtete neugierig, wie sie sich aus ihren Jeans schälte. Hinterher pustete sie erleichtert und wackelte mit dem Kopf: «Nix, Paul, du hast eine bequeme Couch im Wohnzimmer. Außerdem hab ich zuviel gefuttert.»

III

Anja rasselte schon auf ihrer Schreibmaschine, als er die Tür aufklinkte, fuhr mit dem Stuhl Karussell und dankte würdevoll: «Auch Ihnen einen schönen guten Morgen, Chef. Ich hoffe, Sie hatten ein angenehmes Wochenende.» Seit ein paar Monaten legte sie Wert darauf, nicht länger wie ein kleines, eifriges Kind behandelt zu werden. Was sie aber immer noch war, ein tüchtiges und zuverlässiges Mädchen, das aus unerfindlichen Gründen zwar immer so tat, als sei es entsetzlich faul und weder fähig noch willens, überhaupt eine Hand zu rühren. Sobald man Anja allein ließ, legte sie los, flink und voller Begeisterung. Vor allem nahm sie die Arbeit so ernst, daß sie mitdachte, Fehler ausmerzte oder andere auf Fehler hinwies. Damit hatte sie sich in der Mordkommission nicht nur Freunde erworben, einige murrten, was dieser blöden Dienstzimmer-Ziege einfalle, aber weil allgemein bekannt war, daß Sartorius sie schätzte, wagte keiner, sie direkt anzumekkern. Es hatte Anjas Selbstbewußtsein merkbar gehoben. Sartorius hatte sie lange Zeit scharf beobachtet. Was sie hier zu lesen und zu schreiben bekam, konnte einen empfindlichen Menschen nachhaltig verstören. Doch sie besaß noch die Gabe, die häßlichen Erfahrungen des Tages abends wie Wassertropfen abzustreifen.

«Nur einen Toten, Anja. Verbind mich mal bitte mit der Staatsanwältin Saling.»

«Sofort, Chef.»

Heike Saling war zuständig für Tötungsdelikte A–K, daran führte kein Weg vorbei, und während des Telefonats ließ er sich nichts anmerken. Gegen Mittag hatte er alle Formalitäten erledigt. Nun mußte Peter Cordes' Frau gesucht werden. Das war eine Aufgabe für Rabe, den Clown des Kommissariats; Sartorius hatte ihn schon lange gefressen. Franziska Cordes, geborene Hempel, samt Tochter Cordula zu suchen, war genau die stumpfsinnige Routine, die er Rabe gönnte. Obduktionserlaubnis, Nachlaßgericht, Meldestelle – eigentlich müßte es gesetzlich verboten werden, ohne handlungsberechtigte Angehörige zu sterben. Asservatenverzeichnis, ein halber Schnellhefter war voll, bevor er dem Täter auch nur einen Schritt nähergekommen war. «Polizei» und «Papier» fingen eben beide mit «P» an.

Neben dem Haupteingang der Alfachem gab es Parkplätze für Besucher. Nichts erinnerte mehr an das Drama, sogar die Türen waren repariert, es roch jetzt intensiv nach allem möglichen, und es lärmte von allen Seiten. Die junge Frau am Empfang zuckte heftig zusammen, als er seinen Namen nannte und Richard Jäger sprechen wollte.

Der Sicherheitsbeauftragte saß in einem kleinen, hoffnungslos überfüllten Zimmer und schien übers Wochenende nicht genug geschlafen zu haben, im hellen Tageslicht sah sein Gesicht noch grauer aus. Seine Hände zitterten kaum merklich, als er einen Aktendeckel aus der Schublade holte.

«Nichts Neues, Herr Sartorius. Nichts gestohlen, nichts beschädigt.»

«Wie steht es nun mit Zeugen für den Freitagabend?»

«Cordes hat seinen Dienst um 18.55 Uhr begonnen. Zu der Zeit waren nur noch zwei Leute im Werk, Frau Römer, die bis 19 Uhr am Empfang sitzt, und Walter Konzek, den Sie ja schon kennen. Er hatte Spätdienst, mußte also die Maschinen kontrollieren, das Lager verschließen, alle Zugänge von innen verriegeln.»

«Bis auf den Haupteingang.»

«Ja, den hat Cordes abgeschlossen, kurz nach 19 Uhr.»

«Also alles wie an jedem Freitag?»

«Ja, ganz normal.»

«Wenn Cordes seine Kontrollrunden drehte, hatte er doch eine Stechuhr bei sich?»

«Nein, einen Schlüssel für Kontrollschlösser. Wenn der Schlüssel gedreht wird, speichert das eine Kontrollautomatik.» Jäger seufzte und zog einen Bogen Computerpapier aus der Akte. «Ich hab Ihnen ja schon gesagt, daß er nicht sehr helle – also, er war ein Gewohnheitstier. Deshalb lief er immer die gleiche Tour. Von 20 Uhr bis 20.11 Uhr und noch einmal gegen 21 Uhr. Da gibt's eine – hm – Abweichung.»

«Lassen Sie mal sehen!»

«Er ist schon um 20.58 Uhr losmarschiert, ganz anders gelaufen als üblich und war schon um 21.05 Uhr fertig.»

Sartorius nickte, in die Aufzeichnung vertieft. Cordes hatte tatsächlich einen anderen Weg genommen und sich beeilt, nur sieben statt zehn oder elf Minuten. Hinter einer Positionszahl, die wohl die Kontrollschlösser bezeichnete, waren Datum, Stunde, Minute und Sekunde ausgedruckt.

«Hat das was zu bedeuten?»

«Wahrscheinlich nicht», zögerte Jäger. «Vielleicht begann um 21 Uhr ein Film im Fernsehen, den er unbedingt sehen wollte. Er konnte ja auch mal einen Kontrollgang ausfallen lassen, bei Feuer oder Einbruch legt ohnehin die Automatik los.»

«Den Rundgang um 22 Uhr hat er sich gespart, wenn ich das hier richtig lese.»

«Ja, und den um 23 Uhr auch.»

«Bis er um 23.14 Uhr den Feueralarm von Hand ausgelöst hat.»

Jäger zog unbehaglich die Schultern hoch und schwieg.

«Na gut. Um 19 Uhr waren die letzten gegangen. Sieben Leute haben Schlüssel zu diesem Seiteneingang...»

«Ja. Norbert Althus und Dieter Fanrath, die beiden Inhaber. Sie sind am Freitag gegen 17 Uhr losgefahren, Richtung Schweiz, nach Zürich, um genau zu sein. Angela Wintrich, unsere Geschäftsführerin. Sie war bis 18.30 Uhr im Werk, ist dann nach Hause gefahren und war abends eingeladen – weil die beiden Inhaber übers Wochenende verreist waren, hat sie die Nummer ihrer Gastgeber am Empfang hinterlegt. Walter Konzek, weil er Bereitschaftsdienst hatte – er hat zu Hause vor dem Fernseher gehockt, bis ich ihn gerufen habe. Ich war auch zu Hause, bis mich die Feuerwehr alarmiert hat. Dr. Rasche, einer der Chemiker, ist am Freitagmittag losgefahren, weil er abends von Frankfurt nach Rio geflogen ist. Dr. Brauneck, der andere Chemiker, war am Freitag nicht im Werk, er hatte sich einen Tag freigenommen.»

Er hatte mitgeschrieben und ab und zu verstohlene Blicke auf Jäger geworfen. Dem Sicherheitsbeauftragten gingen Fehlalarm und Todesfall mächtig an die Nieren, und je mehr er sich bemühte, das zu verbergen, desto weniger gelang es ihm. Sein Lächeln mißglückte zu einer Grimasse, als Sartorius sich verabschiedete: «Ich bin wohl nicht das letzte Mal bei Ihnen gewesen.»

Montag, 2. Juli, früher Nachmittag

Schröder schüttelte pausenlos den Kopf. Der Kerl spann doch! Einfach einen zweiten Nachtwächter zu fordern, was stellte der sich eigentlich vor? Der Firma mal so eben fünfzig-, sechzigtausend Mark zusätzliche Kosten aufzuerlegen, ohne Rechtsgrundlage? Die schwebten doch alle in den Wolken! Hatte der denn gar keine Ahnung, daß dafür der ganze Genehmigungsbescheid geändert werden mußte? Halb wütend, halb verzweifelt schlug er die vorletzte Seite um. Du meine Güte, das auch noch! «Mit gleicher Post informiere ich das Gewerbeaufsichtsamt, Abteilung Arbeitsschutz, und das Wirtschaftsministerium als Aufsichtsbehörde für die 14. Rechtsverordnung zum Bundesimmissionsschutzgesetz.» Großartig!

Aufgebracht tobte er in die Registratur. Natürlich wieder kein Mensch da! Er wollte nur einmal erleben, daß diese kichernden Weiber an ihrem Platz saßen. «Wie lange soll ich hier noch warten?» brüllte er.

Die kleine Rothaarige schlurfte herein, so unendlich müde, überfordert, ausgeblutet. «Ja?» murmelte sie und kriegte wieder die Zähne nicht auseinander.

«Alfachem, Chemische Werke», bellte er, aber sein Zorn beeindruckte sie nicht im geringsten. So weit kam das noch, daß jemand sie zur Eile antrieb!

Bei der Lektüre der Auflagen, die das Regierungspräsidium der Firma Alfachem gemacht hatte, kaute Schröder auf den Lippen. Da war alles drin, was als Stand der Technik galt. Nur für alle Fälle schnappte er sich die Richtlinien des VCI und verglich sie Zeile für Zeile mit den Auflagen. Nein, er konnte keine Handhabe entdecken, der Firma Alfachem die Beschäftigung eines zweiten Nachtwächters zu befehlen. Es sei denn – er griff zum Telefon.

«Tag, Wolfgang, Peter hier. Na, wie geht's?»

«Ich könnt klagen, aber ich muß ja nicht. Und dir?»

Sie sahen sich höchstens dreimal im Jahr, hatten aber telefonisch so viel miteinander zu tun, daß sie sich wie Freunde behandelten. Wolfgang Etzel leitete das Referat Vorbeugender Brandschutz im Wirtschaftsministerium, Abteilung II, Gewerbliche Wirtschaft, und Peter Schröder nahm die gleiche Funktion beim Regierungspräsidenten wahr. Man kannte sich, Gott sei Dank, die kleinen Dienstwege ersparten viel Schreiberei und Ärger.

«Nee, die Alfachem hat bereits eine Störfallmeldung eingereicht... sicher, ganz korrekt, heute morgen per Telefax... ja, ich hab das Schreiben von diesem Brandes auf dem Tisch.»

«Was will der Kerl eigentlich?»

«Ich hab vor zwei Minuten mit ihm telefoniert. Der Knabe ist stinksauer.»

«Wegen des Fehlalarms?»

«Ja und nein. Sie waren mit ihrem K 4-Zug gerade wieder in der Garage, als ein echter Alarm kam, aus Seesterhagen...»

«Das ist doch Freiwillige Feuerwehr?»

«Eben, die hatten nach einem Verkehrsunfall einen Transporterbrand, an den sie sich nicht rantrauten. Brandes ist raus, und er sagt, daß sie bis in den frühen Samstagmorgen beschäftigt waren. Drei Verletzte, einer schwer, Verätzung der oberen Atemwege. Der Transporter hätte übrigens längst im Stall stehen müssen.»

«Ich verstehe! Und jetzt stänkert er herum, daß er es sich nicht leisten kann, mit seinen ohnehin viel zu knappen K 4-Kräften zu Fehlalarmen zu rasen.»

«Genau so!»

«Aber die Rechtslage ist eindeutig. Alfachem hat alles getan, was wir ihr auferlegt haben, sogar noch mehr, ich sehe keine Möglichkeit, einen zweiten Nachtwächter zu fordern.»

Darauf schwieg Etzel so lange, daß Schröder nachfragte: «He, bist du noch dran?»

«Ja, bin ich. Sachlich hast du recht, auf der anderen Seite...»

«Was willst du damit sagen?»

«Das hab ich Brandes auch schon am Telefon verklickert, rechtlich sei nichts drin. Da ging der hoch wie eine Rakete. Dann würde er sich eben an seinen Parteifreund, den Minister, wenden.»

«Oha!» Sie glucksten wie auf Kommando. Alles klar! Wenn der Herr Brandrat Brandes drohte, sich mit einer Ablehnung nicht zufrieden zu geben, würden sie sich rückversichern. Das war ja das Schöne an einer Behörde; wer sich auskannte, schob die Verantwortung eine Etage höher. Er hatte als Referatsleiter einen Abteilungsleiter, der einen Rat, der einen Direktor über sich, und zu guter Letzt durfte sich der Regierungspräsident damit herumärgern.

«Danke, Wolfgang.»

«Gern geschehen, Peter.»

Schon sehr viel besser gelaunt und leise vor sich hin summend entwarf Schröder ein Memo. Gemäß Genehmigungsbescheid für die Firma Alfachem war der Wunsch des Brandrates Brandes nach Beschäftigung eines zweiten Nachtwächters abzulehnen. Allerdings waren dessen sachliche Einwände derart und so von der Einsatz-Analyse gestützt, daß eine Korrektur des Bescheides doch zu bedenken sei. Mit diesem Votum gebe er die Sache zur Entscheidung weiter an die Leitung der Abteilung II, Fachbereich S, Sachgebiet 7/2.

Wolfgang Etzel formulierte in ebendiesen Minuten einen ähnlich lautenden Schrieb. Darauf würde er jede Wette eingehen.

IV

Die Berichte der Kriminaltechnik lagen auf seinem Schreibtisch, als er ins Präsidium zurückkam, und waren genauso knapp und inhaltsarm, wie er befürchtet hatte; das Wasser hatte alle Spuren weggespült. An den Fenstern der oberen Stockwerke waren verschiedene Fingerabdrücke gesichert worden, die meisten reichten zu einer sicheren Identifizierung nicht aus. Das Revier VIII an der Bohlenbahn hatte einen Zwischenbescheid geschickt. Sie hatten in der Nachbarschaft der Alfachem herumgefragt, aber von den Mitarbeitern der dortigen Firmen hatte keiner am Freitagabend etwas Auffälliges bemerkt. In diesen Vierteln wurden abends ja auch die Bürgersteige hochgeklappt.

Anja runzelte die Stirn: «Sie sehen aus, als hätten Sie schlechte Laune, Chef.»

«Hab ich auch, Anja.»

«Bei Ihnen vergeht das zum Glück auch wieder», urteilte sie fröhlich, wirbelte auf dem Drehstuhl herum und ließ die Schreibmaschine knattern.

Auch Petra winkte resigniert ab: «Nichts, Paul.»

Seit dem Morgen beschäftigte sie sich mit den Papieren, die Cordes in der Blechdose aufbewahrt hatte, brachte Ordnung in die Zeugnisse eines tristen Lebens. An dem zweiten Schreibtisch in dem langen, schmalen Raum saß Rabe und bemühte sich, gar nicht anwesend zu sein; als Sartorius ihn ansprach, mußte er sich erst ausgiebig räuspern. Nichts, bisher keine Spur von Franziska Cordes oder Cordula Cordes. Als sie mit ihrer Tochter auszog, hatte sie sich nicht abgemeldet.

«Mist!» murmelte er. Die Obduktion fand erst morgen statt, Spuren gab's sowenig wie ein Motiv, alles in allem versprach es, ein mühseliger Fall zu werden, an dem er sich lange festbeißen konnte. Mit viel Zeit für andere Dinge... Petra kniff ihm ein Auge zu und wühlte mit beiden Händen in ihren Locken.

Martha Gusche wollte gar nichts hören: «Meine Schwiegertochter? Die arbeitet bei Walter & Wetzel am Reschenplatz... Das war's? Ich muß weg.» Sogar das Klicken des aufgelegten Hörers klang abweisend und unwillig; gedankenverloren starrte er das Telefon an. Selbst für Martha Gusche war Peter Cordes ein abgeschlossenes Kapitel. Ein armer, schwacher Mann hinterließ keine Spuren, und bei diesem Resümee fröstelte er. Ob sie zu Cordes' Beerdigung gehen würde?

Mit dem Kaufhaus Walter & Wetzel war es in den vergangenen zehn Jahren bergab gegangen, und heute galt es als Billig-Geschäft für die fünf A: Arme, Alte, Ausländer, Alkoholiker und Arbeitslose. Viele Käufer, kleiner Umsatz, die Enge machte ihn nervös, als er sich ins Personalbüro durchfragte. Erika Gusche? – Zweiter Stock, Herrenoberbekleidung, Tische zwölf bis fünfzehn. «Warum wollen Sie mit Frau Gusche sprechen, Herr Kommissar?»

Am liebsten hätte er das feiste Mondgesicht angefahren: ‹Das geht Sie nichts an!›, doch er wußte, daß Erika Gusche dann Ärger bekommen würde. «Ein Mieter aus ihrem Haus ist ermordet worden. Ich muß ein paar Fragen stellen.»

«Jetzt? Während der Dienstzeit? Hat das nicht Zeit bis später?»

«Nein», grinste er höhnisch, «ich hab nämlich auch einmal Dienstschluß.»

Als sie ihm die Hand reichte, unterdrückte er einen Seufzer, sie übertraf seine schlimmsten Befürchtungen. Eine zierliche Blondine mit einem hübschen, leeren Puppengesicht, den Schmollmund zu kräftig angemalt, beim Blondieren zu tief in den Tiegel gegriffen, und das aufgeregte Klimpern mit den künstlichen Wimpern reizte ihn zu unerklärlicher Wut.

«Wo wir uns unterhalten können? Ach, am besten im Personalraum, Herr Kommissar.» Sie flötete und zirpte, ihr Parfüm hüllte ihn wie eine Drohung ein, und im Personalraum mit den langen Reihen schmaler Blechspinde mußte sie sich ihm gegenüber so hinsetzen, daß er ihr tief unter den blauen Kittel schauen konnte. Es war ihr wohl in Fleisch und Blut übergegangen; er seufzte und stöhnte noch einmal, als er die Schilder «Rauchen verboten» entdeckte.

Ja, der Peter. Natürlich kannte sie ihn, er kam ja oft zur Martha, trank dort einen Kaffee oder aß etwas. Ein merkwürdiger Alter, redete kaum etwas, hörte immer nur zu, und vieles verstand er nicht, schielte nur verlegen. Freunde hatte er nicht, Hobbies auch nicht, immer nur Nachtdienst und sonst gar nichts. Der Ausschnitt öffnete sich verheißungsvoll, als sie schauderte, und er zählte stumm bis zehn.

«Das heißt, Sie mochten ihn nicht leiden?»

«Ach nein, nein, er tat mir doch leid.» Was sogar stimmen mochte, so, wie er sie einschätzte, hatte sie die Nöte des alten Mannes sowenig verstanden wie das Leben, das er führte.

«Frau Gusche, ich muß mal ein etwas heikles Thema mit Ihnen bereden. Peter Cordes hatte in der Firma eine Sammlung von Pornoheften und Pornovideos...»

Er brach ab, weil sie blutrot anlief. Zum erstenmal zeichnete sich eine echte Regung auf ihrem Gesicht ab, und die zu verbergen war sie nicht geschickt genug. Sie hatte es also gewußt. Weil ihre Verlegenheit kein Ende nehmen wollte, mußte er sich gedulden, bis sie ihn wieder anschauen konnte.

«Ihre Schwiegermutter und Ihr Mann haben davon nichts gewußt?»

Also, die Martha sicher nicht, wo doch der Peter ab und zu – manchmal – wie sollte sie – also, zumindest früher – er winkte ab, und bei ihrem ehrlichen Seufzer der Erleichterung war ihm ein Blick auf den Spitzen-BH vergönnt. Wenn sie etwas intelligenter wäre, würde er sie für ein Flittchen halten. Ja, diese Hefte – der Werner ahnte wohl was, aber dem war das gleich, der guckte auch solchen Schweinskram an und ging in Shows oder wie das hieß.

«Ich habe mit Cordes' Nachbar gesprochen, diesem Erich zur Mühlen.»

«Dieser Säufer!» piepste sie angeekelt und raffte den Ausschnitt zusammen. Die Handbewegung ersetzte eine lange Aussage.

«Zur Mühlen behauptet, Cordes habe eine – hm – Freundin gehabt. Eine Frau gekannt, die er – na ja – regelmäßig besucht hat.»

«Das kann schon sein», flüsterte sie und schlug schamhaft die Augen nieder.

«Kennen Sie den Namen dieser Frau oder ihre Anschrift?»

«Nein», erwiderte sie schnell, und er wußte, daß sie log. Bis jetzt hatte sie ihn zwar neckisch, aber wenigstens direkt angesehen, und als sie nun hartnäckig seinem Blick auswich, stand er auf.

«Tja, dann mal vielen Dank, Frau Gusche.» Daß er wiederkommen würde, machte sie sich nicht klar, ihre Erleichterung amüsierte ihn ebenso wie ihr nicht ungeschickter Versuch, mit ihm unter der Tür rein zufällig zusammenzustoßen.

Die Hemdenabteilung war so überfüllt, daß er sich mühelos verstecken konnte. Die Frauen an den Tischen 12 bis 15 hatten tatsächlich viel zu tun, doch sobald eine kleine Pause eintrat, stürzten sie sich auf Erika Gusche, um mit ihr zu tuscheln. Die Blondine sonnte sich im Glanz der Kollegenneugier und plapperte mit einem Eifer, als habe sie etwas Sensationelles, Einmaliges, Tolles erlebt. Nun gut, diese Heldinnenrolle wollte er ihr gönnen. In aller Ruhe, von der Menge zwischendurch hin und her geschoben, suchte er sich eine Kandidatin aus, eine auffällig große, häßliche Frau mit schwarzen Haaren, die sie ganz kurz, wie eine Kappe, trug. Die Frisur stand ihr nicht und unterstrich ihre Unweiblichkeit. Einmal lehnte er an einer Säule und beobachtete, wie die Schwarze verächtlich auf die Blondine herabschaute; vergnügt machte er kehrt und drängte sich zum Ausgang durch.

Seinen Dienstwagen hatte er ein ganzes Stück entfernt geparkt, meldete sich über Funk ab und fand nach langem Warten einen Platz genau gegenüber dem Personaleingang. Eineinhalb Stunden mußte er sich noch gedulden, aber es war warm, und hier zu dösen war angenehmer, als im Präsidium Akten zu studieren. In der schmalen, sonnenlosen Schlucht zwischen den grauen Rückfronten der Hochhäuser herrschte pausenloser Verkehr. Kurz vor halb sieben stockte er wegen der vielen parkenden Autos, Männer holten ihre Frauen oder Freundinnen ab, es wurde viel rangiert und gehupt. Er setzte sich aufrecht hin. Die Schwarzhaarige erschien in einem Pulk von Frauen und bog sofort ab, sie hatte einen langen Schritt, bei dem die anderen Frauen nicht mithalten konnten. Er stieg aus und folgte ihr, bald leise fluchend, weil sie wirklich ein anstrengendes Tempo vorlegte. Als er sie eingeholt hatte und ansprach, wirbelte sie herum, als wolle sie ihn mit einem Karateschlag außer Gefecht setzen.

«Verschwinden Sie!» fauchte sie ihn an, vorsichtshalber trat er einen Schritt zurück, den Ausweis in der ausgestreckten Hand.

«Sartorius, Kriminalpolizei, guten Abend. Ich hätte Sie gern einen Moment gesprochen.»

Ihr scharfer Blick und ihr gespanntes Gesicht warnten ihn. Doch zum Glück war sie heller als Erika Gusche.

«Sie waren heute nachmittag in unserer Abteilung, bei Erika Gusche, nicht wahr?»

«Ja.»

«Und was wollen Sie jetzt von mir?»

«Ich hätte ein paar Fragen zu Ihrer Kollegin.»

«Ach ja?» Der Hohn klang falsch, deshalb fuhr er gleichmütig fort: «Es dauert nicht lange, und wenn Sie wollen, fahre ich Sie nach Hause.»

Eine Weile überlegte sie, bis es häßlich in ihren Mundwinkeln zuckte: «Das ist ein Angebot.»

«Mein Wagen steht da hinten.»

In der Innenstadt ging es nur im Schrittempo voran, sie schwieg und starrte stur geradeaus auf die Straße. Erst auf der Kanalstraße lief es schneller.

«Erika Gusche ist die Nachbarin eines Mannes, der am vergangenen Freitag bei einem Einbruch getötet worden ist.»

«Ja, ich weiß, sie hat's erzählt. Cordes heißt er, Peter Cordes.»

«Kannten Sie ihn zufällig?»

«Ja, natürlich», erwiderte sie trocken.

«Wieso natürlich, Frau – Entschuldigung, ich weiß nicht einmal Ihren Namen.»

«Jaumann, Anneliese Jaumann.»

«Wieso ist das natürlich, Frau Jaumann?»

«Dieser Cordes ist öfters bei uns erschienen, bei Erika.»

«Warum denn das?»

Sie lachte kurz. «Wir bekommen doch Personalrabatt, und wenn Cordes etwas brauchte, ist Erika mit ihm losgezogen. Hemden und Socken und Anzüge und Wäsche. Er war wohl nicht sehr fix und brauchte jemanden, der ihm beim Einkauf half.»

«Ja, das verstehe ich.»

«Ich habe nie mit ihm gesprochen, aber wenn er da stand, wie eine halbe Portion, und auf Erika wartete, konnte er einem schon leid tun. Er war wohl ziemlich schnell überfordert – oder?»

«Das sagen alle, die ihn gekannt haben. Außerdem soll er ein halber Analphabet gewesen sein, da kann das Einkaufen schon schwierig werden.»

«O ja.» Aus den Augenwinkeln bemerkte er, daß sie sich entspannte. «Und den Rabatt konnte er wohl gebrauchen. Obwohl er rumlief wie – wie – nicht verkommen, aber kurz davor.» Umständlich wühlte sie in ihrer Handtasche. «Er war Erika ja auch sehr dankbar, daß sie ihm half.»

«Hat sie das erzählt?» Sie mochte sich auf ihre Unfreundlichkeit etwas einbilden, aber er hatte ihr Hunderte von Verhören voraus, bei denen er gelernt hatte, auf Zwischentöne zu achten.

«Nein. Wir müssen übrigens gleich nach links, Richtung Kreuzkirche.»

«Gut.» Er kannte schlimmere Quartiere als das Kreuzkirchenviertel, aber freiwillig würde er nie in diese Gegend ziehen. «Woher wissen Sie, daß Cordes dankbar war?»

«Wegen der Geschenke.»

«Welche Geschenke?»

«Die er Erika hinterher, nach dem Einkaufen, machte.»

«So?» Die Linksabbieger-Ampel wollte und wollte nicht grün werden.

«Ja, Wäsche. Zum Schluß sind sie immer in die Wäscheabteilung gegangen, und Erika hat sich was Teures ausgesucht.» Ihr Kichern widerte ihn an. «Es kostete mehr, als Cordes mit dem Personalrabatt einsparte. Das haben wenigstens die Kolleginnen gesagt.»

Mitten auf der Straße konnte er sie schlecht rausschmeißen, obwohl er große Lust dazu verspürte. Endlich leuchtete der grüne Pfeil auf, er gab heftig Gas, und sie hatte nicht begriffen, daß sein Wohlwollen erschöpft war. Vor ihrer Haustür fertigte er sie so unhöflich wie möglich ab, sie hätte gern noch mehr angedeutet, sie quoll über vor Giftigkeit, aber seine Geduld mit ihr war schon überstrapaziert.

Trotzdem mußte er dem Hinweis nachgehen, und bis zum Gazellenweg hatte er sich so weit beruhigt, daß er gelassen klingelte. Der Öffner summte, er stieg langsam die Treppe hoch, sie stand unter der Tür, und Angst und Aufregung machten ihr Gesicht häßlich. «Sie – Sie –», stammelte sie, und er sagte ruhig: «Ja, wir müssen noch mal miteinander reden. Darf ich reinkommen?»

«Ja – ja – die Martha ist nicht da, und der Werner ist auf Schicht.» Sie hatten also die Wohnung für sich, und das war für sie im Moment das Wichtigste, keiner sollte erfahren, was sie jetzt besprachen. Denn daß er alles herausgefunden hatte, bezweifelte sie keinen Moment, ihr schlechtes Gewissen versetzte sie in Panik.

«Ich habe eben mit Frau Jaumann...»

Ausgerechnet mit dieser Schlange! Sie weinte fast. Die hatte bestimmt das mit der Wäsche...!? Dabei waren sie alle nur neidisch, weil der Peter ihr so schöne Sachen kaufte. Deswegen stichelten sie so schmutzig. Denn sie hatte nie verraten, daß – der Peter war ja dankbar, daß sie ihm half. Und sie wollte ihm eine Freude machen, weil er ihr so schöne Sachen – nur vorgeführt, bitte, das mußte er glauben, sie hatte die Sachen nur angezogen – bestimmt, nie mehr, der Peter hatte sie nie anfassen dürfen – und das andere war doch harmlos – er wollte doch nur gucken – und der Martha und dem Werner hatte er nie was verraten – sie löste sich fast auf. Stumm saß er auf der Eckbank mit den geblümten Polstern, ekelte sich vor sich selber, vor dem billigen Schmier dieser billigen Beziehung, vor der ganzen Erbärmlichkeit. Er würde doch nichts – doch nichts dem Werner – er schüttelte müde den Kopf. Es war ja auch schon lange her, seit bestimmt zwei Jahren hatte der Peter ihr nichts mehr geschenkt, nein, kein Stück mehr, eines Tages hatte er rumgedruckst, das wär jetzt vorbei, er brauchte sein Geld für eine andere Frau, eine richtige Frau. Oh, was war sie wütend gewesen, aber wenn der Peter sich entschieden hatte, warf ihn kein Panzer mehr um. Er müsse jetzt sparen, Wäsche und Gucken wär nicht mehr drin.

«Wofür sparte er denn?»

Zuerst mußte sie die Nase hochziehen und schniefte trotzdem. «Er hatte doch so eine verrückte Idee...»

«Daß er seinen Vater oder seine Stiefgeschwister finden wollte?»

«Ja, ja, genau dafür. Und für – für...»

«Er hatte also eine Frau kennengelernt?»

«Ach was, Frau!» Sie heulte beinahe. «Eine Nutte.»

«Woher wissen Sie das?»

Natürlich hatte es ihr keine Ruhe gelassen, im Grunde verachtete sie den geistesschwachen Cordes, das stand für ihn fest, aber sie wollte wissen, wem er jetzt – Geschenke machte. Manchmal putzte die Martha Peters Wohnung oben, und eines Tages, als sie mit einem dicken Schnupfen herumlief, war sie für die Schwiegermutter nach oben gegangen und hatte die ganze Bude auf den Kopf gestellt. Bis sie in einer Jackentasche einen kleinen Zettel gefunden hatte, ein Stück aus seiner Zeitung.

«Haben Sie den noch?» unterbrach er rabiat.

«Ja... aa!»

«Geben Sie mir ihn bitte!» befahl er, und gehorsam sprang sie auf. Es war ein winziges Röllchen Zeitungspapier, ein Streifen aus den Kontaktanzeigen. «Eva, dunkel, schlank und rassig, hat viel Zeit und keine Hemmungen. 11–24 h.» Dazu eine Telefonnummer.

«Von wem hatte er das? Ich meine, er konnte doch nicht lesen?»

Sie rang die Hände. Vom Erich vielleicht, diesem Säufer. Oder in der Firma hatte ihm jemand geholfen, der Peter war nicht dumm, eben nur sehr langsam, und wenn er was wollte, konnte er verflixt zäh sein.

«Zu dieser Frau ist er also regelmäßig gegangen?»

«Möglich.» Sie schaute schnell zur Seite, und deshalb wartete er, bis sie das Schweigen nicht länger ertrug. In der vorigen Woche war er ins Kaufhaus gekommen, kurzärmelige Hemden brauchte er und neue Socken, na ja, sie war halt mitgegangen, die Kolleginnen sollten ja auch nichts merken, und zwischendurch sagte der Peter etwas ganz – ganz – ganz Seltsames. Er hätte sich das mit seinem Geld überlegt. Das wäre jetzt so viel, das sollte jetzt ein anderer für ihn aufbewahren. Ein guter Freund. Mit seiner Freundin ginge das nicht mehr, die fragte ihn dauernd, ob er ihr nicht was pumpen könnte. Aber dafür hätte er nicht eisern gespart, sie kriegte jedesmal genug – ja, das hatte der Peter so vor sich hin gebrummelt. Genau so! Stolz und lobheischend strahlte sie ihn an, bis er ihr den Gefallen tat: «Toll, Frau Gusche, das ist ja phantastisch, Sie haben mir sehr geholfen – und über das andere schweigen wir beide wie das Grab.»

Im Präsidium brannte kaum noch Licht, als er den Dienstwagen abstellte. Den Zeitungsfetzen befestigte er mit einer Büroklammer an einem Blatt Papier: «Nur Namen und Anschrift feststellen. Nicht anrufen. Sar.» In den nächsten Wochen würde er den Kollegen Rabe am Schreibtisch festbinden, so lange und so fest, bis dieser Clown selbst um seine Versetzung einkam.

Sorgfältig kopierte er den Rest der Akte Ilonka Bertrich, füllte das Abgabe-Formular aus und warf sie mit dem Laufzettel «StAnw/Heike Saling» auf die Ausgangsseite des uralten Aktenbocks. Der zitterte und schwankte wie gewohnt, blieb aber stehen. Altersschwach und diensteifrig, insofern auch ein Relikt aus besseren Zeiten.

Bei seinen Ermittlungen war er immer wieder über eine Schwierigkeit gestolpert. Es gab zu wenige Erwachsene, denen er eine unvoreingenommene Beurteilung des jungen Mädchens zutraute.

Wie war sie gewesen? Nur gehorsam oder auch unterwürfig? Nur ordentlich oder auch unselbständig? Nur nett oder auch etwas schwach? Scheinbar bedeutungslose Fragen, aber doch entscheidend für sein Hauptproblem: Wer hatte Ilonka Bertrich an Silvester so beeindrucken können, daß sie ihre Eltern am Telefon belog und einem Manne in die Wohnung folgte? Den sie kennen mußte, davon war er überzeugt, der sich aber so weit außerhalb ihres normalen Umgangs bewegte, daß sie ihn nie erwähnt hatte, weder daheim noch in der Berufsschule, noch in ihrem Freundeskreis. Und wenn das Bild stimmte, das er sich von diesem Mann machte, würde der den Schreck des Silvestertages verdrängen und erneut nach jungen Mädchen Ausschau halten, denen er imponieren konnte. Auf seiner Liste waren vier Namen noch nicht abgehakt, einen davon hatte er unterstrichen.

Dienstag, 3. Juli, mittags

Sagebusch studierte das Memorandum, abgezeichnet von Wolfgang Etzel, und ärgerte sich mit jeder Zeile mehr. Immer wieder diese hierarchische Feigheit! Was sollte denn dieser Quatsch? Erstens war das Wirtschaftsministerium für Änderungen der Genehmigungsbescheide nicht zuständig, das sollte gefälligst das Regierungspräsidium erledigen. Und zweitens hatte er Wichtigeres zu tun, als sich um die zweiten Nachtwächter irgendwelcher Chemieklitschen zu kümmern. Was war bloß in den Etzel gefahren?

Richtig vergrätzt stopfte er das Papier in den Aktendeckel zurück und rannte aus dem Zimmer. Einheizen würde er dem Kerl, jawoll, Schluß mit diesen albernen Kinkerlitzchen.

Doch Etzel wehrte sich nicht, ließ die Schimpfkanonade über sich ergehen, lächelte stumpfsinnig und schlug, als Sagebusch sein Pulver verschossen hatte, ganz sachlich vor: «Gehen wir eine Tasse Kaffee trinken?»

«Wozu?» bellte Sagebusch.

Statt zu antworten, blinzelte Etzel verstohlen in Richtung Laubert, dessen Ohren förmlich gewachsen waren, obwohl er voller Eifer eine Akte studierte. Sagebusch stutzte, schaltete und knurrte: «Meinetwegen, aber Sie zahlen.»

Neben dem Ministerium gab es ein kleines, plüschiges Café, in dem sie ungestörter reden konnten als in der ungastlichen Kantine. Sagebusch hatte sich mittlerweile so weit beruhigt, daß er Etzel aufmerksam zuhörte.

«Dieser Brandes will auf der Parteischiene bis zum Minister gehen, deswegen hielt ich es für besser, ihn nicht gleich abzuwürgen.»

«Okay. Aber wegen eines zweiten Nachtwächters bis zum Minister?»

«Nein, das ist nur ein Vorwand. Vermute ich wenigstens. Meiner Meinung nach geht es auch gar nicht um diese Alfachem, sondern um den Uraltknatsch freiwillige Wehren–Berufswehren.»

«Ach du meine Güte!» Sagebusch hob entsetzt beide Hände hoch.

«Moment, Moment. Irgendwo ist das auch schizophren. Für die Produzenten halten wir Wehren vor, obwohl die Firmen laut Statistik immer weniger Einsätze auslösen. Unter anderem auch dank der Auflagen, die wir ihnen machen. Das Loch ist der Straßentransport, da verlassen wir uns auf freiwillige Wehren, die mit komplizierten Ladungen gar nicht mehr fertig werden können. Sie wissen selbst, daß wir denen raten müssen, im Ernstfall sofort Hilfe bei einer Berufswehr anzufordern.»

Sagebusch nickte nach einer Weile, mürrisch zwar, aber immerhin.

«Ich hab mich erkundigt, dieser Laster da in Seesterhagen – der hatte dort nichts zu suchen. Mit der Fracht durfte er nicht durch den Ort, und zu dieser Tageszeit sowieso nicht. Aber der Fahrer – früher war er angestellt bei einer Spedition, die hat ihn überredet, sich selbständig zu machen und ihr den Lastzug abzukaufen. Jetzt hockt er zwölf, vierzehn Stunden auf dem Bock, um finanziell über die Runden zu kommen. Und nimmt deshalb eine verbotene Abkürzung zu verbotener Zeit.»

«Wußte er, was er geladen hatte?»

Etzel schnitt eine Grimasse: «Jedenfalls hat er's abgezeichnet. Für die Justiz ist der Fall gelaufen.»

«Und das alles will dieser – dieser Brandstifter zur Sprache bringen?» Sagebusch witterte nach sechzehn Jahren Ministerium Kilometer gegen den Wind, wenn ein Sachproblem politischen Ärger auszulösen drohte.

«Brandes heißt er.» Etzel hustete, er kannte seinen Vorgesetzten. «Biedermann und Brandesstifter.»

«Und was soll nun geschehen? Soll eine Sachfrage gelöst oder einem potentiellen Meckerer der Mund gestopft werden?»

«Das, Herr Sagebusch, ist eine politische Entscheidung außerhalb meiner Zuständigkeit», leierte Etzel fromm herunter. Sagebusch starrte ihn wütend an, dumme Sprüche liebte er sowenig wie halbe Wahrheiten. Was Etzel sehr genau wußte, aber er dachte nicht im Traum daran, sich die Finger zu verbrennen oder sein Maul noch weiter aufzureißen. Seine Warnung war er losgeworden, jetzt durfte Sagebusch, ranghöher und besser bezahlt, sich des Problems annehmen. Der Umweltminister hatte sich in den vergangenen Wochen recht kühn aus dem Fenster gelehnt und einige sehr unfreundliche Bemerkungen über die chemische Industrie abgesondert, sehr zur Verärgerung ihres Hausherrn, des Wirtschaftsministers. Postwendend hatte der Verband der chemischen Industrie den Handschuh aufgegriffen und so spitz wie wohl richtig angemerkt, daß die Industrie ihren Teil zum vorbeugenden Umweltschutz leiste und auf vorbeugende Sicherheit achte. Der logisch anschließende Satz war nicht mehr niedergeschrieben, aber allgemein richtig ergänzt worden, was den Wirtschaftsminister ein weiteres Mal verschnupft hatte.

V

«Also, Paul, eigentlich kann und darf ich dir gar nichts sagen.» Dabei wieherte Pfitzner, daß sein Kugelbauch hüpfte und der Stuhl knarrte.

«So, so, eigentlich», wiederholte Sartorius geduldig. «Und warum nicht?»

«Weil es sich um eine unvorschriftsmäßige Obduktion gehandelt hat.» Jetzt wackelten auch die Hängebacken.

«Aha! Und weshalb unvorschriftsmäßig?»

«Weil sich die Vertretung der Staatsanwaltschaft auf halbem Wege verabschiedet hat.»

«Na prima. Und wieso?»

«Weiß ich doch nicht! Mit einem Mal knallt die Tür an die Wand, jemand würgt und kotzt mir meine schönen Fliesen voll, und dann ward sie nimmer gesehen.»

«Wir kommen der Sache näher, Jockel. Es handelt sich also um eine Staatsanwältin?»

«Richtig! Flotter Käfer, hätt ich viel lieber auf dem Tisch gehabt.»

«Lebend?»

«Ich nehm's, wie's kommt.» Weil sich die Toten, die er aufschnitt, gegen seine albernen Sprüche nicht mehr wehrten, hatte sich Pfitzner mit der Zeit angewöhnt, auch die Lebenden so zu behandeln. Zweifellos war er ein tüchtiger Pathologe, aber sein Zynismus stieß ab, und auch Sartorius konnte ihn nicht leiden.

«Heißt sie Saling, Heike Saling?»

«Genau so.»

In diesem Fall hielt sich sein Mitleid in Grenzen. «Na schön, woran ist Cordes gestorben?»

«Herzstillstand.»

«Arschgeige!»

«Nee, wirklich, Herzstillstand.»

«Er hatte doch eine Kopfwunde...»

«Hatte er, aber daran ist er nicht gestorben. Drei, vier Tage später vielleicht, unter der Fraktur waren zarteste Blutungen aufgetreten, aber am Freitagabend hat sein Herz gemeldet: Ich will nicht mehr.»

Sartorius schaute ihn prüfend an, sagte aber nichts, weil Pfitzner viel zu lange im Gewerbe war, um das Dilemma zu übersehen. Da hatte einer dem armen Cordes etwas über den Schädel geknallt, eine «Einwirkung stumpfer Gewalt» erzeugt, und die Anklage sollte beweisen, daß der Herzstillstand die direkte Folge dieses Schlages war. Oder umgekehrt, daß nur dieser Schlag und nichts anderes den Stillstand und folglich den Exitus bewirkt hatte.

«Es war man ein klappriges Kerlchen, Paul. Mehr geflickte als heile Knochen. Alles ein bißchen ausgeleiert, gerade eben noch funktionstüchtig.»

«Und warum verweigerte dann sein Herz plötzlich den Dienst?»

«Keine Ahnung.» Sein Gesicht glänzte immer noch wie ein Honigkuchenpferd, doch seine Augen waren ernst geworden. «Ich will dich jetzt nicht auf eine falsche Fährte locken, Paul. Dieser Cordes ist doch abgeduscht worden?»

«Ja, aus einem Feuerlöschschlauch.»

«Schau mal, das Wasser steht unter Druck und ist verhältnismäßig kalt. Der Spaßvogel hat Cordes total überrascht, und diese vier Faktoren können reichen: Überrumpelung, Kälte, Druck, es schleudert den armen Wicht mit dem Kopf wuchtig gegen die Wand – bumms, aus, Exitus.»

«Nicht sehr wahrscheinlich, Jockel.»

«Mag sein, Paul, aber Besseres kann ich dir nicht bieten.»

«Und diese Laienversion wird dann auch streng wissenschaftlich in deinem Bericht stehen?»

«Wort für Wort!»

Auf dem Weg ins Präsidium hielt er an einer Imbißstube, die für ihre Kartoffelpuffer berühmt war. Ein paar Minuten mußte er warten, weil gerade frisches Fett eingefüllt wurde; neben der Bude standen hohe runde Tische, um die sich die Esser drängten. Es war sommerlich warm, die Sonne schien aus einem wolkenlosen Himmel, und in der Luft lag ein Hauch von Ferienstimmung. Zum erstenmal bemerkte er, daß in dieser Saison die Röcke kürzer und die Kleider bunter geworden waren. Und die Jeans hatten in dünnen, weiten, schlaksigen Hosen Konkurrenz erhalten.

«Essen Sie Ihr Apfelmus nicht?»

Er fuhr zusammen. Siebzehn, höchstens achtzehn Jahre alt und stolz auf ihre Keßheit; er schmunzelte: «Nein. Darf ich's Ihnen anbieten?»

«Aber immer! Danke.» Sie griff sofort zu.

«Gern geschehen.»

Auf der anderen Seite des Platzes lag Gittes drittes Geschäft. Zwei Schaufenster, darüber nur ein kleiner Schriftzug «Brigitte Sartorius». Von Anfang an hatte sie darauf bestanden, nur ihren Namen zu verwenden, ohne jeden Zusatz wie «Mode» oder «Salon». Für das erste Geschäft hatte sie noch ein großes Ladenlokal gesucht, das viel Auswahl bot. Das zweite war schon kleiner, und das dritte drüben verkaufte auf winziger Fläche nur Übergrößen, Sachen, die sie selbst nie tragen würde, die ihr an großen Frauen gefielen. An der Geschäftstüchtigkeit und dem Geschmack seiner Frau hatte er nie gezweifelt, aber daß die drei Geschäfte fast ohne Anzeigen und Reklame so gut liefen, verblüffte ihn immer noch. So ganz verstand er es auch nicht, aber das behielt er für sich.

Auch Petra und Rabe hatten wenig zu bieten. Keine Spur von Cordes' Familie. Keine Spur von dem Mann oder den Männern, die Cordes – ja, was eigentlich? – ermordet hatten? Oder zu Tode erschreckt? Petra hatte sich an Cordes' früheren Arbeitsstellen umgehört. Das Urteil hatte überall gleich gelautet: ein geistesschwacher Einzelgänger, ohne Freunde und Bekannte. Selbst mit viel Phantasie konnte und wollte sich niemand einen Grund vorstellen, diesen armen Kerl umzubringen.

Rabe hatte zwischen ihr und Sartorius hin und her geblickt und wagte einen Einwand: «Ich finde es erstaunlich, daß er sein ganzes Leben lang gearbeitet hat. Der muß doch unheimliche Probleme gehabt haben, überhaupt einen Job zu finden. Aber so, wie es aussieht, hat er sich nie auf Stütze oder Sozialhilfe ausgeruht.»

Nach einigem Überlegen nickte er. Da hatte Rabe etwas am Wickel. «Hartnäckig war der Bursche, das stimmt. Er hatte auch ein – na, in seinen Augen sicherlich – großes Ziel. Er wollte seinen Vater oder seine Stiefgeschwister herauskriegen. Dafür scheint er jahrelang eisern gespart zu haben.»

«Was? Wo sind denn dann die Ersparnisse?» fragte Petra prompt.

«Und wer sollte ihm dabei helfen?» ergänzte Rabe. «Seine Tochter, diese Cordula?»

«Haben Sie den Namen und die Anschrift zu dieser Telefonnummer?»

«Ja, Eva Braun, Pappelallee 22.»

Unwillkürlich lachte er laut auf: «Eva Braun.»

Rabe sah ihn besorgt an. «Sagt Ihnen der Name etwas?»

«Ja. Ihnen nicht?»

Eine Minute zermarterte sich Rabe den Kopf, bevor er fast ängstlich erwiderte: «Nein. Müßte er?»

«Ach nein, nur ein lange zurückliegender Fall von Selbstmord auf Aufforderung.» In Petras Gesicht zuckte kein Muskel.

Das Haus Pappelallee 22 sah aus, als sei links und rechts gewaltsam etwas abgeschnitten worden, die Wand- und Wundflächen waren geschwärzt. Mit seinen vier Stockwerken überragte es arrogant die niedrigen Bauten und besseren Schuppen der Werkstätten und Autohandlungen; gegen das moderne, mit Weiß und Glas protzende Bürohochhaus wirkte es wie eine ordinäre Herausforderung. Eva Braun hatte die Zahl neugieriger Nachbarn auf ein Minimum reduziert. Auf ihrem Klingelschild stand nur E. B.

Die Tür im ersten Stock stand einen Spalt offen und war mit einer Sperrkette gesichert. «Ja?» fragte eine unsichtbare Frau ohne jedes Interesse.

«Ich würde Ihnen gern was zeigen.»

«So? Was denn?»

«Sie können's durch den Spalt lesen.» Er hielt den aufgeklappten Ausweis hin, ein Gesicht erschien, und sofort fluchte sie los: «Verdammte Bullen.»

«Nur ein paar Fragen.»

«Ich warte auf einen Kunden.»

«Wenn's Ihnen lieber ist, lasse ich Sie aufs Revier holen.»

«Scheißkerle!» Die Tür wurde geschlossen, eine Kette klirrte, dann schwang die Tür heftig auf, und sie keifte sofort los: «Könnt ihr Mistböcke uns nicht mal in Ruhe anschaffen lassen?»

«Vorsicht, ich bin nicht von der Sitte, sondern von der Mordkommission.»

Sie erstarrte. Eva Braun hatte dunkelbraune, fast schwarze Lokken, die bis weit über die Schultern fielen, und mochte Ende Zwanzig, Anfang Dreißig sein. Ein hübsches, perfekt geschminktes Gesicht, ansehnlich bis auf den harten, abschätzigen Blick. Sie trug ein schwarzes Spitzenkorsett mit Strapsen und schwarzen Netzstrümpfen, dazu Schuhe mit abenteuerlich hohen Absätzen.

«Nur ein paar Fragen zu einem Kunden.»

Ihre Wut war fast mit Händen zu greifen, aber sie zuckte mit den Schultern: «Meinetwegen! Komm rein!»

«Wir bleiben besser beim Sie, Frau Braun. Und mir wäre es lieb, wenn Sie sich was überziehen würden.»

Mit dem schnellen, halb erstaunten, halb besorgten Blick hatte er fest gerechnet. Zwischen der Sitte und den Prostituierten hatte sich ein teils grober, teils ordinärer Ton herausgebildet, mit dem man sich verständigte und auch verstand. Auf dieses Spielchen wollte er sich gar nicht erst einlassen, und sie war intelligent genug, die leichte Drohung in seinen Worten nicht zu überhören. Wortlos klinkte sie die Tür zu einer großen Küche auf und verschwand in einem anderen Zimmer. Als sie zurückkam, knöpfte sie einen knöchellangen Morgenmantel zu. Mitten in der Küche stand ein kleiner Tisch mit zwei Stühlen, sie hatte Kaffee getrunken, die Glaskanne auf der Warmhalteplatte war noch halb voll.

«Wollen Sie einen Kaffee?»

«Gerne, vielen Dank.»

Zwar schüttelte sie ungehalten den Kopf, doch auch diese Botschaft war übergekommen: ein ernstes Gespräch, noch kein Verhör. Ohne Kommentar schob er die beiden Aufnahmen von Peter Cordes hin, sie zuckte zusammen, antwortete aber ohne Zögern: «Peter Cordes.»

«Er war Ihr Kunde?»

«Ja.»

«Sie wissen, was mit ihm passiert ist?»

«Schon, das, was in den Zeitungen gestanden hat. Einbrecher in der Firma, wo er als Nachtwächter gearbeitet hat.»

«Seit wann kennen Sie ihn?»

Unbehaglich schielte sie auf seinen Block, sträubte sich aber nicht. Seit vielleicht zwei Jahren, nicht ganz zwei Jahren. Auf eine Annonce hin hatte er sich gemeldet. Kein angenehmer Kunde, sie verzog den Mund, sie mußte ihn erst einmal unter die Dusche stekken. Doch er zahlte anstandslos, und seine – Männlichkeit war nicht so, daß es sie überforderte. Und er kam wieder, jeden Montag morgen, Punkt acht Uhr. Nach dem Dienst bei dieser komischen chemischen Firma, nun ja, es war leicht verdientes Geld. Schließlich hielten sich seine Ansprüche in Grenzen. Oft mußte sie sich nur ausziehen, ihm quollen die Augen aus dem Kopf, und dann quatschte er, wenn man diese Wörter im Zeitlupentempo überhaupt ein Gespräch nennen durfte. Über dies und das. Helle war er weiß Gott nicht, und so einsam, also, sie war, in aller Bescheidenheit formuliert, hart gesotten, aber gelegentlich hatte er ihr leid getan. So einsam, daß er Vertrauen zu einer Nutte faßte. Schwer zu glauben, was?

Er nickte, was sie nicht beleidigte.

Im Laufe der Zeit erfuhr sie die ganze Geschichte seines verkorksten Lebens. Franziska, die ihm weglief und seinen Liebling Cordula mitnahm. Der Unfall in der Lagerhalle. Die Nachbarn, Martha, der Sohn Werner, der ihn immer verhöhnte, seine Frau Erika, der er heimlich Wäsche schenkte, die sie ihm zur Belohnung vorführte, die Pornohefte und Videos. Und ganz zum Schluß, quasi als Krönung, seinen großen Traum, das Projekt seines Lebens.

«Ach du meine Güte! Hat er Ihnen auch erzählt, daß er seinen Vater aufstöbern wollte?»

Genau das. Das war zur fixen Idee geworden. Wenn der Vater die Mutter geheiratet hätte – oder ihn wenigstens als leibliches Kind anerkannt hätte –, dann wäre es ihm im Leben besser ergangen. Diese Rechnung stand noch offen, dafür sparte er, eisern, jeden Pfennig. Selbst bei ihr versuchte er, eine Art Mengenrabatt herauszuschlagen.

«Aber wie wollte er das schaffen? Er war ein halber Analphabet, er hätte doch nie einen Brief an eine Behörde zusammengekriegt.»

Eben, dieses Problem wälzte er auch hin und her. Und hatte sich eine abenteuerliche Lösung zusammengebastelt. Sobald er genug gespart hatte, sobald er in Rente gehen konnte, würde er jemanden mieten – «ja, den Ausdruck hat er benutzt, ganz ohne Arg, mieten» –, der das Schriftliche für ihn erledigte.

«Hatte er dabei an Sie gedacht?»

Zu Anfang wohl. Denn eines Tages kam er mit knapp fünfzigtausend Mark hier an, bar, in einer Plastiktüte.

«Wie bitte?»

Doch, fast fünfzigtausend Mark in großen und kleinen Scheinen. Seine Ersparnisse, die er bis dahin in seiner Wohnung aufbewahrt hatte. Sie war schon zur Routine-Dusche ausgezogen, und er wurde ganz jipperich: Zieh dich an, zieh dich an, wir müssen zur Bank, und du mußt für mich das Geld gut anlegen. Nun ja, er zahlte und bestimmte die Musik, sie zog sich also an, und sie marschierten zu einer Bank drei Straßen weiter. Natürlich gab's Zirkus, als sie boshaft-zynisch erklärte, wie sie den Mann neben sich kennengelernt hatte, doch zum Schluß siegte das Non olet. Cordes strahlte wie ein Glücksschweinchen, sabberte und ließ sich immer wieder verzückt vortragen, um wieviel sich sein Geld im Jahr vermehren würde. Sie war klug genug, sich keine Vollmacht für das Konto geben zu lassen. Aber weil sie für ihn immer wieder bar auf das Festgeldkonto einzahlte, war er fest davon überzeugt, daß sie jederzeit an sein Geld herankonnte.

«Das ist wichtig. Denn ohne das verstehen Sie nicht, was dann passiert ist.»

Ende Mai fuhr sie ihr Auto zu Schrott, und als sie Peter fragte, ob er ihr für ein paar Wochen zehntausend Mark leihen könne, wurde der komisch. Aufgeregt wie ein kopfloses Huhn. Nein, nein, dafür war das Geld nicht gedacht; sie hatte es achselzuckend aufgegeben, aber die Furcht, sie habe es auf seine Ersparnisse abgesehen, saß seitdem in ihm fest. Eines Tages rückte er damit heraus, er habe jemanden gefunden, der das Geld für ihn aufbewahren wollte. Es hatte sie nicht wirklich gekränkt, du meine Güte, da war sie von Kunden ganz andere Dinge gewohnt. Aber es hatte sie interessiert, wie ihr menschenscheuer Peter einen neuen Freund gefunden hatte, dem er so schnell so viel Vertrauen schenkte. Der arme Kerl hatte sich gewunden wie ein Wurm. Lügen konnte er nicht, die Wahrheit wollte er nicht sagen, und wenn er so herumdruckste und knallrot anlief, fürchtete man schon für seinen Verstand. Bröckchenweise hatte sie ihm die Einzelheiten aus der Nase gezogen. Ein Kollege. Was für ein Kollege? Ein Nachtwächter? Nein, ein Mann, der bei der Alfachem arbeitete. Aha! Was für ein Mann? Ein kluger Mann, doch, sehr klug. Brauchte der auch Geld, so wie sie? O nein, nein, Cordes hatte sich richtig aufgeregt. Ein reicher Mann, ein netter, ganz bestimmt ein ehrlicher Mann. So, so. Wußte der auch, wofür Peter Cordes das Geld gespart hatte? Na ja, richtig wissen – etwas habe er ihm schon verraten –, aber sie sahen sich nicht sooft, nein, der Mann arbeitete nicht jede Nacht in der Firma. Nur manchmal. Und so ein kluger, großer, reicher Mann unterhielt sich dann mit dem Nachtwächter? Doch, das tat er!

«Also, langer Rede kurzer Sinn – ich mußte mit Peter zur Bank und das Konto auflösen. Er wollte das Geld in bar, da half nix, kein Reden und kein Ratschlag.»

Wütend kniff sie die Lippen zusammen und zündete sich hastig eine neue Zigarette an, während er nachdenklich aus dem Fenster starrte. Was sie gebeichtet hatte, klang so verrückt, daß es schon wieder überzeugte, vor allem im Zusammenhang mit Peter Cordes. Viele Details ließen sich nachprüfen, nein, bis jetzt war er geneigt, ihr zu glauben. Auch wenn sie noch einiges verschwieg.

«Wann haben Sie das Geld abgeholt?»

«Am Freitag. An dem Tag, an dem er umgebracht wurde.»

«An dem – sind Sie sicher?»

«Doch, ganz sicher. Am Montagmorgen kam er nicht, das hat mich schon gewundert, das war noch nie passiert, und dann hab ich im ‹Tageblatt› gelesen, daß am Feitagabend ein Nachtwächter namens Peter C. in der Firma Alfachem erschlagen worden war.»

«Nein», murmelte er, aber sie hatte es gehört und klopfte mit den Knöcheln auf die Tischplatte: «An dem Freitag.»

«Wann sind Sie in der Bank gewesen?»

«Kurz vor zwölf.»

«Wieviel Geld war es?»

«Dreiundfünfzigtausend Mark und ein paar Zerquetschte.»

«Cordes ist mit dem Bargeld abgezogen?»

«Ja, er hatte eine feste Umhängetasche aus Leder mitgebracht. In der Bank hat er noch einen ziemlichen Wirbel veranstaltet, weil er darauf bestand, daß ein zweiter Mann das Geld nachzählte.»

«Wo haben Sie sich getrennt?»

«Direkt vor der Bank. Ich war ziemlich sauer, das kann ich Ihnen flüstern. Aber das hat ihn kalt gelassen.»

An seinem Todestag hatte Cordes also über dreiundfünfzigtausend Mark einem guten Freund aus der Firma anvertrauen wollen. Es durfte alles nicht wahr sein! Eine Zigarettenlänge grübelte er. Die ganze Geschichte paßte und klemmte zugleich. Er holte tief Luft: «Ich muß Ihre Angaben nachprüfen, Frau Braun.»

«Meinetwegen», stimmte sie gleichmütig zu.

«Und ich muß Sie fragen, wo Sie am vergangenen Freitag zwischen 21.00 Uhr und 23.15 Uhr gewesen sind.»

«Von neun bis elf…» Der Verdacht amüsierte sie. «Ich war hier, in der Wohnung.»

«Hatten Sie zu der Zeit – Besuch?»

«Sicher, freitags ist Hochbetrieb. Aber ich führe kein Buch.»

«Nein, das ist klar. Kannten Sie Ihre Kunden?»

«Nicht alle. Einen Namen könnte ich Ihnen nennen, aber nur, wenn's sein muß. Er ist nämlich verheiratet.»

«Keine Sorge, wir sind die Diskretion auf zwei Beinen – wenn's sein muß.»

«Na schön! Ein Protokoll muß ich wohl auch noch unterschreiben? – Das habe ich befürchtet! Übrigens sind Sie schief gewickelt, wenn Sie glauben, der Peter hätte mich in die Firma reingelassen. Nicht mich!»

Auf der Treppe grinste er still in sich hinein. Daß diese Damen immer glauben mußten, sie könnten alle Männer, die nicht sofort mit Fäusten oder Ledergürteln zuschlugen, an der Nase herumführen. Gelogen hatte sie nicht, davon war er überzeugt, aber eine Menge nicht ausgesprochen. Noch nicht!

Die Bankfiliale hatte schon geschlossen, er mußte per Telefon gewaltige Drohungen ausstoßen, bis ihm auf der Rückseite des Gebäudes der Personaleingang geöffnet wurde. Die unfreundliche Atmosphäre beschleunigte das Verfahren. Eva Brauns Aussagen waren in allen Punkten korrekt, Cordes war am Freitagmittag mit 53784 Mark und 22 Pfennigen abgezogen. Davon waren 40000 Mark druckfrische Tausender mit fortlaufender Seriennummer, die der Kassierer notiert hatte: «Das Pärchen hat mir nämlich nicht gefallen, Herr Kommissar, ein Halbidiot und eine Nutte. Da hab ich mir gedacht, Vorsicht ist die Mutter der Porzellankiste…»

«… und des guten Rufes von Banken, ich weiß. Meine Damen und Herren, Sie haben mir sehr geholfen.»

Petra kippte vor Erstaunen und Begeisterung fast vom Stuhl: «Du schickst mich in den April.»

«Kein Gedanke daran, verehrte Hauptmeisterin.»

«Darauf müssen wir einen Schluck trinken!»

«Sofort, ich muß nur noch diesem Rabenclown etwas Arbeit auf den Tisch packen.»

Natürlich würden sie versuchen, dem Täter über die Tausender auf die Spur zu kommen; Banken, Sparkassen, Wechselstuben und manche Reisebüros spielten mit, und für die Alarmierung gab es ein erprobtes Verfahren, das allerdings ab 17 Uhr, wenn die Bürozeiten endeten, nicht mehr funktionierte.

«Du wirst Hunger haben», behauptete sie vergnügt.

«Häh? Wie kommst du darauf?»

«Du hast heute mittag nur Reibekuchen gegessen.»

«Woher weißt du?»

Statt einer Antwort hob sie eine Tüte aus steifem, grünem Glanzpapier hoch, und er lachte über den kleinen, gelben Schriftzug «Brigitte Sartorius».

«Ich hab dich gesehen.»

«Und was ist in der Tüte?»

«Zwei Hosen.» Sie verdrehte die Augen und strich mit den Händen über die Jeans. «Die kneifen, ich werde fett.»

«Wenn du fett bist, möchte ich nie eine magere Frau anfassen.»

«Für das Kompliment bedanke ich mich, aber die versteckte Frage beantworte ich mit einem glatten ‹Abgelehnt›.»

«Ich lade dich trotzdem zum Essen ein.»

«Auf echte Kavaliere ist eben immer Verlaß.»

Ihre gute Laune kühlte erheblich ab, als er vor dem Rathaus einen Parkplatz suchte und die Scheiben herunterkurbelte. Ärgerlich stieß sie ihm einen spitzen Ellbogen in die Seite: «Was soll das?»

«Ich warte auf einen Mann für dich.»

«Willst du mich abschieben?»

«Nein. Vier Namen habe ich noch auf meiner Liste, und er ist der einzige Junggeselle.»

Natürlich schaltete sie richtig. Die ersten Wochen hatte sie bei den Ermittlungen mitgearbeitet, bis sie sich eingestanden, daß sie in einer Sackgasse steckten. Strafrechtlich war dem Unbekannten, der an Silvester oder in den ersten Stunden des 1. Januar die tote Ilonka Bertrich im Kesterwald abgelegt hatte, wenig vorzuwerfen, und nur sie ahnte, daß er so hartnäckig an dem Fall blieb, weil er an seine Tochter Melanie oder auch an Anja dachte. Doch dieses Thema hatte sie nie angeschnitten. Bei allem Vertrauen und aller Vertrautheit, die zwischen ihnen herrschte, achtete er auf Distanz; sie hatte es ihm früher oft vorgeworfen und später nie gestanden, daß sie im Laufe der Zeit ihre Meinung geändert hatte. Das Verhalten des Chefs färbte viel stärker, als sie vermutet hatte, auf die Abteilung ab, und der jetzt übliche Ton im 1. K. – freundlich, offen, doch im Zweifelsfall höflich statt kumpelhaft – erleichterte die Teamarbeit, isolierte freilich die Mordkommission von den anderen Abteilungen, über die Sartorius mit schmalen Lippen urteilte: «Pack schlägt sich, Pack verträgt sich.» Beliebt machte es die Mörderei im Präsidium nicht, doch unangreifbar. «Du bist ein altmodischer Mensch, Paul.»

Amüsiert hatte er ihr zugezwinkert: «Und konservativ.»

«Altmodisch, kühl und konservativ – mit wem hab ich mich da eingelassen!»

Nach einer halben Stunde murmelte er: «Da kommt er.»

«Wer?»

«Mitte Dreißig, schlank, dunkle Haare, heller Anzug, dunkles Freizeithemd. Auf der Treppe.»

«Wer oder was ist er?»

«Er heißt Hans-Joachim Zogel, wird Hajo gerufen. Vor sechs Monaten ist er zum Leiter der Städtischen Planungskommission befördert worden.»

«Und was hat er vorher getrieben?»

«Leiter des Gartenbauamtes.»

«Oha!» Sie setzte sich aufrecht hin. Auch verheiratete Männer pirschten sich an Lehrmädchen heran, aber Silvester war, wie Weihnachten, doch ein Familienfest. In der Regel wenigstens. «Was macht er jetzt?»

«Er nimmt den 102er Bus bis zum Mühlengraben.»

«Hat er kein Auto?»

«Doch, aber das benutzt er selten. Er hat Anspruch auf einen Dienstwagen und läßt sich manchmal morgens abholen.»

«Und was tun wir?»

Er drehte schon den Zündschlüssel. «Ich will wissen, ob er wieder den ganzen Abend zu Hause hockt.»

Dem Bus zu folgen bereitete keine Schwierigkeiten, der Berufsverkehr zwang sie ohnehin zu Stop and Go, und in den dritten Gang konnte er erst zwei Stationen vor der Einmündung des Mühlengrabens schalten. Während die Fahrgäste ausstiegen, bog er in die schmale Straße ab und schlich an den kleinen Einfamilienhäusern entlang, als suche er eine bestimmte Nummer. Sie rückte den Spiegel zurecht und sagte nach einer Weile: «Da ist er – er geht in das vierte Haus links.»

«Gut!» Eine Minute spielte er noch den verwirrten Fahrer und gab dann Gas. «Er kennt mich. Leider.»

«So, so», spottete sie. «Er kennt dich und mich nicht. Das meintest du doch?»

«Bin ich so leicht zu durchschauen?»

«Bist du. Außerdem habe ich eine Überraschung für dich.»

«Da bin ich aber gespannt.»

«Eine junge, hübsche Frau hat hinter dir hertelefoniert, sie sehnt sich morgen nach dir.»

«Sag bloß...»

«Staatsanwältin Heike Saling. Zwischen acht und neun.»

Im «Margarethenhof» wurde gerade ein Tisch im Garten frei. An drei Seiten war er mit dichten hohen Hecken umgeben, und die Kastanie breitete ihre Äste wie ein Dach über die grüne Nische. Weil er noch fahren mußte, trank er Weinschorle, und nach dem Essen erzählte er sehr beiläufig, was ihm an Hajo Zogel aufgefallen war. Zu jung für den neuen Posten, ehrgeizig, fest auf der Parteischiene rollend. Ein Mann mit wenigen Freunden und Freundinnen, nicht schwul, das mit Sicherheit nicht. Morgens ins Rathaus, abends in sein leeres Domizil, und wenn er einmal von dieser Routine abwich, dann nur zu dienstlichen Terminen, zu Parteiversammlungen oder öffentlichen Veranstaltungen. Kein Leben für einen erfolgreichen, ledigen Mann Mitte Dreißig. Es sei denn, er hatte ein schlechtes Gewissen oder wollte sich verstecken oder hoffte, daß über irgendetwas endlich Gras wüchse. Nur deshalb hatte er sich ohne Protest der Anweisung gefügt, den Vorgang abzugeben.

Sie schnaufte: «Willst du dafür den Fall Cordes behalten?»

«Ja, ich brauche Zeit und eine Art Alibi.»

«Du hast keinen Beweis gegen diesen Zogel in der Hand.»

«Nein, aber wenn er es war, wird er sich verraten, nicht morgen, nicht übermorgen, aber bald. Ich kann warten.»

«Ich verstehe», murmelte sie und spielte mit ihrem Glas. Danach schwiegen sie, bis es kühl wurde, und daß er einen Umweg durch den Mühlengraben fuhr, überraschte sie nicht. Im vierten Haus vor der Einmündung brannte Licht, die Vorhänge waren zugezogen.

Mittwoch, 4. Juli, vormittags

Willbert legte sehr verwundert den Hörer auf. Wie kam der hochverehrte Kollege Schütte aus dem Innenministerium dazu, sich im Wirtschaftsministerium nach einer chemischen Fabrik zu erkundigen? Und dann noch mit so windelweichen Formulierungen? Zusätzliche Brandschutz-Maßnahmen bei der – wie hieß die Klitsche noch? – bei einer «Alfachem. Chemische Werke Norbert Althus & Dieter Fanrath»?

Brandschutz – das war Sagebusch. Natürlich! Schlecht gelaunt blätterte er nach der Nummer. Mußte denn alles im Ministerbüro landen? Wozu gab es eigentlich Abteilungsleiter?

«Herr Sagebusch? Morj'n, Willbert, Ministerbüro. Könnten Sie mal hochkommen? – Ja, sofort. Danke!»

Sagebusch betrat das Büro des Leiters des Ministerbüros – auf diesen etwas komplizierten Titel hatte Willbert Anspruch – mit einer derart diensteifrig-beflissenen Miene, daß Willbert automatisch mißtrauisch wurde. Kein Abteilungsleiter ließ sich gern zitieren, auch Sagebusch nicht, dem der Ruf eines ziemlichen Querkopfes anhing. Und jetzt diese Eile! Willbert schaltete, ohne sich darüber Rechenschaft abzulegen, instinktiv auf Vorsicht. So etwas lernte man in einer Behörde, oder die Behörde verschluckte den, der es zu spät durchschaute.

«Was ist da los mit dieser – dieser Alfachem?»

Sagebusches Miene wurde einen Grad demütiger. Es hatte also geklappt. Gleich nach dem Gespräch mit Etzel hatte er einen alten Bekannten im Innenministerium angerufen und ihm verklickert, daß ein Parteifreund namens Brandes, sinnigerweise von Beruf Brandrat, nach einem Fehlalarm für seinen K4-Zug das leidige Thema freiwillige Wehren–Berufsfeuerwehr wieder aufs Tapet bringen wolle. Notfalls auch auf der Parteischiene. Eingedenk der von Presse und Öffentlichkeit aufmerksam registrierten Verstimmung zwischen Umwelt- und Wirtschaftsminister, nebenbei auch beim Thema chemische Industrie entstanden, empfehle sich unter diesen Umständen eine Vorab-Abstimmung der drei involvierten Häuser Innen (Feuerwehr), Wirtschaft (chemische Industrie) und Umwelt (allgemeine Vorsorge).

Sagebusch trug knapp, präzise und flüssig vor, das beherrschte er. Und dieser Ausdruck leichten Ekels auf Willberts Gesicht beeindruckte ihn nicht, im Gegenteil, so pflegte er Untergebene ebenfalls zu mustern, wenn sie wichtige und für ihn neue Tatsachen rapportierten. Nie, absolut nie durfte man zugeben, daß man diese Fakten bisher nicht gekannt hatte – allenfalls, daß man jetzt zusätzliche Details erfuhr, an sich überflüssige Einzelheiten zu einer Sache, deren Bedeutung dem Vorgesetzten seit Tagen, Wochen, Monaten selbstverständlich vertraut war. Deshalb wäre Sagebusch fast aus seiner Rolle gefallen, als Willbert griesgrämig knurrte: «Und warum muß ich solche Tatsachen von Schütte aus dem Innenministerium hören?»

«Mein Memo sollte auf Ihrem Schreibtisch liegen. Gestern noch rausgegangen.»

Willbert warf einen gequälten Blick auf den Aktenstapel, der trotz allen Fleißes nie an Höhe und Umfang verlor. «Hm. Was steckt denn nun wirklich dahinter? Hinter diesem albernen Zank freiwillige Wehren–Berufswehren? Wieder mal das Technische Hilfswerk und sein Anspruch auf Katastrophenschutz?»

«Nein», erwiderte Sagebusch so überrascht wie ehrlich; daran hatte er noch gar nicht gedacht. «Aus der Ecke ist noch kein Laut gekommen.»

«Was dann? Schienenverkehr contra Straßentransport?»

«Denkbar, aber unwahrscheinlich. Nein, ich glaube, dieser Brandes ist ein naiver, ehrlicher Fanatiker, der will uns keine politischen Scherereien bereiten.»

«Aber er kann, unwissend und unfreiwillig, Munition dazu liefern. Das meinten Sie doch?»

«Würden Sie das bei unserem Umweltminister ausschließen?»

Im letzten Moment unterdrückten sie beide einen verschwörerischen Seufzer. Politik hieß eben auch Spagat zwischen dem Machbaren und dem Wünschenswerten, aber der junge Kollege Umweltminister überforderte gelegentlich die Belastbarkeit der Parteiglieder und -mitglieder. Natürlich war es Quatsch, ein eigenes Ministerium für Natur- und Umweltschutz einzurichten. Solch ein Ressort redete allen anderen in die Geschäfte hinein, meckerte beim Straßenbau, belästigte die Industrie, sperrte sich bei der Ausweisung von neuem Bauland, wollte die Landwirtschaft wegen Gülleaustrag und Kunstdüngerverbrauch kujonieren, hetzte die Polizei auf Umweltsünder und fummelte sogar dem Bildungsminister in die umweltgerechte Auswahl der Schulbücher hinein. Der Umweltminister war der institutionalisierte Störenfried, seine Erfolge schmälerten die Erfolge der klassischen Ministerien, sein Etat war aus Kürzungen der anderen Etats zusammengestückelt, Geld hatte er also so wenig zu bieten wie Gelegenheit zu Kompensationsgeschäften im Kabinett. Diese ärgerliche Konstellation war allen von Anfang an klar gewesen, doch der Wähler, dieses Vernunftargumenten unzugängliche Wesen, hatte ein eigenes Umweltministerium gefordert, und die Partei mußte diesem Begehren nachgeben. Ohnehin war sie durch jüngste Skandale in den Ruch der Wirtschaftsfreundlichkeit, wenn nicht Industriehörigkeit geraten, was ihr in einer kleinen, aber für die öffentliche Meinungsbildung wichtigen Wählerschicht enorm zu schaden begann. So weit, so schlecht; murrend hatten die Kabinettsmitglieder um des höheren Zieles willen eingewilligt, daß er als Erfolge einer gezielten Ökologiepolitik verkaufen durfte, was sie bisher im Gefolge gesetzlicher Vorschriften ohnehin verwirklicht hatten – allerdings ohne ökologisches Feldgeschrei. Doch nun lief der junge Kollege aus dem Ruder. So wie der Hahn glauben mochte, er wecke mit seinem Krähen die Sonne auf, so verlor er den Blick für Ursache und Wirkung. Das politische Verkaufe-Geschäft verstand er, das mußte der Neid ihm lassen, er hatte auch eine gewisse Popularität erworben, und nur wenige Journalisten bohrten halb skeptisch, halb kritisch nach, was er denn nun grundlegend verändert habe, was über seine zweifellos klugen Reden und Ankündigungen hinaus an zusätzlichem Natur- und Umweltschutz verwirklicht werde. Noch galt so etwas beim Wähler als kleinkarierte Erbsenzählerei. Im Kabinett war die Stimmung realistischer und folglich frostiger. Dem jungen Mann – schmales Gesicht, Geheimratsecken, randlose Brille – war der Publicitiy-Erfolg zu Kopf gestiegen. Den Klimaumschwung deutete er wohl richtig, zog daraus aber die falschen Konsequenzen: Er fühlte sich so weit oben, daß er den Machtkampf um die Nachfolge des Ministerpräsidenten ernsthaft zu riskieren schien. Alle außer ihm kannten das Ergebnis; nicht sein Anspruch beunruhigte sie, sondern die Furcht, dieser junge Spund könne politisch tatsächlich so grün sein, drei Jahre vor der Wahl einen Diadochenkrieg auszulösen, der sie die ohnehin knappe Mehrheit kosten konnte. Noch hatte sich der Ministerpräsident nicht entschieden, wann und wie er seinen Herausforderer meucheln wollte, und bis dahin hieß die erste Ministerpflicht Ruhe und Ordnung, im eigenen Beritt wie in der gesamten landespolitischen Arena.

Ein schnelles Blinzeln genügte, zwischen Willbert und Sagebusch Einigkeit der Interessen und Gleichklang der Methoden herzustellen. Sachlich kriegte man sich ja ab und zu in die Wolle, aber politisch zogen sie als Profis am selben Strang.

«Schütte ist schon bei seinem Minister», brummte Willbert. «Ich gehe gleich zu meinem Quälgeist rein.»

Sagebusch nickte erfreut, hob aber mahnend eine Hand: «Wir müssen diesem Brandes einen Knochen hinwerfen, so nach dem Motto: Wer nagt, der bellt nicht.»

«Und wie?»

«Der Staatssekretär ist doch mit dem Regierungspräsidenten eng befreundet.»

«Unser Staatssekretär?»

«Nein, nein, Tönnissen aus dem Inneren, deshalb hab ich doch Schütte angerufen.»

Wieder zwinkerten sich die Auguren zu. Wenn ihr Minister für Wirtschaft und Mittelstand seinen Kollegen Innenminister dazu brachte, daß dessen beamteter Staatssekretär Tönnissen mit dem Regierungspräsidenten etwas ausknobelte, was den aufmüpfigen Brandrat Brandes beruhigte, nun, dann war ein Knoten mehr in den sich jetzt bildenden Koalitionen geknüpft. Weder der Wirtschafts- noch der Innenminister rechnete sich eine Chance aus, von der Partei als Spitzenkandidat nominiert zu werden, sollte der Alte das Handtuch werfen. Um so wichtiger war es, gemeinsam hinter den Kulissen die Weichen zu stellen. Nur harmlose Parteitagsdelegierte glaubten, die Macht der Entscheidung läge bei ihnen.

«Eine gute Idee, Kollege Sagebusch.»

In seinem Hochgefühl verzichtete Sagebusch auf den Fahrstuhl. Heute hatte er Punkte gesammelt, der Tag war tatsächlich so schön, wie die helle Sonne in einem blauen, wolkenlosen Himmel verkündete.

VI

Ohne diesen verlegenen Gesichtsausdruck, den sie trotz aller Mühen nicht hinter einer dienstlichen Miene verstecken konnte, hätte er sich unbefangen mit ihr unterhalten können. Als er zur Kriminalpolizei wechselte, waren die Staatsanwälte älter als er, das ertrug sich leicht, zumal gerade die Routinierten selten herausstrichen, daß sie laut Gesetz die «Herren des Verfahrens» waren. Er wurde älter, die neuen Staatsanwälte jünger, damit hatte er sich abgefunden, auch mit der Tatsache, daß er es immer häufiger mit Frauen zu tun hatte. Seine gleichmütige Höflichkeit bot immer eine Verständigung an. Daß die blutjunge Staatsanwältin Heike Saling die Zusammenarbeit mit einer dienstlichen Anweisung beginnen mußte, hatte ihn verstimmt, bis ihm klar wurde, daß auch sie auf Anweisung handelte. Deshalb konnte er den Auftakt vergessen, zumal er nicht daran dachte, diesem Befehl zu folgen, aber sie war noch zu unsicher, um zu einem normalen, unverkrampften Ton zu finden. Selbst der Eifer, mit dem sie Kaffee eingoß, wirkte unecht, und als sie endlich saß und ihn anblicken mußte, leuchteten die Knöchel ihrer gefalteten Hände weiß, so fest preßte sie die Finger zusammen.

«Ich würde gern mit Ihnen über den Fall Cordes...»

Warum sollte er es ihr und sich schwermachen? «Ja, da hat sich gestern eine neue Spur aufgetan.» Ruhig berichtete er, daß Cordes am Tage seines Todes über dreiundfünfzigtausend Mark besessen habe, die er einem «guten Freund» zur Aufbewahrung anvertrauen wollte. Und daß es nicht auszuschließen war, daß Cordes das Geld abends zum Dienst in die Firma mitgebracht hatte.

Die Geschichte verwirrte sie: «Über fünfzigtausend...»

«Das könnte ein Motiv sein.»

«Sicher», stimmte sie rasch zu und mied seinen Blick. Ihre Verlegenheit war eher noch größer geworden, was ihn doch verwunderte.

«Ich fahre gleich zur Alfachem raus.»

Eine leichte Röte stieg ihr ins Gesicht, und als sie es selber merkte, kaute sie ratlos auf den Lippen. Das Schweigen dehnte sich zäh, sie hatte etwas auf dem Herzen und traute sich nicht, es auszusprechen. Deswegen lächelte er geduldig. Sie war eine hübsche Frau, mit langen, aschblonden Haaren, die sie lose hochgesteckt hatte, sie konnte es sich leisten, ein Kleid in einem schreienden Orange zu tragen.

«Bei der Obduktion bin ich umgekippt», gestand sie unvermittelt und wurde feuerrot.

«Das habe ich schon gehört. Aber das ist keine Schande.»

«Hoffentlich nie wieder...»

«Beim nächstenmal wissen Sie, was Sie erwartet.» Er wollte sie nicht wirklich trösten, aber auch nicht so tun, als weide er sich an ihrer Schwäche. «Das macht es etwas leichter, nicht viel, aber etwas.»

«Ich wünsch mir, daß Sie sich nicht irren.» Ihr Seufzer kam von Herzen. «Vielen Dank, Herr Sartorius.»

Auf dem hohen Flur pfiff er unmelodisch vor sich hin. Der Teufel sollte ihn holen, wenn er Nöggeler verstand. Mußte der Leitende einer Anfängerin diese Deliktgruppe zuweisen? Und wenn er schon so entschieden hatte, konnte er ihr dann nicht raten, sich auf die alten Hasen aus dem Präsidium zu verlassen?

Bevor er einstieg, prüfte er kritisch den Himmel. Es würde der erste wirklich heiße Tag werden, das Blau der vergangenen Tage hatte sich zart grau eingefärbt, und er schmeckte bereits den Staub auf der Zunge.

Der Parkplatz vor dem Bürogebäude der Alfachem lag nach Südosten. Weit und breit kein Schatten, der dunkle Dienstwagen würde sich zu einem Backofen aufheizen. Als er den Schlüssel abzog, fiel ihm ein, daß er sich um seinen Urlaub kümmern mußte.

Am Empfang saß eine junge Frau, deren geschäftsmäßige Freundlichkeit umgehend schwand, als er seinen Namen nannte: «Sie – Sie – der arme Cordes.»

Er nickte nur; der arme Kerl hatte etwas Mitgefühl verdient, auch wenn es nicht lange vorhielt. «Ich möchte gern zu Frau Wintrich.»

«Ja, sofort, einen Moment bitte.»

Mit jeder Stufe nahm die Wärme zu und erreicht auf der oberen Etage Saunawerte. Dagegen richteten auch die weit geöffneten Fenster nichts aus, der geringe Luftzug trocknete nur den Schweiß auf Stirn und Nacken. Wie mochte es hier erst werden, wenn diese Hitze eine Woche anhielt? Im Sekretariat saß eine junge Frau mit einem langen, heftig wippenden blonden Mittelzopf an der

Schreibmaschine und sprang sofort auf, als er eintrat: «Herr Sartorius? – Frau Wintrich erwartet Sie schon.» Ihre aufgeregte Miene ließ keinen Zweifel, sie wußte, wer er war, aber sie traute sich nicht, das zu sagen, sondern beeilte sich, die Tür aufzustoßen.

Auch Angela Wintrich litt unter der Hitze, und weil er beim Anblick ihrer nackten Füße schmunzelte, deutete sie kurz zur Zimmerdecke: «Der Teufel hole alle Flachdächer. Was halten Sie von Eistee?»

«Sehr viel, Frau Wintrich.»

«Meinten Sie jetzt die Menge?» Sie blinzelte spöttisch und tappte lautlos in das Vorzimmer: «Doris, viel Eistee, bitte.»

Nebenan polterte es gewaltig, er biß sich auf die Lippen.

«So, was kann ich für Sie tun?»

«Ich muß Ihnen eine Neuigkeit erzählen. Es ist gut möglich, daß Cordes am Freitagabend, als er zum Dienst antrat, eine Tasche mit über dreiundfünfzigtausend Mark in bar bei sich hatte.»

«Sie wollen mich veräppeln!»

«Nicht die Spur.»

Sie sank im Zeitlupentempo in ihren Sessel und stöhnte: «Nein! Bitte nicht!»

Er tischte ihr nicht alle Einzelheiten auf, verschwieg auch die Profession der Cordesschen Freundin, die bislang das Geld für ihn aufbewahrt hatte, obwohl er das dumpfe Gefühl hatte, daß sie das Richtige ahnte, und endete mit der Vermutung, daß Cordes wider seine sonstigen Gewohnheiten am Abend einem Freund aufgeschlossen hatte, dem er das Geld übergeben wollte. Unterdessen war die junge Frau mit einem Tablett hereingekommen, das sie wortlos abstellte; ihre Chefin dankte nur kurz und wartete ungeduldig, bis die Sekretärin die Tür hinter sich zugedrückte hatte.

«Einen Freund hereingelassen? – Also, Herr Sartorius, das kann ich mir nicht vorstellen.» Finster runzelte sie die Stirn, während sie einschenkte. «Das sieht Cordes gar nicht ähnlich.»

«Wir wissen noch nicht, ob er die Geldtasche wirklich mitgebracht hat, Frau Wintrich. Aber er hat seiner Freundin mehr als einmal versichert, daß sein Freund bei der Alfachem beschäftigt sei. Ein netter, kluger, reicher Mann, der aber nicht regelmäßig nachts in der Firma arbeite, eben nur manchmal.»

Aus ihrem unfreundlichen Blick wurde er nicht schlau. «Wer sollte denn das sein?» fragte sie aufgebracht.

«Das hoffe ich von Ihnen zu erfahren.»

«Um Himmels willen, haben Sie nichts Leichteres auf der Pfanne? Cordes soll hier in der Firma einen Freund gehabt haben?»

«Die Zeugin macht einen sehr zuverlässigen Eindruck», versicherte er vorsichtig und schlürfte den Tee. Das Gebräu war kalt und stark und schmeckte angenehm säuerlich.

Weil sie seinen nachdenklichen Blick registrierte, riß sie sich zusammen: «Denkbar, aber da bin ich überfragt, Herr Sartorius.»

«Wer könnte mir denn weiterhelfen?»

«Wer – wer – reden Sie doch mal mit Jäger. Unserem Sicherheitsbeauftragten. Wenn einer Cordes näher gekannt hat, dann er.» Sie gab sich keine Mühe, ihren Zorn zu verbergen. «Über fünfzigtausend in bar – auf solchen Schwachsinn muß man erst mal kommen.»

«Ja», entgegnete er ausdruckslos. Es gab Frauen, die der Zorn verschönte, aber die verfügten auch nicht über soviel Temperament wie die Kastanienbraune vor ihm. An der Tür hielt sie seine Hand einen Moment länger, als die Höflichkeit erforderte. «Ich kann zwischen dem Boten und der schlechten Botschaft gut unterscheiden. Nicht sofort, das gestehe ich, aber doch recht bald.»

Richard Jäger schrumpfte in seinem Stuhl zusammen. Auf seinem hellbraunen Hemd zeichneten sich große Schweißflecken ab, und das eh bleiche Gesicht hatte eine ungesunde Farbe angenommen. Sartorius wartete und rauchte geduldig. Das Fenster zum Hof stand weit offen, aus dem Hochbunker summte und brummte es durchdringend herüber. Seltsamerweise erinnerte es nicht an Arbeit oder Produktion, und ihm fiel es schwer, das merkwürdige Geräusch einfach zu überhören. Ein ganz leicht süßlicher Geruch schwebte in der Luft, der sich gegen den Zigarettenqualm mühelos durchsetzte.

Endlich atmete Jäger tief durch. «Das ist ja – kaum glaublich.» Trotz mehrfachen Räusperns klang seine Stimme belegt. «Völlig verrückt.»

«Wie meinen Sie das, Herr Jäger?»

«Cordes hatte keine Freunde in der Firma.»

«Objektiv mögen Sie recht haben. Aber er war ein menschenscheuer Mann, er mag Freundlichkeit – meinetwegen auch Mitleid – für Freundschaft gehalten haben.»

«Ja, ich verstehe.» Mühsam richtete er sich wieder auf.

«Und gerade weil er ein beschränkter Mann war, glaube ich nicht, daß er etwas erfunden hat, um seiner Freundin zu imponieren. Es muß sich schon um einen Mitarbeiter der Alfachem handeln, der hier gelegentlich nachts herumfuhrwerkt.»

Ganz langsam und kummervoll stimmte Jäger zu. «Da kommen nur zwei Leute in Frage, zwei Chemiker.»

«Moment mal –» er blätterte hastig in seinem Notizblock – «die beiden, die Schlüssel für den Seiteneingang haben.»

«Ja. Dr. Rasche – der ist am Freitag nach Rio geflogen – und Dr. Brauneck.»

«Sie sagten, Rasche sei schon am Nachmittag nach Frankfurt abgefahren? – dann scheidet er ja wohl aus. Was ist mit diesem – Brauneck?»

Jäger antwortete nicht sofort, sondern biß die Zähne zusammen. Die Schweißtropfen auf seiner Stirn rührten jetzt nicht nur von der Hitze her. «Brauneck ist nicht aufzutreiben», gestand er endlich. «Er hätte am Montag wieder zum Dienst kommen sollen, aber fehlt seitdem. Unentschuldigt.»

Trotz Jägers gequälter Miene mußte Sartorius leise lachen. Natürlich hatte der Sicherheitsbeauftragte der Alfachem, wie seine Vorgesetzte Wintrich, alles Interesse daran, einen Skandal zu vermeiden. Freiwillig hätte er wohl nie gemeldet, daß ein Mitarbeiter der Firma seit dem mysteriösen Tod des Nachtwächters verschwunden war. «Na, Herr Jäger, dann erleichtern Sie mal Ihr Herz.»

«Er heißt Brauneck, Dr. Alexander Brauneck, ist 58 Jahre alt und arbeitet bei uns als Analytiker. Ein tüchtiger Mann, ohne

Frage, sehr tüchtig sogar, allerdings auch ein recht eigenwilliger – hm – Dickkopf, kein Mann, den man an feste Dienstzeiten gewöhnen kann.» Er verzog den Mund. «Um es etwas, aber wirklich nur etwas zu übertreiben: Er kommt und geht, wie er will. Oder wie es angeblich seine Analysen verlangen.»

Als Sartorius fragend seine Zigaretten anbot, stöhnte er: «Nach diesem Schreck kann ich auch wieder sündigen.»

Er gab ihm Feuer. «Wann haben Sie Brauneck zum letztenmal gesehen?»

«Das war – Moment –» er zog eine dünne Akte aus der Schublade und schlug sie eilig auf – «am Donnerstag. Am 28. Juni. An dem Donnerstag hatten wir hier eine Konferenz, die bis in den Abend dauerte. Brauneck hat teilgenommen. Als er sich verabschiedete, brummte er nur, er würde am nächsten Tag nicht kommen, er habe ein paar private Dinge zu erledigen.»

«Private Dinge?»

Ärgerlich wedelte Jäger mit dem Blatt: «Was weiß ich?! Zahnarzt oder Vorlesungen oder Besuche, wissen Sie, wir kennen diesen Eigenbrötler, deshalb hat keiner nachgefragt, was er damit gemeint hat. So. Am Montag ist er auch nicht in der Firma erschienen. Nicht ungewöhnlich, aber er ist überhaupt nicht mehr gekommen. Und das ist – nun ja – auffällig. Verstehen Sie mich recht, er ist ein eigenwilliger Mensch, aber zuverlässig. Wenn er krank geworden wäre, hätte er dafür gesorgt, daß jemand bei uns anruft. Doch nichts, kein Anruf, keine Postkarte, kein Telegramm. Bis heute absolut nichts. Und bei ihm zu Hause meldet sich niemand am Telefon.»

«Macht er vielleicht Urlaub? Oder eine Kur?»

«Denkbar, sicher. Aber er hat weder eine Urlaubsmeldung an die Personalabteilung geschickt noch irgendeinem Mitarbeiter Bescheid gesagt. Und das ist selbst bei ihm ausgeschlossen.» Jetzt hatte er sein Gesicht wieder unter Kontrolle, aber die Stimme verriet ihm. Der eigenwillige Brauneck bereitete ihm Sorgen.

«Was sagt denn seine Familie?»

«Brauneck ist geschieden, seine Frau lebt in Regensburg. Gestern habe ich sie angerufen. Sie reagierte mehr als unfreundlich.

Erstens habe sie seit Monaten nichts von ihrem Verflossenen gehört, und zweitens dürfe der ruhig in der Hölle schmoren, solange nur seine Bank regelmäßig den Unterhalt überweise.»

«Da offenbart sich tiefe Zuneigung.»

«Das dürfen Sie laut singen.» Sein Seufzer kam von Herzen. «Herr Kommissar, mir gefällt das nicht. Ich kann mir beim besten Willen keinen Grund vorstellen, warum Brauneck so mir nichts, dir nichts verschwinden sollte. Ohne Kündigung, ohne Aussprache, ohne Erklärung.»

«Kann er freiwillig untergetaucht...»

«Nein», unterbrach Jäger prompt. «Geschäftlich gibt es keinen Grund, und über sein Privatleben weiß ich so gut wie gar nichts. Zu seinen – nun, sagen wir – Charaktereigenschaften gehört auch eine ausgeprägte Schweigsamkeit.»

«Kann er finanzielle Sorgen haben?»

«Ausgeschlossen! Er verdient gut, fünfzehntausend im Monat, und das ist nur ein Taschengeld.»

«Wie bitte?» fragte er und verhehlte seinen Neid nicht.

«Brauneck besitzt mehrere Patente, die hohe Lizenzgebühren bringen. Er ist an zwei Firmen beteiligt, die allein werfen monatlich mehr ab, als er hier verdient. Außerdem hat er Lehrbücher geschrieben, die sich gut verkaufen. Dann hat er sich in seinem Vertrag das Recht gesichert, hier nebenbei privat zu arbeiten. Er hält Vorträge, schreibt Gutachten, tritt als Sachverständiger auf, nein, Herr Kommissar, wenn Brauneck Geldsorgen haben sollte, beantrage ich Sozialhilfe.»

«Mit wem hat er in der Firma privaten, persönlichen Kontakt?»

«Ich fürchte, mit niemandem. Er ist nicht unfreundlich, aber er hält sich gern alle Leute vom Leibe. Zumindest hier, in der Alfachem. Ich habe noch nie erlebt, daß er bei einer Feier mitgemacht hat. Auf der anderen Seite – er hat mit keinem Menschen in der Firma Streit oder Krach. Wie schon gesagt: Er kommt und geht und werkelt am liebsten allein vor sich hin.»

«Sie mögen ihn nicht?»

Mit so harmlosen Attacken war Jäger nicht zu überrumpeln.

«Nein, ich mag ihn nicht. Aber ich schätze seine beruflichen

Qualitäten, und solch gespaltene Gefühle hege ich gegenüber vielen Mitarbeitern.»

«Hat Dr. Brauneck eine Klausel in seinem Vertrag, daß er nach dem Ausscheiden bei der Alfachem eine bestimmte Zeitlang nicht bei einer Konkurrenzfirma anfangen darf?»

«Nein. Brauneck analysiert, er forscht nicht und betreibt keine Entwicklung.»

«Die Konkurrenz kann ich also vergessen?»

«Aber sicher! Vielleicht muß ich einen falschen Eindruck korrigieren, Herr Kommissar. Brauneck ist ein sehr selbständiger Mann, aber er ist kein Kauz, da hätten Sie mich gründlich mißverstanden.»

Nun gestattete er sich ein winziges Lächeln, das Jäger wohl bemerkte, aber nicht erwidern wollte. Theaterspielen war ja schön, aber man mußte es nicht übertreiben. Über Cordes und Brauneck hatte sich Jäger sehr viel mehr Gedanken gemacht, als er bisher eingestanden hatte. Ausnahmsweise wollte Sartorius den Köder schlucken, den der Sicherheitsbeauftragte mit dem beiläufigen Satz: «Er kommt und geht, wie er will» ausgelegt hatte.

«Dann geben Sie mir mal Braunecks Anschrift – ach ja, und am besten auch gleich die seiner geschiedenen Frau.»

Das Auto glühte wie ein Backofen, am Steuer verbrannte er sich fast die Finger. Sobald er den Zündschlüssel gedreht hatte, fauchte ihm das Gebläse Heißluft ins Gesicht, und prompt spürte er, wie die Schweißtropfen den Rücken hinunterliefen. Einen solchen Temperatursprung hatte er lange nicht mehr erlebt.

Das Haus Finkenfeld 9, zweistöckig, roter Klinker, vier Wohnungen, kleine Sammelgarage im Keller, unterschied sich nur im Nummernschild von den Nachbarbauten. Die Siedlung mochte dreißig Jahre alt sein, entstanden zu einer Zeit, als sich die Bauherren noch Abstand oder Distanz gestatteten. Alle Bäume hatten eine beachtliche Höhe erreicht und spendeten tatsächlich Schatten. Ein sogenanntes gutes Viertel, aber von Luxus so weit entfernt wie vom sozialen Wohnungsbau. Laut Klingelbrett wohnte

Brauneck oben links. Auf gut Glück drückte er den Knopf der Nachbarwohnung, gut eine Minute verstrich, bis der Öffner summte.

Unter der Tür stand ein weißhaariger Mann mit einem langen, faltigen Gesicht, der sich auf einen Gehstock stützte. Sartorius schätzte ihn auf erste Hälfte siebzig, war sich aber nach einem Blick sicher, daß der alte Herr zwar körperlich behindert, aber geistig noch völlig klar war. Seinen Besucher musterte er über eine Lesehalbbrille fest und eine Spur unfreundlich.

«Guten Tag, Herr Dr. Heidenreich, mein Name ist Sartorius, Kriminalpolizei. Ich suche Ihren Nachbarn, Herrn Dr. Brauneck.»

Heidenreich war zusammengezuckt und hatte automatisch «Guten Tag» gesagt. Danach blinzelte er beunruhigt, überlegte und erkundigte sich mit rauher Stimme: «Polizei?» Sein Mißtrauen verbarg er nicht.

Sartorius blieb ruhig und holte seinen Ausweis hervor, den der Weißhaarige sorgfältig studierte. Als er ihn zurückgab, kämpfte er noch mit sich.

«Kommen Sie bitte herein.»

«Vielen Dank.»

Heidenreich führte ihn in ein helles, freundliches Wohnzimmer. Jedes Fleckchen Wand war mit überladenen Bücherborden bedeckt, neben einem altmodischen Ohrensessel standen auf einem runden Tisch Kaffeekanne und -becher. Unter das Fenster war ein Schreibtisch gerückt, der mit Papieren und Manuskripten mehrere Zentimeter hoch belegt war.

«Möchten Sie einen Kaffee?»

«Nein, vielen Dank.»

Leise ächzend ließ sich Heidenreich in den Ohrensessel sinken und deutete auf den Schreibtischstuhl. «Darf ich fragen, was Sie von Alex wollen?»

«Ich möchte ihn zu einem Vorfall befragen, der sich am vergangenen Freitag in seiner Firma ereignet hat.»

«So, ja, dann kann ich natürlich...» Leise seufzend deutete er auf eine braune Ledermappe: «Wenn Sie so freundlich... danke.» Aus der Mappe holte er einen gefalteten Briefbogen heraus, den er

Sartorius hinhielt. Name und Anschrift Braunecks waren aufgedruckt. «Lieber Hektor, ich muß Hals über Kopf verreisen, halb privat, halb geschäftlich, und weiß noch nicht, wann ich zurückkommen werde. Wahrscheinlich hänge ich noch einen kleinen Urlaub in Kastenitz an. Sei doch bitte so nett und kümmere Dich um die Wohnung, die fünfhundert Mark sind für evtl. Ausgaben. Und entschuldige, daß ich Dir nicht noch persönlich adieu sagen konnte. Dein Alex.»

Eine große und schwungvolle, aber leserliche Handschrift. Kein Datum. «Wann haben Sie diesen Brief bekommen?»

«Bekommen ist nicht das richtige Wort. Der lag in meinem Hausbriefkasten unten, mit den Schlüsseln für Alex' Wohnung. Und den fünfhundert Mark.»

«Wann war das?»

«Am letzten Samstag gegen Mittag. Der Postbote kommt samstags zwischen elf und zwölf.»

«Ist Dr. Brauneck schon einmal so plötzlich für längere Zeit verreist?»

«Nein. Natürlich hat er Urlaub gemacht, Dienstreisen. Und unregelmäßige Arbeitszeiten hat er als Analytiker auch. Aber so – nein, nie, daran kann ich mich nicht erinnern.»

«Ist er oft auf Dienstreisen?»

Heidenreich sah ihn unwillig an, aber antwortete ohne Zögern: «Oft? – nein, das nicht. Zwei oder drei Kongresse im Jahr. Gelegentlich sagt er als Gutachter vor Gericht aus, doch ja, das schon. Aber ich bin ein pensionierter Lehrer, und er ist ein vielbeschäftigter Chemiker. Wir hocken nicht jeden Tag zusammen, er zumindest hat was Besseres zu tun.» Der leicht bittere Ton warnte Sartorius, und deshalb spulte er betont sachlich seinen Fragenkatalog herunter. Von anderen Freunden oder Bekannten wußte Heidenreich nichts, auch wenig von Hobbys; möglich, daß Alex, der oft und gern in die Oper und in Konzerte ging, dort andere Bekannte traf; Alex war eben kein alter, gehbehinderter Mann.

«Können Sie sich vorstellen, wohin Ihr Freund gefahren ist?»

«Nein, nein.» Nach einer Pause setzte er überraschend hinzu: «Leider nicht.»

«Dieses Kastenitz, das Ihr Freund...»

«Nein, das sagt mir auch nichts.»

«Aus der Firma weiß ich, daß Brauneck geschieden ist und seine Frau in Regensburg lebt. Gibt es aus der Ehe keine Kinder?»

«Doch, doch. Einen älteren Sohn Eberhard. Der lebt in München, als Immobilienmakler, anscheinend sehr erfolgreich. Alex mag ihn nicht – nein, bitte fragen Sie mich nicht nach den Gründen. Erstens weiß ich nicht viel, und zweitens hat mir Alex das Wenige im Vertrauen berichtet. Dann die jüngere Tochter Evamaria, die ist seit vielen Jahren verschollen.»

«Verschollen?»

«Na ja, wie soll man es sonst ausdrücken? An ihrem 21. Geburtstag ist sie aus dem Haus gegangen und hat nur einen Brief hinterlassen, sie hasse die ganze Familie und bitte nur noch um eins: Daß kein Mensch je versuche, mit ihr wieder Kontakt aufzunehmen.»

«Ihr Freund scheint nicht viel Glück gehabt zu haben.»

«Nein, wirklich nicht.» Heidenreich schnaufte leise.

«Wie lange wohnt er hier schon?»

«Sieben Jahre. Er ist hier eingezogen, als er sich von seiner Frau trennte, wegen der Scheidung.»

«Hat es seitdem keine andere Frau mehr gegeben?»

«Doch, die gibt es. Sie heißt Inge Wortmann und wohnt in der Bismarckstraße 111. Sie ist auch berufstätig, Ingenieurin, glaube ich.»

«Besitzt Ihr Freund ein Auto?»

«Natürlich. Blau, ein auffälliges Blau – aber nach der Marke oder dem Typ dürfen Sie mich nicht fragen.»

Das kam wie aus der Pistole geschossen, und er schmunzelte offen über Heidenreichs zerknirschte Miene. «Von Ihnen und Frau Wortmann einmal abgesehen – kennen Sie einen Menschen, dem sich Ihr Freund anvertrauen würde, wenn er Probleme oder Schwierigkeiten hätte?»

«Nein. Alex hat gelernt, mit seinen Sorgen allein fertig zu werden.»

Eine halbe Minute grübelte er, was der Weißhaarige damit hatte sagen wollen. Es hatte nicht unfreundlich, aber sehr bestimmt geklungen, wie eine versteckte Mahnung, nicht allzu neugierig zu sein. Heimlich seufzend fuhr er fort: «In der Firma hat man mir gesagt, daß er dort keinen Freund oder – nun ja, wie drücke ich mich aus? – keine Freundin oder Vertraute hat.»

«So? Das wundert mich aber. Hat man Ihnen nicht den Namen Britta Martinus genannt?»

«Nein. Wer ist das?»

«Alex' Laborantin.» Unvermittelt lachte Heidenreich. «Sie muß recht tüchtig sein, aber schrecklich naiv. Entweder schwärmt sie für Alex oder betrachtet ihn als Ersatzvater, darüber konnte er sich nie recht schlüssig werden.»

«Britta Martinus. Kennen Sie zufällig ihre Anschrift?»

«Nein, irgendwo in Heimersberg.»

«Das finde ich schon heraus. Und sonst?»

Heidenreich schüttelte den Kopf, sah aber an ihm vorbei, mit irgend etwas beschäftigt, was er noch nicht aussprechen wollte. Deshalb wappnete er sich mit Geduld, der alte Herr ließ sich nicht drängen oder gar zwingen. Für seinen Geschmack war es in dem Zimmer zu warm, aber Heidenreich trug über dem korrekten Oberhemd mit einer schief hängenden Fliege sogar eine leichte Strickweste. Jeden Betrag wollte er darauf wetten, daß sich Heidenreich Sorgen machte. Plötzlich griff der Weißhaarige mit einem tiefen Stöhner wieder nach der Ledermappe und holte eine Visitenkarte heraus, die er Sartorius hinhielt. Eine Geschäftskarte. «Dr. Georgios Paloudis. Aliki & Phaneri, Import – Export.» Eine Adresse in Düsseldorf, eine in Athen.

«Was ist mit diesem Dr. Paloudis?»

«Er war hier, bei mir, in der Wohnung. Vorgestern, am Montag. Er wollte wissen, wo Alex sei, er müsse ihn unbedingt sprechen, es ginge um viel Geld, und die Zeit dränge. Der Mann tat ziemlich aufgeregt, und weil ich ihn loswerden wollte, habe ich mir die Karte geben lassen und ihm versprochen, Alex sofort zu verständigen, wenn er sich bei mir melden sollte.»

«Hat er gesagt, um was für Geschäfte es geht?»

«Hat er. Um Farben und Farbpigmente.» Plötzlich kicherte

Heidenreich wie ein Sextaner. «Die Namen Aliki und Phaneri sagen Ihnen nichts?»

«Nein.»

«Tja, manchmal hat die humanistische Bildung doch ihren Wert. Das sind berühmte Marmorsteinbrüche, schon in der Antike, und Marmor und chemische Farben passen eigentlich nicht zueinander. Das ging mir so durch den Kopf, und daraufhin habe ich ihn auf Griechisch angeredet.»

«Der Mann sprach Deutsch?»

«Ja, recht flüssig sogar, natürlich mit Fehlern. Im ersten Moment guckte er mich verblüfft an, antwortete dann aber auch auf Griechisch, und in dem Moment wußte ich, daß er ein falscher Fuffziger war.»

«Das verstehe ich nicht...»

«Herr Kommissar, auf dem Gymnasium habe ich meine Schüler natürlich mit Altgriechisch gequält. Aber ich spreche die moderne Sprache gut genug, um Dialekte zu erkennen. Dr. Paloudis war oder ist Türke und hat sein Griechisch auf Zypern gelernt.»

Nun ja, ein schlagender Beweis war das nicht, aber Sartorius wollte sich auf keine Diskussion mit dem stolz lächelnden Heidenreich einlassen und übertrug deshalb die Angaben von der Visitenkarte in seinen Notizblock.

«Das ist aber noch nicht alles.» Der Weißhaarige holte tief Luft. «Ich schlafe nicht sehr gut, und dieser – dieser Paloudis hatte mich doch beunruhigt. Nun ja, wie auch immer, jedenfalls bin ich in der Nacht nach seinem Besuch aufgewacht. Da war so ein komisches Geräusch. Irgendwo im Treppenhaus. Deswegen habe ich durch den Spion geschaut. Vor Alex' Tür standen zwei Männer, die beugten sich so zu dem Schloß hinunter, daß ich schon fürchtete – aber als ich die Sperrkette ausklinkte und den Schlüssel drehte, sausten sie wie irre die Treppe hinunter, ich habe sie gar nicht richtig zu Gesicht bekommen, obwohl das Licht im Treppenhaus brannte.»

«Zwei Männer?»

«Ja. Zwei Ausländer. Beide mittelgroß und kräftig. Um die Dreißig herum.» Heidenreich nickte energisch und hielt seinem skeptischen Blick stand. Möglich, daß der alte Herr etwas übertrieb, aber die beiden Männer vor Braunecks Wohnungstür hatte er bestimmt nicht erfunden. Ein Türke, der sich als Grieche ausgab, und zwei mittelgroße Ausländer. Immerhin etwas! Er klappte den Block zu und stand auf: «Dann erst einmal vielen Dank für Ihre Hilfe.» Aus der Jackentasche angelte er eine Karte hervor. «Wenn Ihnen noch etwas einfallen sollte – oder Ihr Freund sich bei Ihnen meldet –, rufen Sie mich dann bitte an?»

«Unter einer Bedingung, Herr Sartorius.» Auch Heidenreich erhob sich, und er war einen Moment versucht, ihm dabei zu helfen. «Auch Sie melden sich sofort bei mir, wenn Sie etwas von Alex gehört haben. Von meinem Freund Alexander.»

«Versprochen.» Er ging langsam, damit Heidenreich ihn zur Tür begleiten konnte. Der Weißhaarige hatte mit keinem Wort nach dem Vorfall in der Firma gefragt, der den Kriminalbeamten zu ihm geführt hatte, und das gefiel ihm nicht.

Das Auto hatte im Schatten gestanden, so daß er nicht das Gefühl hatte, in eine Sauna zu steigen. Noch einmal zurück zur Alfachem, um mit dieser Britta Martinus zu sprechen? Viel Lust verspürte er nicht, eine halbe Minute trommelte er unschlüssig auf das Steuer. Den hellblauen Mercedes auf der anderen Straßenseite hatte er bei der Ankunft automatisch wahrgenommen, aber nicht weiter beachtet. Auch jetzt wäre ihm nichts aufgefallen, wenn sich hinter der spiegelnden Windschutzscheibe nicht etwas bewegt hätte. Dann ein zweiter Schatten, zwei Männer, und ihr Auto parkte nur zur Hälfte im Schatten eines Baumes. Achselzuckend wandte er sich ab.

An der Einmündung des Finkenfelds in die Hauptstraße mußte er bremsen. Der hellblaue Wagen hatte gewendet und rollte jetzt auf ihn zu. Amüsiert schaute er in den Rückspiegel, doch die Licht- und Schattenstreifen glitten so rasch über die Frontscheibe, daß er die Insassen nicht erkennen konnte.

Beschämend spät fiel ihm auf, daß der Wagen ihn verfolgte. Um die Baustelle auf der Kroolmannstraße zu meiden, war er einen Schleichweg gefahren, und der Mercedes schien ihm an der Stoßstange zu kleben. Zwei Männer mit riesigen Sonnenbrillen, die das halbe Gesicht bedeckten, fast maskierten. Er grunzte verärgert und gab Gas. Der Hellblaue hielt mit, bis vor das Polizeipräsidium, und diese Dreistigkeit reizte ihn. Ohne Blinker schoß er in die Einfahrt zum Hof, bremste scharf und sprang aus dem Auto; der andere Wagen hielt mit quietschenden Reifen, er schaute demonstrativ auf das Frankfurter Kennzeichen und holte Block und Kugelschreiber heraus; der Hellblaue jaulte mit viel zu viel Gas davon.

«Halbaffen!» knurrte er.

Auf dem Flur begegnete ihm Petra, die so stark gähnte, daß er um ihre Mundwinkel fürchtete. Dabei brachte sie das Kunststück fertig, ihn wütend anzublitzen: «Mit dem 102er zum Rathaus. Ohne Begleitung»

«Na prima!»

Das bewertete sie ganz anders und zerrte an ihrem Hemdchen; vor diesem Alarmzeichen floh er in sein Zimmer.

Schon nach dem ersten Läuten wurde abgehoben: «Aliki und Phaneri, guten Tag.»

«Guten Tag, mein Name ist Sartorius, ich hätte gern mit Dr. Paloudis gesprochen.»

«Oh, das tut mir leid, Dr. Paloudis ist heute außer Haus. Kann ich etwas ausrichten?»

«Nein, vielen Dank, ich bin Polizist, Kriminalbeamter, und müßte Dr. Paloudis schon persönlich sprechen.»

«Morgen ist er zwischen zehn und dreizehn Uhr mit Sicherheit hier zu erreichen.»

Auch bei der Alfachem hatte er kein Glück: «Fräulein Martinus ist schon nach Hause gegangen.»

«Pech. Vielen Dank.» Um diese Zeit nach Hause?

Eine «Martinus, Britta, Lauxenstraße 77» stand im Telefonbuch, aber nach dem achten Klingeln legte er auf und zog die Schreibmaschine heran. Als er das Knurren seines Magens nicht länger ignorieren konnte, hatte die Kantine schon geschlossen. Unschlüssig schlenderte er ins Vorzimmer und beäugte Anja, wobei er überlegte, ob er ihr sagen sollte, daß sie zwei Blusenknöpfe zuviel geöffnet hatte.

«Was ist los, Chef? Sie starren mich an, als wollten Sie mich fressen.»

«Ich hab auch einen wahnsinnigen Hunger.»

«Wollen Sie einen Yoghurt mit Körnern?»

«In der Not frißt der Teufel Fliegen.»

«Und zum Nachtisch ein kleines Mädchen, wie? Aber nicht mit mir!»

«Ich denke, du bist schon eine halbe Dame.»

«Bin ich auch, und deshalb sollen Sie mich nicht mehr duzen.»

Zum Antworten kam er nicht mehr, Rabe platzte herein und konnte ein schadenfrohes Lachen nicht unterdrücken. Sartorius schnaufte böse: «Die Kantine hatte schon geschlossen.»

«Ja, ich verstehe.» Rabe riß sich zusammen. Er war auf dem Gericht gewesen und hatte sich mit dem Nachlaßpfleger verständigt. Die dreiundfünfzigtausend Mark veränderten den Fall erheblich; Martha Gusche sollte jedoch bekommen, was sie mit Peter Cordes vereinbart hatte, um diese Formalitäten mußten sie sich Gott sei Dank nicht mehr kümmern. Dafür hatten sie Cordes' mögliche Erben aufzuspüren, Ehefrau Franziska und Tochter Cordula, über die Melderegister der Länder, Sozialversicherungen, Krankenkassen, Kraftfahrzeugbundesamt; Sartorius wußte, daß Rabe mit dem Papier- und Vorschriftenkrieg gut ausgelastet war.

«Hier, die neueste Entwicklung für die Akte.»

Rabe nickte diensteifrig und war froh, das Zimmer verlassen zu können. Anja krauste die Nase und schmollte, weil er stumm löffelte und ihre Vorsorge nicht lobte.

Auf Hans-Joachim Zogel war er gestoßen, nachdem er sich ein ungefähres Bild von Ilonka Bertrich gemacht hatte und nach einer Person suchte, die für Ilonka eine Autorität darstellen mochte. Nicht so hoch oben in der Hierarchie, daß sie das Lehrmädchen völlig einschüchterte, aber doch in einer Position, die Ilonka Respekt einflößte. Auf den damaligen Leiter des Gartenbauamtes mochte das zutreffen. Am Silvestermorgen hatte in der Verkaufsstelle der Gärtnerei ungewöhnlicher Andrang geherrscht, und immer wieder hatte er die Angestellten befragt, ob sie sich an namentlich bekannte Kunden erinnerten. Er hatte Namen gehört, aber Hajo Zogel war nicht darunter, und er hatte es nicht gewagt, sich gezielt nach ihm zu erkundigen. Durchaus denkbar, daß Zogel direkt in die Gewächshäuser gegangen war, um sich etwas auszusuchen, und dabei Ilonka getroffen hatte. Sie kannte ihn natürlich, und Sartorius hatte, nachdem die Leiche identifiziert worden war, ausführlich mit Zogel gesprochen, damals noch ohne jeden Verdacht gegen Ilonkas Chef. Jetzt bildete dieses Gespräch ein gefährliches Handicap, Zogel kannte ihn, und er mußte mit dienstlichem Ärger rechnen, sobald Zogel bemerkte, daß der Hauptkommissar ihn überwachte. Erst recht nach der Anordnung, die Akte zu schließen. Ein oder zwei Wochen lang würde Petra ihm das Beschatten abnehmen, darauf durfte er sich verlassen, doch dann? Petra hatte ihre eigenen Sorgen, auch wenn sie es nicht zeigte. Natürlich hatte es sie tief getroffen, daß und wie man ihr den Lehrgang verweigert hatte. Allerdings wünschte sie von ihm keinen Trost, nicht von ihm. Nur deswegen hatte sie ihm die Tüte aus dem Geschäft seiner Frau gezeigt.

Vielleicht sollte er mit Brigitte doch noch einmal über die Scheidung reden. Seit fünf Jahren lebten sie jetzt getrennt und verstanden sich besser als in den letzten Jahren unter einem Dach. Mehr als einmal hatte er ihr die Scheidung angeboten, aber nie insistiert, wenn sie abwinkte: Ihr eile es nicht, sie könne in diesem Zustand gut leben. Inzwischen verdiente sie mit ihren drei Modegeschäften weit mehr als er, Karsten steckte im ersten juristischen Staatsexamen, die jüngere Melanie studierte auf der Textil-Fachschule, theoretisch war er frei. Nur praktisch war er an diesen Posten gebunden, die neue Chefetage würde keiner Versetzung innerhalb des Präsidiums zustimmen.

Nach der dritten Tasse Kaffee raffte er sich noch einmal auf, und diesmal wurde abgenommen. «Guten Tag, Frau Martinus, mein Name ist Sartorius, Kriminalpolizei. Ich würde mich gern mit Ihnen über Dr. Brauneck unterhalten...»

An der Lauxenstraße war der Name das einzig Überraschende, der Rest bestand aus Hochhäusern in Betonplatten-Fertigbauweise, kreuz und quer geparkten Autos, die kein Durchkommen erlaubten, und überquellenden Müllcontainern. Vor der Haustür suchte er lange Reihen von Klingelschildchen ab, B. Martinus wohnte im achten Stock, wenn die Anordnung überhaupt einen Sinn hatte. Hinter ihm erklangen eilige Schritte, er drehte sich um und schaute auf einen Riesen, einen großen und breitschultrigen Jugoslawen oder Italiener mit einem prachtvollen Schnauzbart, der sich unter dem Gewicht seiner Fülle herabbog. Die schwarzen Locken standen wild vom Kopf ab.

«Guten Tag», grüßte der Mann fröhlich.

«Tag», erwiderte Sartorius, erheitert über die Fähigkeit, soviel gutturales Timbre in zwei kleine Wörtchen zu packen, und der Mann lachte stumm über das ganze Gesicht. Im Aufzug drückte er auf die Acht, der andere beobachtete ihn und hob einen Finger: «Ein mehr bitte!»

«Was?»

«Neun bitte, muß neun.»

«Ach so, gern.»

«Danke sehr viel.» Der Südländer kollerte vergnügt, er hatte die gute Laune gepachtet. Im achten Stock stieg Sartorius aus und blieb einen Moment unschlüssig stehen, nachdem die Fahrstuhltür zugefallen war. Etwas hatte ihn irritiert, er kam bloß nicht darauf, was – die Fahrstuhltür klappte wieder gedämpft, ein Stockwerk höher, aber die Schritte wurden lauter, wieso konnte er sie so deutlich hören?, das störte ihn; dann erklangen sie auf den Steinstufen, das war doch – er huschte in den Korridor, preßte sich in eine Tür, der Südländer marschierte tatsächlich die Treppe hinunter, er hatte also auch in den achten Stock gewollt – plötzlich verstummte das Geräusch. Sartorius fixierte die Ecke, ein Kopf schob sich langsam vor, auf den Vorplatz war der Kerl nicht mehr getreten. Jetzt grinste Sartorius wütend, dieser blöde Hund hätte ihn beinahe geleimt, es sah schon albern aus, ein Kopf ohne Körper, und die Miene des Schnauzbärtigen war jetzt alles andere als lustig.

«Na, doch nicht neunter Stock?» bölkte Sartorius scharf und trat aus der Türnische heraus.

«Nein, Irrtum», gurgelte es wütend und gereizt unter dem Schnauzer; dann wurde der ganze Riese sichtbar, der nun, zwei Stufen auf einmal nehmend, die Treppe hinunterpolterte. Gespannt lauschte er, bis weit unten eine Tür ins Schloß fiel. Zufall? Oder hatte er in letzter Sekunde einen Beschatter abgeschüttelt, der es einmal auf die andere Tour versuchen wollte? Das Gesicht würde er wiedererkennen... er mußte sich um den hellblauen Mercedes kümmern, der ihm von Heidenreichs und Braunecks Haus bis zum Präsidium gefolgt war.

An ihrer Tür klingelte er noch einmal, und als Britta Martinus öffnete, starrte sie ihm halb finster, halb ängstlich entgegen. Mitte Zwanzig, hellbrünette Locken, große braune Augen in einem rundlichen Gesicht, das trotz des Lippenstifts und der dick aufgetragenen Lidtönung unheilbar naiv aussah. Das weite, aber zu kurze Hängerkleid verbarg nicht, daß sie mindestens zehn Kilo zuviel mit sich herumschleppte, und stellte ihrem Geschmack nicht das beste Zeugnis aus. ‹Der Trampel vom Lande›, schoß ihm durch den Kopf. Dagegen hatte sie eine überraschend angenehme Stimme mit einem winzigen Anflug von Dialekt, den er nicht unterbringen konnte.

«Guten Tag, mein Name ist Sartorius, wir haben eben miteinander telefoniert.»

«Ja, guten Tag, wollen Sie – kommen Sie doch herein!»

Für ihre Größe schien das Wohnzimmer zu klein, trotz der weit geöffneten Tür auf den winzigen Balkon. Dort hingen Badetuch und Bikini zum Trocknen über dem Geländer. Auf der Couch saß eine junge Frau, Ende Zwanzig schätzungsweise, mit einem energischen Gesicht. Was Britta Martinus an Pfunden zu viel besaß, fehlte ihr; trotzdem machte sie den Eindruck einer kräftigen Sportlerin.

«Meine Freundin Monika – Monika Karutz.»

«Guten Tag, Sartorius.»

«Guten Tag», erwiderte die Sportliche kühl. «Sie sind von der Kriminalpolizei?» Ohne auf eine Antwort zu warten, wandte sie sich an Britta: «Hast du dir seinen Ausweis zeigen lassen?»

Über den impertinenten Ton ärgerte er sich, aber weil sie im Recht war, holte er schweigend die Mappe heraus und hielt sie der Freundin hin. Seine Verstimmung ließ sie kalt; sie stand schwungvoll auf und belehrte ihn trocken: «In dieser Siedlung muß man auf alles gefaßt sein, Herr Kommissar. Ich verzieh mich dann, tschüß, Britta.»

Ihm fiel der Schnauzbärtige aus dem Fahrstuhl ein, und deswegen schwieg er.

«Wir waren schwimmen», erklärte sie nervös, nachdem die Wohnungstür ins Schloß gefallen war. «Monika wohnt gleich gegenüber.»

«Ja», erklärte er unverbindlich, «ich verstehe. Frau Martinus, ich muß unbedingt mit Dr. Brauneck sprechen, aber offenbar weiß niemand, wo er ist.»

«Nein, nein, er ist einfach nicht in die Firma gekommen.»

«Wann haben Sie ihn denn zum letztenmal gesehen?»

«Das Datum weiß ich nicht mehr, am letzten Donnerstag. Da war irgend so eine Konferenz bei der Geschäftsleitung. Kurz vor Dienstschluß kam er zu mir ins Labor und knurrte ziemlich rum, er haßt diese Konferenzen und Besprechungen.» Das war also, er rechnete, der 28. Juni gewesen, der Tag vor dem Fehlalarm. «Er hat sich nach einer Probe erkundigt und dann gesagt, er würde morgen gar nicht reinschauen, er müsse was Privates erledigen.»

«Was das war, wissen Sie nicht zufällig?»

«Nein, das hat er nicht erwähnt. Wenn was wäre, sollte ich's auf den Anrufbeantworter sprechen, er wär auch am Nachmittag wieder zu Hause.»

«Das war also das letzte Mal?»

«Ja. Er hat mir noch ein schönes Wochenende gewünscht und ist ziemlich sauer wieder zur Konferenz hochgegangen.»

«Hm.» So offen und schnell würde sie wohl kaum reden, wenn sie was zu verbergen hatte, so viel Raffinesse traute er ihr nicht zu. «Haben Sie ihn am Freitag angerufen?»

«Nein, es war nichts Besonderes los.»

«Hm», machte er noch einmal. «Irgendwann am Freitagabend ist er dann losgefahren.»

«Nein, nein», widersprach sie erstaunt.

«Wie bitte?»

«Das kann nicht stimmen. Er ist am Wochenende noch einmal im Labor gewesen.»

«Woher wollen Sie das wissen?»

Zum Glück hatte sie seinen scharfen Ton nicht mitbekommen. «Ich hab am Freitag natürlich das Labor aufgeräumt, bevor ich gegangen bin. Und als ich am Montag zum Dienst kam, hatte er eine Apparatur aufgebaut und...»

«Eine Apparatur?»

«Ja, eine Destillationskolonne. Der Chef hat am Wochenende irgendeine Analyse gemacht, also, fertig gemacht. Denn als ich am Montag kam, hing die grüne Scheibe dran.»

«Grüne Scheibe?» Nun verstand er gar nichts mehr, und sie lachte aufrichtig erheitert: «Von Chemie verstehen Sie nichts?»

«Weniger als nichts.»

«Aha! Also: Kein vernünftiger Chemiker macht sich an einer Anlage zu schaffen, die er nicht selbst aufgebaut hat. Erstens weiß er nicht, ob sie nicht noch gebraucht wird. Zweitens kann er eine Reaktion stören, die da gerade abläuft. Drittens kann sich etwas in der Apparatur befinden, was nicht ungefährlich ist. Oder sie steht unter Druck oder es knallt, wenn Luft reingelassen wird. Deshalb haben wir einen Code vereinbart: Wenn die rote Scheibe dranhängt, heißt das: Finger weg! Gelb bedeutet: Da läuft eine Reaktion, und im Protokollbuch ist genau vermerkt, was ich tun soll. Grün heißt: Die Apparatur ist leer und entlüftet, ich kann sie abbauen, die einzelnen Teile reinigen und wegräumen.»

«Ah so. Und deshalb nehmen Sie an, daß er am Wochenende noch im Labor gearbeitet hat.»

«Sicher. Am Freitagabend stand die Kolonne noch nicht.» Sie zwinkerte plötzlich und kaute auf ihren Lippen. «Obwohl...»

«Was wollten Sie sagen?»

«So eine verrückte Destillation habe ich noch nie erlebt.»

Jetzt seufzte er. «Helfen Sie mir auf die Sprünge? Was heißt – Destillation?»

«Also, der Chef hatte eine Probe vergast. Dieses Gas hat er zuerst mit Stickstoff, dann mit Sauerstoff und dann wieder mit Stickstoff gesättigt. Unter Druck.»

«Ist das so ungewöhnlich?»

«Ich hab's jedenfalls noch nie gemacht. Und ich weiß beim besten Willen auch nicht, wozu man das braucht.» Richtig verärgert runzelte sie die Stirn. «Im Protokollbuch stand nur N pos., O. pos., N pos.»

«Oh, je – N – O – N...»

«Die Abkürzungen für Stickstoff, Sauerstoff, Stickstoff.»

«Schreibt man in so ein Protokollbuch nicht, wozu man was macht? Und wann?»

«Ja, schon, der Chef ist sonst auch ungeheuer penibel. Aber diesmal – als hätt er's eilig gehabt. Ach so, und dann hat er nur noch hingekritzelt, ich sollte am Montag als erstes etwas analysieren, was in einer Schale auf meinem Platz lag.»

«Analysieren...» Es hatte gar nicht respektvoll klingen sollen, aber sie schmunzelte breit. Gegen etwas Bewunderung hatte sie nichts einzuwenden.

«Ja, ganz simpel, ein Stück Galliumarsenid.»

«Gall...»

«Galliumarsenid.» Sie kicherte, Schadenfreude war ihr nicht fremd. «Ein Halbleitermaterial – verstehen Sie was von Elektronik?»

«Ja, etwas. Es wird für eine bestimmte Art von Transistoren gebraucht, nicht wahr?»

«Genau. Auch so ein Quatsch – wozu das Zeugs analysieren? Es ist teuer und wird künstlich hergestellt – na ja, vielleicht ein Fundstück...» Sein gequältes Gesicht amüsierte sie, sie setzte sich gerade hin. «Der Chef arbeitet manchmal für die Staatsanwaltschaft. Wenn die Kripo was gefunden hat, an einem Tatort oder in den Kleidern einer Leiche oder so, dann kriegen wir's zur Analyse.»

«Aha!» Er mußte aufpassen, daß sie ihm nicht das Heft aus der Hand nahm. «Aber was Sie mit dem Ergebnis der Analyse machen sollte, hatte Brauneck Ihnen nicht geschrieben?»

«Nein, ich hab's wie immer ins Protokollbuch eingetragen, ich dachte doch, er würde am Montag kommen. Aber er hat sich nicht mehr gemeldet.» Von einer Sekunde auf die andere verschwand der selbstbewußte Ausdruck, jetzt sah sie wieder gekränkt aus. Oder wie verlassen, Braunecks Verhalten ging ihr nahe.

Er betrachtete sie schweigend. Heidenreich hatte behauptet, er habe Braunecks Brief am Samstagmittag in seinem Kasten gefunden, und zu dem Zeitpunkt war der Chemiker schon unterwegs. Wenn andererseits alles so stimmte, wie sie es erzählt hatte, mußte Brauneck sich am Freitag, am 29. Juni, zwischen ihrem Dienstschluß – schätzungsweise gegen 18 Uhr – und dem frühen Samstag morgen im Labor aufgehalten haben. Wann aber genau? Vor oder nach Cordes' Tod?

«Wie lange braucht man für so eine Destillation?» fragte er halblaut.

«Keine Ahnung, ich sagte doch, ich hab's noch nie gesehen oder gemacht.»

«Ein, zwei Stunden?»

«Mindestens. Der Chef mußte ja auch noch die ganze Kolonne aufbauen!»

«Das heißt, aus Einzelteilen zusammensetzen, die es bei Ihnen im Labor gibt?»

«Ja.» Sie nickte nachdrücklich. «Er ist ungeheuer flink, aber eine Stunde hat er bestimmt auch gebraucht.»

Hatte das Analysenergebnis ihn zu der plötzlichen Reise veranlaßt? Das hörte sich albern an, aber sie wußte nicht, was bei der Destillation heraufgekommen war. Oder für welchen Nachweis sie verwendet wurde. Er mußte sich bei einem Chemiker erkundigen.

«Frau Martinus, Sie wissen, was am Freitagabend in der Firma...?»

«Ja, natürlich.»

«Hat Ihr Chef diesen Cordes gekannt?»

«Sicher, Cordes war doch schon sechs oder sieben Jahre bei uns. Und der Chef arbeitet oft nachts oder spätabends. Er sitzt – er hat oft mit Cordes zusammengesessen.»

«Warum denn das?» Ein Nachtwächter und ein Chemiker?

«Ach, der Chef trinkt unendliche Mengen Kaffee. Und Cordes hat sich immer frischen gekocht. Wenn der Chef nachts im Labor arbeitet, schnorrt er bei Cordes Kaffee. Ich muß regelmäßig Kaffee für Cordes kaufen.»

Wieder zögerte er. Daß sie ihren Chef verehrte, heimlich oder offen, bezweifelte er nicht. Folglich traute sie ihm nichts Böses zu, deswegen stellte sie auch keine Verbindung zwischen den beiden Ereignissen her, dem Fehlalarm vor oder nach Cordes' Tod und der Tatsache, daß Brauneck irgendwann zwischen Freitag abend und Samstag morgen im Labor herumgewerkelt hatte. Vielleicht war es besser, ihr vorerst diese Unbefangenheit nicht zu nehmen.

«Sagt Ihnen der Name Kastenitz etwas?»

«Ja», antwortete sie verblüfft.

«Und woher?»

«Ich bin im Nachbardorf aufgewachsen, in Laubrix.»

«Wo liegt denn das?»

«Östlich von Fulda, ungefähr. Ganz nah' an der ehemaligen DDR-Grenze. Hessisch-Ostsibirien – haben Sie das schon mal gehört?»

Über ihre Miene mußte er schmunzeln. «Ja, hab ich.»

«Kalt und windig und nix los!» Sie schauderte.

«Können Sie sich vorstellen, daß Brauneck nach Kastenitz gefahren ist?»

Jetzt staunte sie ihn an, den Mund halb offen, die Augen weit aufgerissen. Nein, clever war sie nicht und würde sie nie werden. «Das ist – das wäre – wie kommen Sie denn darauf?»

«Brauneck hat einem Freund geschrieben, daß er vielleicht ein paar Tage Urlaub in Kastenitz machen werde.»

«Aber da kann man doch keinen Urlaub machen!» wehrte sie spontan ab. «Der Chef ist bestimmt nicht zum Urlaub nach Kastenitz gefahren, nein, nie.»

«Aber er hat geschrieben, er wolle nach Kastenitz.»

«Wirklich?» Wenn sie überlegte, bekam sie ein finsteres Gesicht. «Also, dann kümmert er sich bestimmt um das Werk.»

«Welches Werk?»

Zu seinem Erstaunen lief sie plötzlich rot an: «Das ist – das muß unter uns bleiben.»

Erheitert, aber äußerlich ernst nickte er.

«Die Doris hat mal durch Zufall…»

«Entschuldigung, wer ist Doris?»

«Doris Wenck, sie arbeitet für Frau Wintrich – kennen Sie die Geschäftsführerin?»

«Ja, ich hab schon mit ihr gesprochen.» Dann war Doris Wenck die junge Frau mit dem auffälligen blonden Zopf.

«Doris hat mal gehört, wie sich die Wintrich mit den beiden Chefs unterhalten hat. Dabei ging's um ein neues Werk, das die Alfachem kaufen will. Ein Betrieb, der Naturfarben herstellt, in Kastenitz. So, und weil die Doris weiß, daß ich aus der Gegend komme, hat sie mir davon erzählt, ganz im Vertrauen. Die Sache wird nämlich geheim behandelt.»

Ihre Röte war schon etwas abgeklungen, kehrte aber jetzt so unvermittelt zurück, daß er leise lachte. «Sie haben sich aber nicht daran gehalten und bei Dr. Brauneck geplaudert.»

Mehr als kläglich flüsterte sie: «Ja.»

Eine andere Antwort hätte er ihr auch nicht geglaubt. Sie trug ihr Herz auf der Zunge, und vor dem Chef hatte sie ohnehin keine Geheimnisse, schließlich ging es bei ihr um einen Fall mittelschwerer Heldenverehrung.

«Tja, das wär's dann vorerst, vielen Dank.»

In seinem Autoatlas war Kastenitz nicht verzeichnet, er mußte sich im Präsidium erst eine Landkarte besorgen. Winzige Nester, und vor der Vereinigung tatsächlich am Rande der Welt gelegen. Nachdenklich kramte er sein privates Telefonbuch hervor, manche Dinge ließen sich auf dem kleinen Dienstweg immer noch am besten erledigen. Kollege Bruno, ehrenwertes Mitglied der hauptkommissarischen Mörderei in Kassel, versprach denn auch prompt, sich einmal unauffällig nach einem Dr. Alexander Brauneck in Kastenitz umzuhören: «Schon verstanden, Paul, auch ganz nebenbei.»

«Er ist wirklich nur möglicherweise Zeuge einer möglichen Gewalttat.»

«Und existiert möglicherweise sogar.» Bruno gluckste. «Wird ohne Aufsehen und prompt erledigt, Paul.»

«Danke, Bruno.»

Weil er das Telefon nun schon einmal in der Hand hatte, rief er auch Frankfurt an. Den verehrten Kollegen Hannes an die Strippe zu bekommen war gar nicht so einfach; Hannes röchelte, gurgelte mit seinen Bronchien und röhrte: «Paul! Dich gibt's noch?»

Auf kürzeren Strecken brauchte er kein Telefon, Sartorius hielt den Hörer so weit wie möglich weg und erläuterte sein Problem: «Ein hellblauer Mercedes – ne, der Halter allein interessiert mich nicht. Wer sind die beiden Männer, die mich heute verfolgt haben?»

«Du wirst von einem Fahrzeug mit Frankfurter Kennzeichen beschattet? – Paul, das müssen ehrliche Leute sein.»

«Hä?»

«Weil jeder Ganove dich auf tausend Meter als Bullen erkennt!» Nun schön, Humor war Geschmacksache, und Kollege Hannes hatte zu lange im Frankfurter Bahnhofsviertel gearbeitet. Sartorius sonderte einige Unfreundlichkeiten ab, die mit begeistertem Gebrüll quittiert wurden, und legte erschöpft den Hörer auf.

Anja hatte eine Warmhaltekanne auf den Aktenbock gestellt: «Um 17.30 frisch gekocht.» Sie war ein Schatz, und bis er das Protokoll seiner Unterhaltung mit Britta Martinus fertig getippt hatte, war die Kanne zur Hälfte leer. Mit der Dämmerung kühlte es angenehm ab, er riß das Fenster auf, freute sich über die ungewohnte Ruhe auf dem Hof und schnappte sich die anderen Akten. Morgen mußte er sich wieder um sein Kommissariat kümmern; zwar waren seine Leute daran gewöhnt, daß er sie an langer Leine laufen ließ, aber nach drei Tagen würden sie zu fragen beginnen, was mit dem Boss loß sei.

Petra meldete sich gegen 21 Uhr. «Zogel sitzt in einer Diskussionsrunde über ein alternatives Müllkonzept und bekommt von allen Seiten mächtig Zunder.»

«Dann mach Schluß für heute!»

VII

Kurz nach zehn Uhr wählte er die Nummer von Aliki & Phaneri in Düsseldorf, hörte «Kein Anschluß unter dieser Nummer», fluchte über seine Ungeschicklichkeit und wählte noch einmal sorgfältig.

«Kein Anschluß unter dieser Nummer – kein Anschluß unter…»

Lange Zeit saß er regungslos. Kein Anschluß… so konnte man es auch nennen. Nein, nicht mit ihm, er kannte die Post und ihre Geschwindigkeit… wo war sein Telefonverzeichnis?

Kollege Meckel aus Düsseldorf war ihm noch einen Gefallen schuldig, und Roland versprach, sich sofort um den Fall zu kümmern, na klar doch, mal so ganz nebenbei, wer würde denn aus allem gleich eine offizielle Aktion machen? Aber schon bei der Anschrift stutzte er hörbar: «Bäumlers Allee in Düsseldorf? Nie gehört.»

«Der ganze Kerl war oder ist falsch, Roland. Aber wer steckt hinter der Telefonnummer?»

«Ich versuch mein Bestes, Paul.»

Er hatte gerade aufgelegt, als Hannes aus Frankfurt anrief: «Ich hab was für dich, Paul.»

«Schon? Wann bist du denn heute morgen aufgestanden?»

«Aufgestanden? Ich habe vor Aufregung die ganze Nacht nicht geschlafen. Also: Deinen hellblauen Mercedes hatten sich zwei Libanesen geliehen…»

«Libanesen? Und was heißt ‹hatten›?»

«Sie standen heute schon um sieben am Autoverleih, um die Karre zurückzugeben. Zwei Libanesen mit Diplomatenpässen – ne, die Namen spreche ich nicht aus, wer bricht sich schon gern freiwillig die Zunge? Kommt alles über Fernschreiber.»

«Danke, Hannes.»

Was hatte das nun zu bedeuten? Libanesen mit Diplomatenpässen!

Auch Kollege Bruno aus Kassel hatte gespurt. «Paß auf, Paul, ich hab mit dem Posten in Kastenitz telefoniert. Der meint, zum

Übernachten käme überhaupt nur ein Hotel in Frage, das Rhönhotel in Brikow, etwa zwei Kilometer von Kastenitz entfernt. Dort hat er sich erkundigt. Ein Alexander Brauneck hat dort nicht gewohnt. Es gibt auch keine Reservierung auf diesen Namen.»

«Danke, Bruno.»

Von Braunecks Freundin Inge Wortmann wußten sie auch noch nichts. Diese leise Unruhe kannte er aus Erfahrung, irgend etwas stimmte nicht. Er hatte Witterung aufgenommen, aber die Spur noch nicht entdeckt. Möglich, daß sich alles in Wohlgefallen auflöste, aber darauf würde er im Moment nicht wetten.

Rabe und Petra brüteten über Akten, das kleine Zimmer war stickig und heiß, beide schnauften erleichtert wegen der Unterbrechung. Notgedrungen mußte er Rabe einweihen. Wenn er den Clown schon an den Schreibtisch fesselte und zum Telefondienst verurteilte, durfte er ihm die wichtigen Informationen nicht vorenthalten. «Wir halten das vorläufig unter der Decke. Petra kümmert sich um Inge Wortmann, und Sie vollbringen drei Wunder: Frau und Tochter Cordes und alles über die Alfachem.»

«Sofort, Chef!» Rabe nickte eifrig. Er wußte viel zu genau, was Sartorius von ihm hielt, und hatte sofort begriffen, daß er bei seinem kritischen Chef Pluspunkte sammeln konnte. Dringend benötigte Punkte.

Anja sortierte Formulare und lachte ihn fröhlich an: «Wissen Sie, wie Sie aussehen? Wie ein gereizter, hungriger Tiger.»

«Du meinst – Kannibale.»

«Chef, Sie nehmen mal wieder den Mund zu voll!» Ob dieser ungewollten Zweideutigkeit hob sich seine Laune.

Das Fernschreiben aus Frankfurt half nicht weiter. Der Autoverleih hatte brav die Namen aus den Dokumenten abgeschrieben und wahrscheinlich sehr viel mehr Wert auf die Bezahlung per Kreditkarte gelegt. Mit Personaldokumenten aus dem Nahen Osten hatten sie ihre Erfahrungen, die kosteten nicht viel, der Geier mochte wissen, wer sich da tatsächlich den hellblauen Mercedes ausgeliehen hatte. Und daß an der ganzen Sache etwas faul war, belegte eine Anmerkung: Die Männer hatten nämlich nicht ihre Kreditkarte benutzt, sondern bar bezahlt.

Hauptkommissar Meckel, der Rasende Roland, rief kurz vor zwölf aus Düsseldorf an: «Sitzt du fest auf deinem Stuhl? – Gut. Also: Aliki & Phaneri gibt's nicht und hat's nie gegeben. Eine Bäumlers Allee existiert nicht. Ein Dr. Georgios Paloudis ist und war weder in Düsseldorf noch Umgebung gemeldet.»

«Und diese Telefonnummer...?»

«Moment, Paul, nicht so eilig! Ich hab's auf dem kleinen Dienstweg versucht. Zehn Minuten später ruft die Oberpostdirektion an, Leiter der Rechtsabteilung: Über diese spezielle Telefonnummer dürften sie keine Auskunft erteilen. Ha, danach hab ich die rheinische Frohnatur rausgehängt und rumgetobt, so ginge das aber nicht, ich hätte eine Leiche und nur ein paar Nummern, was der Quatsch denn solle und so weiter. Darauf näselt dieses Oberarschloch ‹Moment, ich melde mich gleich wieder› und hängt ein. Eine Viertelstunde später habe ich ihn tatsächlich wieder an der Strippe: Auskünfte über diesen Anschluß nur mit schriftlicher Genehmigung des Generalbundesanwaltes.»

«Wie bitte? Bundesanwaltschaft?»

«Genau so! In was bist du denn hineingestolpert? Mädchenhandel?»

«Roland, ich hab einen toten Nachtwächter auf der Latte, nicht mehr, nicht weniger.»

Wenn Roland lachte, zerlegte sich das Telefon: «Deine Fähigkeit, mit kleinen Fällen großen Ärger zu erzeugen, hat sich in der Kripo rasch herumgesprochen.»

«Danke für den Hinweis, du Karnevalsprinz. Und danke für deine Hilfe!» Ganz vorsichtig legte er den Hörer hin. Behördliches Eigentum war umsichtig und schonend zu behandeln, Beschädigungen mußten mit dem Formular III/28 A ausführlich begründet werden, das Amt behalte sich bei unsachgemäßer Benutzung die Forderung nach Schadenersatz vor... die Decke fiel ihm auf den Kopf, und Anja schluckte brav: «Jawohl, Chef, in frühestens zwei Stunden wieder zurück, zwischendurch nicht erreichbar.» Gekränkt zupfte sie an ihrem kurzen Plisseerock.

Tönnissen stand auf, als Jenisch an seinen Tisch trat. Zwar kannten sie sich seit vielen Jahren, waren aber nie recht warm miteinander geworden, persönlich jedenfalls nicht. Dienstlich wußten sie beide, daß Minister kamen und gingen, Staatssekretäre aber blieben, darüber mußte man nicht sprechen.

«Alle Achtung, Herr Tönnissen», sagte Jenisch ernsthaft.

«Wofür?»

«Wenn Sie sich meinetwegen in ein vegetarisches Restaurant setzen, müssen Sie etwas Großes auf dem Herzen haben.»

«So groß ist es nicht, Herr Jenisch. Oder sagen wir so: Ich möchte verhindern, daß es groß wird.»

Für den Bruchteil einer Sekunde gestatteten sie sich beide ein wissendes Lächeln. Das Restaurant war gut besucht, sie hatten einen Tisch in einer Nische vorbestellt, in der sie ungestört reden konnten, und beide mieden sie das Scheinwerferlicht so konsequent, daß keiner der Gäste sie erkannte. Tönnissen hatte das Restaurant mit gemischten Gefühlen betreten, Vegetarier waren ihm unbehaglich, aber daß es Teppiche auf dem Fußboden und weiße Tischdecken gab, baute seine Vorurteile ein wenig ab. Offenbar handelte es sich nicht um ein alternatives Müsli-Körner-Paradies, und die Speisekarte las sich zumindest interessant. Ohne seine Nichte Annette hätte er dennoch ein anderes Restaurant vorgeschlagen; sie hatte jahrelang fürchterlich unter Heuschnupfen und Pickeln gelitten, bis sie sich eines Tages radikal auf Naturkost umstellte und seit der Zeit sogar während des Pollenflugs ohne Cortison auskam; es hatte ihn mehr beeindruckt, als er zugeben wollte.

«Wir haben ein kleines Problem», begann er endlich. «Vor knapp einer Woche hat es in einer chemischen Fabrik einen Fehlalarm gegeben, Feuerwehr und Polizei sind nach K 4-Vorschrift ausgerückt und haben einen toten, möglicherweise erschlagenen Nachtwächter gefunden.»

Jenisch hörte aufmerksam zu.

«Der Einsatzleiter der Feuerwehr wollte anschließend Stunk

machen, aber dieses Problem haben wir im Griff. Aus – verschiedenen Gründen möchten wir nämlich jedes Aufsehen vermeiden.»

«Einer dieser Gründe wird wohl unser Umweltminister sein», merkte Jenisch trocken an, und Tönnissen atmete erleichtert auf. Der Kollege, intelligent und wohlinformiert, signalisierte Kooperationsbereitschaft.

«Ja. Nun wäre es schön, wenn es von seiten der Polizei so wenig Öffentlichkeit gäbe wie von seiten der Justiz. Bis jetzt hat die Presse noch keinen Wind bekommen.»

Jenisch aß eine ganze Weile mit unbewegtem Gesicht. Er war ein großer, schlanker, sehr verschlossener Mann, seit elf Jahren Staatssekretär im Justizministerium, in der Welt der Juristen bekannt als Verfasser eines vielbenutzten Kommentars zum Umweltstrafrecht. Wichtige Aufgaben erledigte er gern im Verschwiegenen; während andere Bundesländer zum Beispiel noch über die Reform des Strafvollzugs diskutierten, hatte sein Ministerium damit leise und unauffällig begonnen. Schließlich ließ er Messer und Gabel sinken: «Für diesen – hm – Vorgang gibt es noch andere Gründe?»

«Ja, Herr Jenisch.»

«Die in der Verantwortung Ihres Hauses liegen?»

«Ausschließlich, ja.»

«Dann erlaube ich mir die Vermutung, daß sie noch zur Erbmasse gehören.»

«Damit liegen Sie leider richtig.»

«Gut. Ich will mein möglichstes tun.» Auf sein Wort konnte man sich verlassen, auf seine Diskretion auch, und deswegen sagte Tönnissen schnell: «Danke.»

Sobald der Fall abgeschlossen war, mußte er Jenisch alle Hintergründe enthüllen, das war so selbstverständlich, daß es keiner Erwähnung bedurfte. Deswegen mußte Staatssekretär Tönnissen aus dem Innenministerium in diesem Moment nicht ausplaudern, daß er eine Nachricht auf seinem Schreibtisch gefunden hatte: Der Leiter des Landesamtes für Verfassungsschutz wollte ihn dringend sprechen. Jede Wette, daß es sich um diesen verdammten toten Nachtwächter handelte. Manchmal hatte er den Eindruck, daß die Politiker fröhlich auf einem aufgestauten Teich herumruderten, während er und seine Leute pausenlos damit beschäftigt waren, die Risse und Löcher in den Dämmen zu flicken. Und zwar so, daß die Herren und Damen in den Booten die Hilfstruppen nur ja nicht bemerkten.

VIII

Brigitte lachte, als er in ihr Büro stolperte. «Soll ich dir mal was verraten, Paul? Seit wir uns getrennt haben, freue ich mich jedesmal, dich wiederzusehen.»

«Mir geht's genauso!» Sehr formell küßte er sein Weib, und die junge Verkäuferin hatte Mühe, ernst zu bleiben. Bewegen konnten sie sich nicht, alle waagerechten Flächen einschließlich des Fußbodens waren mit Fotos bedeckt, die Modelle auf Modenschauen zeigten, in Kleidern, Röcken, Oberteilen und Mänteln. Was das Bilderchaos zu bedeuten hatte, wußte er. Gitte verschaffte sich einen Überblick, was im kommenden Jahr als Sommermode getragen wurde, und zwar nicht von diesen Bohnenstangen mit Millionärsfreunden, sondern von normalen Frauen, die etwas mehr für Kleidung ausgaben als der statistische Durchschnitt. Ihren Geschmack mußte sie treffen, im September/Oktober waren die Bestellungen fällig, ab Weihnachten ließ sie in der eigenen Werkstatt ändern, und im April/Mai konnte sie völlig falsch liegen, weil sich ein anderer Trend durchgesetzt hatte, weil die Konjunktur abflaute, weil die Konkurrenz auf denselben Trichter gekommen war.

«Vielen Dank, Helga, wir machen eine Pause. Dieser arme Mann hier braucht einen Schluck.»

«Dann gehe ich jetzt essen, Frau Sartorius.»

Das größte Möbelstück in dem Zimmerchen nebenan war eine

bequeme Liege; von einem Zehn-Stunden-Tag konnte sie nur träumen.

«Ein Gin-Tonic, viel Eis, wenig Alkohol?»

«Genau richtig!» Die schwüle Hitze machte ihnen beiden zu schaffen, obwohl sie immer kühl und glatt aussah. Neben ihm, hager und lang, wirkte sie klein und eine Spur mollig, was sie immer geärgert hatte, weil sie beides nicht war, sondern mittelgroß und ausgesprochen wohlproportioniert. Sie konnte es sich leisten, enge Hosen und Blusen mit gewagten Ausschnitten zu tragen, was ihm wieder auffiel, als sie sich mit einem Seufzer ausstreckte; sie las seine Gedanken und wehrte seine Hand nicht ab. Sich ohne Worte zu verständigen hatten sie beide zu spät gelernt; er war im Laufe der Jahre ruhig geworden und hatte sich einen oft schon grämlichen Gesichtsausdruck zugelegt, während sie beweglich und attraktiv blieb, vor Lebhaftigkeit sprühte, was er immer häufiger als Vorwurf an seine Adresse ausgelegt hatte.

«Sorgen?»

«Ja.» Und weil sie etwas anzüglich blinzelte, schüttelte er den Kopf: «Mit Petra kann ich darüber nicht reden, sie ist völlig durch den Wind.»

Nach seiner Beichte schwieg sie. Sein Beruf hatte sie nie sonderlich interessiert, sie erkannte an, daß solche Arbeit getan werden mußte, aber je länger, desto weniger begriff sie, daß er an seinem Job hing. Den Zynismus, den sich viele Kollegen als Selbstschutz zulegten, hätte sie eher verstanden als seine bittere, oft schon trübe Schweigsamkeit. Die Entfremdung war langsam gewachsen, was ihnen erlaubt hatte, die Auseinandersetzungen vor der Trennung mit einigem Anstand und Rücksicht auf die Kinder zu bestehen.

«Der arme Cordes», murmelte sie zum Abschied. «Ich hätt' ihm gewünscht, noch den Vater zu finden.»

Nachdenklich musterte er ihr schönes Gesicht. Es war wirklich ein großer, ein gewaltiger Unterschied, ob ein Mensch sich freiwillig oder unfreiwillig in die Einsamkeit zurückzog. Peter Cordes hatte sich gegen die Umstände nicht wehren können, und vielleicht hatte er mit dem Wunsch, seine Familie zu finden, nur seine Isolierung durchbrechen wollen. Dabei geleitet von einem, der stärker war als er, der mit der Welt besser zurechtkam. Und Brauneck mochte aus eigenem Erleben wissen, was es bedeutete, allein zu sein; er nickte.

«Danke, Gitte, bis bald mal.»

Auf dem Flur fing ihn Lohberg ab: «Ein saublöder Fall, Paul.»

«Komm rein, Martin!»

Nach dem alten System wäre Martin Lohberg Zweiter Hauptkommissar im Ersten gewesen, diese Stellvertreterregelung war vor Jahren einer der zahllosen und nutzlosen Reformen zum Opfer gefallen. Faktisch hatte sich nichts geändert, Lohberg amtierte als sein Vertreter, legte aber wenig Wert auf Verwaltungsarbeit und ließ sich oft eine ganze Woche nicht im Dienstzimmer blicken. In seiner Karriere gab es einen häßlichen Knick; vor acht Jahren hatte eine polizeiinterne Untersuchungskommission herausgefunden, daß in seiner Gruppe ein Mann unehrlich war; ihm konnten zahlreiche Diebstähle an Tatorten nachgewiesen werden. Der Skandal war vertuscht worden, doch seitdem war Lohberg, wie er es selbst ausdrückte, «im Verschiß».

«Was ist los?»

Ein Mord im «Hotel Erdmann», einem der besseren, frisch renovierten Familienbetriebe in der Kiliansgasse, mitten in der Altstadt. Das Opfer war ein Türke, ein Hotelgast. Sechs Messerstiche, eine fürchterliche Sauerei in dem Hotelzimmer, alles voller Blut.

«Wie abgeschlachtet, Paul.»

Er fröstelte, die Bilder schlugen selbst Profis auf den Magen. Das Opfer saß auf dem Boden, an das Bett gelehnt, und nach der Stellung der Beine zu urteilen war der Mann im Todeskampf vom Bett heruntergerutscht. Oder heruntergezerrt worden. Die Anzugsjacke lag am Fußende.

«Raubmord?»

«Nee!» Der Täter hatte die Brieftasche mit über 4000 Mark nicht angerührt, auch die wertvolle Armbanduhr zurückgelassen. Die Tatzeit stand noch nicht genau fest, zwischen ein und drei Uhr in der Nacht, das Zimmermädchen hatte die Leiche um 9.30 Uhr in dem unverschlossenen Raum gefunden. Bis jetzt keine Zeugen und kein Hinweis auf das Motiv.

«Ein Türke? Oder ein Kurde?»

Lohberg knurrte: «Nix Kurde. Wir haben weder Rauschgift noch Flugblätter gefunden, übrigens auch keinen Hinweis, daß er eine Frau auf dem Zimmer hatte.» Mit angewiderter Miene kramte Lohberg seinen Block hervor. «Der Knabe heißt Beyazit, Erdal Beyazit, geboren am 11. Oktober 1945 in Kyrenia, wohnhaft in Kartal, von Beruf Kaufmann. Laut Meldezettel. Machte einen sehr ordentlichen Eindruck und sprach sehr gut Deutsch. Sagen die Leutchen vom Empfang. Vor zehn Tagen eingezogen. Ein ruhiger, unauffälliger Gast.»

«Kyrenia – das ist doch Zypern?»

«Ja. Warum fragst du? Wir haben keinen Hinweis auf irgendwelche politische Aktivitäten.»

Sartorius blinzelte, schluckte und sagte verlegen: «Der Knabe könnte mich interessieren.»

«Ach was!» Lohberg beugte sich gespannt vor.

«Nee, Martin, den Fall kann ich dir nicht abnehmen. Es wäre schön, wenn die ganz normale Routine abliefe. Und bei der ersten Abweichung gibst du Laut.»

«Oho! Ich kenne dich, lieber Paul. Hilfst du mir auf die Sprünge?»

«Lieber nicht! Es wäre übrigens gut, wenn mein Name nicht fiele.» Dabei lächelte er so entschuldigend, daß Lohberg den Kopf schräg legte, aber nichts mehr sagte. Sie konnten sich aufeinander verlassen, keiner dachte im Traum daran, dem anderen in einen Fall hineinzureden, und wenn Sartorius meinte, Lohberg solle vorerst den Dummen spielen, würde er schon seine Gründe haben. «Ich bringe nachher einen Zeugen ins Schauhaus. Unter Umständen kann er bestätigen, daß dieser – wie hieß er noch?»

«Beyazit, Erdal Beyazit.»

«... daß dieser Beyazit hier auch unter einem anderen Namen aufgetreten ist.»

«Du machst mich neugierig. Und das in meinem Alter»,

brummte Lohberg und verzog sich. Dabei pfiff er so laut und falsch, daß Anja sich empörte: «Aber Herr Lohberg...»

«Schätzchen, merken Sie sich: Männer, die falsch pfeifen, haben ein ehrliches Herz.»

Die Tür zum Flur knallte, und Anja tobte in Sartorius' Zimmer: «Wo bin ich hier eigentlich? Sie duzen mich dauernd, er nennt mich Schätzchen...»

«Tja, wir lieben dich halt alle.»

Hektor Heidenreich wartete, auf seinen Stock gestützt, vor der Wohnungstür und fürchtete eine schlechte Nachricht. Sartorius beteuerte noch auf der Treppe: «Es geht nicht um Ihren Freund Alexander Brauneck, von dem habe ich noch keine Spur. Aber ich wollte Sie bitten, mich ins Leichenschauhaus zu begleiten.»

«Leichen...» Heidenreich wurde bleich.

«Mein Wort – es ist nicht Alex.»

«Wirklich nicht? – Ja, dann komme ich mit.»

Nach dem ersten Schreck hielt er sich tapfer, auf der Fahrt und in dem kühlen, kahlen Gebäude, und verriet nur einmal seine Nervosität, als er unvermittelt leise lachte: «Alles wie im Fernsehen.»

Der Gehilfe im weißen Kittel und Holzpantinen sparte sich seine Gefühle für die Freizeit auf. «Der Tote aus dem Hotel Erdmann», murmelte Sartorius.

«Machen wir!» Ungerührt holte er die Lade aus der Kühlwand, klappte das Gestell herunter und zog das weiße Tuch ein Stück vom Gesicht. Heidenreich schluckte, atmete schwer und trat zögernd heran. Sartorius beobachtete ihn unauffällig. Der alte Herr entspannte sich und stotterte keine Sekunde später verwirrt: «Aber das ist doch – das ist doch dieser Mann – dieser Dr. Paloudis. Von den Marmorbrüchen.»

«Das dachte ich mir. Kommen Sie, Herr Dr. Heidenreich, wir sind schon fertig.»

Diesmal ließ sich Heidenreich die Treppe hinaufhelfen, die Geschichte hatte ihn mehr mitgenommen, als er eingestehen wollte, und als er Sartorius ein Glas Rotwein anbot, war klar, daß er jetzt nicht allein bleiben wollte.

«Gerne. Soll ich Ihnen helfen?»

«Nein, danke, es geht. Langsam, aber es geht.» Er brauchte lange, aber er schaffte es. Der Wein hatte eine tiefrote Farbe und einen leicht öligen Glanz auf der Oberfläche, Sartorius schnupperte mißtrauisch, und Heidenreich hüstelte nervös: «Er ist nicht jedermanns Geschmack, aber probieren Sie mal. Ein echter Grieche, nicht dieses Labberzeugs oder dieser Harzverschnitt, was hier so angeboten wird.»

Man konnte ihn tatsächlich trinken, allerdings nur in kleinen Mengen, auch für einen Hauptkommissar galten am Steuer die Alkohol-Höchstgrenzen.

«So, Herr Dr. Heidenreich, ich muß Ihnen eine Frage stellen, die Ihren Freund nicht beleidigen soll: Ist Brauneck ehrlich?»

«Haben Sie Anlaß zu dieser Frage?»

«Ja, es besteht die Möglichkeit, daß Brauneck von einem Mann, der kurz danach umgebracht wurde, etwas über dreiundfünfzigtausend Mark erhalten hat.» So ausführlich wie nötig berichtete er, was sie bis jetzt herausgefunden hatten, und der alte Herr hörte zu, anfangs erschrocken, dann auf seltsame Art und Weise mutlos: «Das ist ja – schrecklich. Herr Sartorius, Alex ist ehrlich. Ich will nicht behaupten, daß er immer hundertprozentig korrekt ist, dazu ist er viel zu zerstreut. Oder mit anderen Gedanken beschäftigt. Aber wenn ‹ehrlich› meint, daß er niemanden bewußt schädigen oder belügen will – ja, dann ist er absolut ehrlich.»

«Auch hilfsbereit?»

«Ja und nein. Er ist kein Wohltäter, wenn Sie das meinen, er nimmt nicht jede Verpflichtung auf sich. Aber was er einem Menschen versprochen hat, hält er auch.»

«Fein. Hat er den Namen Peter Cordes mal erwähnt?»

«Möglich, aber daran erinnere ich mich nicht mehr. Doch von dem Nachtwächter hat er schon mal erzählt, daß er bei dem Mann frischen Kaffee schnorrt, daß sie nachts zusammensitzen.»

«Ein Mitarbeiter der Alfachem hat behauptet, Brauneck sei ein reicher Mann.»

«Das ist er bestimmt. Für dreiundfünfzigtausend Mark würde er keinen – keinen...»

«Ja. Aber warum ist er Hals über Kopf verreist?» Heidenreich schüttelte ratlos den Kopf. «Ich hab Sie's schon mal gefragt: Wenn Ihr Freund Sorgen hätte, die er nicht mit Ihnen besprechen will – an wen würde er sich wenden?»

Heidenreich überlegte lange: «Tut mir leid, ich weiß es nicht.»

«Würde er mit seiner geschiedenen Frau reden?»

«Nein, das glaube ich nicht. Auch nicht mit seinem Sohn, dem Eberhard.»

«Von der verschwundenen Tochter hat er nie erzählt?»

«Doch, doch, aber nie so viel, daß ich je verstanden hätte, was damals passiert ist. Oder warum sie das Elternhaus für immer verlassen hat. Einmal hat er gestanden, daß er sie trotz ihres Wunsches gesucht hat...»

«Und nicht gefunden?»

Heidenreich hob beide Hände: «Wahrscheinlich nicht.»

Wohin also konnte Brauneck gefahren sein? Sartorius nippte an seinem Rotwein, der tatsächlich von Schluck zu Schluck besser schmeckte. Aber unten wartete das Auto, im Prädisium hatte er sicher neue Akten auf dem Tisch, und irgendwann würde er sich entschließen müssen, Dr. Alexander Brauneck zur Fahndung auszuschreiben. Was der weißhaarige alte Herr mit dem heldenhaften Vornamen als Verrat an seinem Freund empfinden würde.

«Ich muß weiter, Herr Dr. Heidenreich... nein, das Versprechen gilt, ich melde mich, sobald ich etwas gehört habe.»

Petra erschien gegen 21 Uhr, erschöpft und verschwitzt: «Diese Inge Wortmann ist wie vom Erdboden verschluckt. Angeblich am Samstagmorgen in aller Herrgottsfrühe überraschend in Urlaub gefahren. Der Firma hat sie nur eine Postkarte geschrieben, sie müsse aus persönlichen Gründen für unbestimmte Zeit Urlaub nehmen.»

«Wo ist die abgestempelt?»

Sie lächelte grimmig: «Hier natürlich. Kein Hinweis darauf, wo sie jetzt steckt. Oder hingefahren sein könnte.»

«Dann ist sie mit Brauneck unterwegs.»

«Anzunehmen.» Es interessierte sie nicht wirklich, und er schaute sie prüfend an, ein wenig traurig, daß sie seinem Blick auswich. «Und Zogel ist heute mit einer jungen Frau zusammen aus dem Rathaus gekommen. Keine zwanzig, würde ich denken. An der Bushaltestelle haben sie sich getrennt.»

«Weißt du, wie die junge Frau heißt?»

«Noch nicht.»

«Petra, wollen wir nicht offen reden?»

«Wozu, Paul? Was würde das ändern?»

«Nichts, da hast du recht.» Er seufzte und klappte die Akte zu. «Ich lade dich zum Essen ein.»

Nach einer langen, schmerzenden Bedenkpause willigte sie ein.

Donnerstag, 5. Juli, abends

Auch nach dreißig Jahren Ehe war der Regierungspräsident seiner Frau in Treue und Herzlichkeit zugetan. Seit die Kinder das Haus verlassen hatten, arbeitete sie zweieinhalb Tage in einer Buchhandlung, den Rest der Woche führte sie ein gastfreies Haus, jeder hatte seinen Kreis und seine Interessen, an Gesprächsstoff fehlte es ihnen nicht, und sie redeten immer noch gern miteinander. Das gute Verhältnis wurde nur einmal pro Monat getrübt oder bedroht, wenn sie ihn in die Oper oder ins Konzert oder ins Theater verschleppte. Vor solchen Abenden dachte er häufiger daran, sein vor fünfzehn Jahren gegebenes Versprechen zu brechen, und es kostete ihn einige Mühe, seine mürrische Gereiztheit zu verbergen. Daß sie genau wußte, was hinter seiner Stirn vorging, seine mit viel List eingefädelten Sabotageversuche regelmäßig durchkreuzte und sich darüber auch noch offen amüsierte, trug nicht dazu bei, seine Laune zu heben. Immerhin blieb er, das räumte er ein, durch diesen Kulturzwang halbwegs auf dem laufenden, und heute war ohnehin die vorletzte Vorstellung vor der Sommerpause. Als er in der Pause an der Sektbar dem Staatssekretär begegnete, der ähnlich unglücklich und verquer muffelte, begann er zu strahlen: «Na, du Kunstfreund?! Wie geht's dir?»

Tönnissen brummte. «Lala. Daß Richard Wagner unter den Artikel fünf fällt, kann nicht im Sinne der Grundgesetzväter und -mütter gelegen haben.»

Sie hatten sich während des Studiums angefreundet, und als sich die Ehefrauen in eine lebhafte Diskussion des ersten und zweiten Aktes vertieften, zogen sie sich erleichtert in eine Ecke zurück. «Hör mal, Queck, das trifft sich gut, ich hätte dich sonst morgen angerufen. Es geht um eine chemische Fabrik in deinem Bezirk, Alfachem heißt sie.»

Der Regierungspräsident wunderte sich. «Seit wann kümmerst du dich um Chemie?»

Doch Staatssekretär Tönnissen wollte auf den heiteren Ton nicht eingehen. «Bei der Alfachem hat es einen Fehlalarm gegeben, ein Nachtwächter ist umgekommen, und nun will ein aufgebrachter Brandrat Stunk machen. Die Firma soll einen zweiten Nachtwächter einstellen oder irgend etwas unternehmen, damit sich solche Fehlalarme in Zukunft nicht wiederholen.»

«Änderung des Genehmigungsbescheids?»

«Ich glaube, das läßt sich unterhalb dieser Ebene regeln.»

«Aha, du glaubst.» Ein bißchen verstimmt reagierte der RP doch, Tönnissen durfte sich ruhig aufgeknöpfter zeigen.

«Queck, wenn wir diesen Brandrat nicht ruhigstellen, droht Ärger.»

«Und du meinst, diese – diese –»

«Alfachem.»

«Danke, diese Alfachem spielt mit? Ein zweiter Nachtwächter kostet gut und gern um die...»

«Sie spielt mit.»

«Und wozu brauchst du mich dann noch?»

«Damit alles seinen ordentlichen Dienstweg geht.» Der gutmütige Spott beseitigte die leichte Verstimmung zwischen ihnen. Schließlich war der RP ja ein ausgeschlafener Mensch. Der Firma lag daran, kein Aufsehen zu erregen, die Landespolitik wollte Aufsehen vermeiden, und damit ein Störenfried keinen Verdacht schöpfte, wurde ihm die privat längst ausgehandelte Vereinbarung auf dem normalen Instanzenweg «zur Kenntnis» gebracht. So machte man das. Eine kleine politische Fingerübung, mehr nicht.

«Okay. Welchen Ärger fürchtet ihr denn wirklich, lieber Nisse?»

«Lieber Queck, zuallererst soll unser hochverehrter Herr Umweltminister keinen Wind von der Sache bekommen.»

«Das leuchtet ein. Und zuzweitererst?»

Darauf antwortete Staatssekretär Tönnissen nicht sofort, und wer ihn nicht kannte, mochte glauben, er warte nur das Ende des Klingelzeichens ab. Aber Queck kannte seinen Nisse. Morgen würde er sich als erstes mit dieser Alfachem beschäftigen.

IX

Sartorius rauchte geduldig. Zwar hatte sie unwillig aufgeschaut, als er Zigaretten und Feuerzeug aus der Tasche zog, aber weil sie nichts sagte, hatte er sich ruhig eine angezündet. Frau Staatsanwältin mußte noch viel lernen. Der Tag versprach wieder heiß zu werden, die Fenster auf der anderen Hofseite spiegelten die Sonne wider, so daß ihr Zimmer in gleißende Helligkeit getaucht war. Auch heute trug sie ein farbenfrohes, kurzes Kleid, sie hatte schöne Beine und zeigte sie gerne.

«Das wird ja immer verrückter», murmelte sie und schlug die Akte Peter Cordes zu.

«Deshalb brauche ich jetzt Ihre Hilfe.»

«Wegen dieser Düsseldorfer Telefonnummer von – Moment – Aliki und Phaneri?»

«Genau. Ich möchte wissen, wer sich hinter dieser Nummer

verbirgt, die der Generalbundesanwalt geheimhalten will. Warum ein türkischer Staatsbürger sich als Grieche ausgibt, einen verschwundenen deutschen Chemiker sucht und einem Zeugen die Visitenkarte einer nicht existierenden Firma gibt, damit er sich dort meldet. Warum von einem Tag auf den anderen dieser Anschluß gelöscht wird, nachdem ich mich als Polizist dort gemeldet habe.»

Heike Saling lächelte verkrampft. Sie arbeitete in einer Behörde, war das jüngste Mitglied und sollte sich in einer ihrer ersten Amtshandlungen an den Generalbundesanwalt wenden. Höher ging's nimmer, und das alles für einen Fall, den sie nicht durchschaute. Auf Wunsch eines Kriminalbeamten, der ihr mit spürbarer Reserve begegnete. Dem sie nicht wirklich vertraute. Daß er sie bemitleidete, wäre übertrieben gewesen, aber ihre Nöte konnte er sich so gut vorstellen, daß er auf jede Stichelei oder Drängelei verzichtete. «Ein schönes Wochenende, Frau Staatsanwältin.»

Zu seinem Erstaunen wurde sie rot, was sie zu ärgern schien. «Ist das hier so üblich?»

«Was meinen Sie?»

«Daß man sich mit dem Titel anredet?»

«Nein.» Er lachte, ehrlich erheitert. «Manche Staatsanwälte duze ich sogar. Also ein schönes Wochenende, Frau Saling.»

«Danke, für Sie auch, Herr Sartorius.»

Lohberg fauchte wie das Sicherheitsventil eines überhitzten Dampfkessels los: «Weißt du, warum ich manchmal alle Ausländer zum Teufel wünsche?» Sartorius machte rasch die Tür von außen wieder zu. Wenn ein Ausländer wüßte, welchen Papierkrieg mit Ämtern, Konsulaten und privaten Stellen seine Ermordung auslöste, würde er glatt darauf verzichten, hier sein Leben auszuhauchen, dachte er.

Eine Stunde saß er mit Rabe zusammen, der vorbildlich gearbeitet hatte. Cordes' Teekisten-Nachlaß war geordnet, was ihnen leider nicht weiterhalf, und bei der Suche nach Mutter und Tochter hatte er mehrere Spuren aufgetan. «Die Tochter könnte Stewardess sein, bei einer amerikanischen Linie. Planmäßig landet sie morgen abend in Amsterdam, die Kollegen dort sind informiert.»

«Sehr gut.»

«Mit der Mutter habe ich Probleme. Sie könnte mit einem amerikanischen GI in die Vereinigten Staaten gezogen sein, aber da trabt noch der Amtsschimmel, Sie wissen ja, wenn sie drüben keine Sozialversicherungskarte besitzt, wird's schwierig. Ich versuche es noch über das amerikanische Hauptquartier.»

«Fein, Herr Rabe.»

«Über die Alfachem habe ich nichts herausgekriegt. Hervorragender Ruf, finanziell mehr als gesund, wie es heißt. Sie liefert auch an staatliche Stellen, Bundeswehr und Bundesgrenzschutz. Bisher nicht der geringste Ärger.»

«Gute Arbeit, Herr Kollege.»

«Danke, Chef.» Vom Nachnamen zum leicht spöttischen «Herr Kollege» – die Mühe schien sich gelohnt zu haben.

Anja räumte ihren Schreibtisch auf und prustete erleichtert, als sie ihn hörte: «Ich möcht bloß mal wissen, wer immer diese Unordnung macht. Und Sie setzen sich jetzt auf Ihren Stuhl, da liegt eine Menge für Sie.»

«Zu Befehl!» salutierte er und gehorchte. Als er Richtung Kantine schlenderte, hatte er einen seltenen Zustand erreicht: Es gab nichts, absolut nichts mehr zu erledigen.

Freitag, 6. Juli, mittags

Peter Schröder hatte dienstlich wenig mit dem Präsidenten zu tun, und eigentlich wunderte er sich, daß der RP seinen Namen kannte. Der Regierungspräsident galt als ordentlicher Chef, der seine Leute nicht triezte; trotzdem hielt man sich an die alte Amtsregel, nur dann zu seinem Fürsten zu gehen, wenn man gerufen wurde. Was selten geschah, einmal im Jahr vielleicht. Und nun war es soweit, dieser Brandes hatte es geschafft und einen zweiten Nachtwächter bei der Alfachem durchgesetzt. Wie gut, daß er seinen

Freund Wolfgang Etzel angerufen und sich danach durch das Memo abgesichert hatte.

Der RP tat so, als lese er es, drehte endlich die Blätter um und studierte seine handschriftlichen Notizen. «Wir machen das so, Herr Schröder. Sie teilen der Alfachem mit, daß der Fehlalarm in Zusammenarbeit mit der örtlichen Polizei und Feuerwehr analysiert worden ist.» Schröder schrieb sorgfältig mit. «Die Analyse hat ergeben, daß der Fehlalarm hätte vermieden werden können, wenn es einen zweiten Nachtwächter gegeben hätte. Angesichts des Gefahrenpotentials in der Produktionsstätte der Alfachem und unter Berücksichtigung des personellen, speziell polizeilichen Aufwands seien wir zu dem Schluß gekommen, daß die Firma einen zweiten Nachtwächter beschäftigen sollte. Um beiden Seiten Kosten und Aufwand zu sparen, wollten wir diesen Beschluß als Ergänzung des Genehmigungsbescheides behandeln, dem freilich beide Seiten schriftlich zustimmen müssen. Falls die Alfachem sich weigere, würden wir eine förmliche Ergänzung des Bescheides einleiten, einschließlich des Widerspruchsrechts – na, Sie wissen schon, wie Sie's zu formulieren haben.»

«Natürlich.»

«Das Schreiben muß heute noch raus.»

Schröder zuckte zusammen, er hatte eine Verabredung für den Nachmittag, an der ihm sehr viel lag, aber der Präsident betrachtete ihn so streng, daß er nicht zu widersprechen wagte.

«Ein Durchschlag unseres Schreibens an die Alfachem geht an diesen Brandrat Brandes, mit der Bitte um Kenntnisnahme.»

Na sicher doch, seinetwegen wurde doch dieser Zirkus veranstaltet. Obwohl er nun einige Jahre im Öffentlichen Dienst auf dem Buckel hatte, staunte er doch immer wieder, was auf der Parteischiene alles geregelt werden konnte.

«Wer ist Ihr Ansprechpartner im Wirtschaftsministerium?»

«Wolfgang Etzel, Abteilung Zwei.»

«Dem teilen Sie bitte unsere Entscheidung mündlich mit.» Der RP seufzte und sah auf einmal sehr menschlich aus. «Einer von denen muß Bescheid wissen, aber man muß ja nicht alle seine Niederlagen dokumentieren.»

Nach einer Bedenkpause wagte Schröder zu lächeln. Der RP stand nicht im Rufe überströmender Vertraulichkeit, und deswegen wußte er zu würdigen, was sein oberster Chef ihm gerade gestanden hatte.

«So, und nun etwas außerhalb des Dienstweges. Dieser Brandes war so sauer, weil er wegen eines verunglückten Lastwagens gleich wieder raus mußte. Ich möchte alles über dieses Unglück auf den Tisch kriegen.» Wieder seufzte der RP. «Ärger entsteht ja nie an nur einer Front.»

«Ich habe verstanden, Herr Präsident.» Das hatte er in der Tat. Evelyn konnte, nein, mußte warten. Wenn der Regierungspräsident sich in die Aufgaben einer anderen Behörde einmischte, durfte der Mitarbeiter, den er dafür benutzte, auf wohlwollende Erinnerung rechnen. Nicht gleich morgen, aber bald.

X

Seine gute Laune hatte die Kantine überdauert – Lengfischfilet mit Kartoffelsalat – und endete jäh, als er in sein Zimmer zurückkam.

«Chef, da hat eine Frau Karutz angerufen und es dringend gemacht, Sie sollen sofort zurückrufen.»

«Karutz – Karutz – woher kenn ich...»

«Die Nummer liegt auf Ihrem Schreibtisch.»

Monika Karutz nahm sofort ab: «Ich bin die Freundin von Britta Martinus, erinnern Sie sich? Könnten Sie bitte sofort kommen? Britta ist überfallen worden – ja, in ihrer Wohnung.»

Die Wohnungstür wurde nur einen Spalt aufgezogen, gerade ausreichend für ein Auge, dann rasselte eine Kette, und Monika Karutz öffnete mit unfreundlicher Miene. Sie hatte den Kopf in den Nacken gelegt und preßte ein feuchtes Taschentuch unter die

Nase. Auf der Stirn oberhalb der linken Augenbraue und am Kinn prangten frische Pflaster.

«Was ist passiert?»

«Kommen Sie herein!» Die Wohnung schien etwas größer zu sein als Brittas Puppenstube gegenüber und war weit nüchterner möbliert. Britta saß auf einem Sessel und hob mühsam den Kopf; auf den ersten Blick konnte er keine Verletzungen entdecken, aber sie zeigte den leicht abwesenden Ausdruck der Menschen, die einen Schock erlitten hatten und noch nicht in die Gegenwart zurückfanden. Ihr klägliches Lächeln brauchte Sekunden.

«Was ist passiert?» wiederholte er. Die Freundin gab Auskunft. Britta und sie waren schwimmen gewesen und drehten fast zur gleichen Zeit die Schlüssel ihrer Wohnungstüren; Monika Karutz hatte ihre Tür noch nicht zugeklinkt, als sie Britta schreien hörte. Ohne nachzudenken war sie losgerast und hatte schon auf dem Flur laut gerufen: «Britta, Britta, was ist los?» Obwohl ihr Opfer aus voller Kehle schrie und sich mit aller Kraft wehrte, mußten die beiden Männer das Rufen gehört haben. Jedenfalls hatten sie Britta losgelassen und die Wohnungstür aufgerissen; sie stand direkt vor ihnen, natürlich überrumpelt; zwei harte Schläge, einer ins Gesicht, einer in den Magen, es hatte sie herumgewirbelt und gegen die Flurwand geschleudert. Doch die beiden Männer hatten von ihr abgelassen und waren geflohen. Und nachdem sie die blutenden Wunden bepflastert hatte, bestand Britta darauf, die Polizei zu rufen.

«Haben Sie das Revier verständigt?»

«Nein. Wozu? Die sind längst über alle Berge.» Die Brünette zuckte die Achseln, sie hatte den Schreck besser weggesteckt.

«Haben die beiden versucht, Ihre Freundin...?»

Weil er die Stimme gesenkt hatte, verstand sie, was er meinte. «Nein.»

«Ist was gestohlen worden?»

«Sie hat noch nicht nachgesehen, aber ich würde denken, nein.»

«Die haben also in der Wohnung auf Britta gelauert?»

«Sicher.» Sie verhehlte ihre Wut nicht. «Diese Schlösser knackt doch jedes Kind.»

«Können Sie die Täter beschreiben?»

«Beschreiben... es ging alles so schnell... also, zwei Ausländer, aus dem Süden. Schwarze Haare und dunkle Augen. Und so kleine Bärtchen.» Wütend fuhr sie mit dem Zeigefinger über die Oberlippe. «Mittelgroß, deutlich kleiner als Sie. Aber kräftig. Und durchtrainiert. Das Alter – hm – um die Dreißig, würde ich schätzen. Beide trugen übrigens helle Hosen und dunkle Hemden.»

«Ist Ihnen sonst noch was aufgefallen?»

«Nein. Der eine hat was gerufen, aber ich hab's nicht verstanden, es war bestimmt kein Deutsch.»

Schon wieder Ausländer! Für seinen Geschmack stolperte er in den letzten Tagen zu oft über Südländer. «Haben Sie eine Ahnung, wer das gewesen sein könnte? Und was die von Britta wollten?»

«Keinen Schimmer!» Sie nahm das Taschentuch von der Nase, betrachtete finster den Blutfleck und zischte: «Was machen wir jetzt?»

«Kann sie ein paar Tage bei Ihnen wohnen? Damit sie nicht allein ist?»

Hundertprozentig begeistert war sie nicht von der Idee, aber sie nickte: «Klar!»

Hinter ihm murmelte Britta: «Danke, Monika.»

Vorsichtig erkundigte er sich: «Würden Sie mit mir in die Wohnung gehen? Ich muß wissen, ob es simple Einbrecher waren.»

Monika Karutz schnitt eine Grimasse: «In der Zeit mixe ich mal eine Portion Eiskaffee.»

Diese leichte Traumwandlerei verflüchtigte sich, während sie nachsah. Es war nichts gestohlen worden, und die Wohnungstür war entweder mit einem Nachschlüssel geöffnet worden – oder die Männer hatten die Zunge mit Hilfe eines schmalen, harten Gegenstandes zur Seite geschoben. Für einen Geübten waren diese Billigschlösser mehr Dekoration als Hindernis. In der Diele lag noch eine Segeltuchtasche auf dem Boden; sie hob sie auf und ging auf den Balkon, um Badetuch und Bikini zum Trocknen auszubreiten.

«Haben Sie Urlaub?» fragte er unwillkürlich.

«Ja, Zwangsurlaub!» giftete sie. «Dieses Mistvieh, die Wintrich, hat mich nach Hause geschickt. Solange Alex unterwegs sei, gäb's ja für mich nichts zu tun.»

Für ihre Verhältnisse war das ein gewaltiger Temperamentsausbruch, deshalb bemühte er sich um einen beiläufigen Ton: «Sie mögen Frau Wintrich nicht leiden?»

«Nicht für einen Pfennig! Sie nicht, und die beiden Playboys auch nicht.»

«Wer sind die...»

«Althus und Fanrath.» Man sah förmlich, wie es in ihr brodelte. «Die Chefs.»

«Ah so, ja.» Ein merkwürdiges Verhalten. Warum mußte die Laborantin Urlaub nehmen? Na, das war nicht sein Problem.

«Ich hab mir schon überlegt, ob ich Sie anrufen sollte», unterbrach sie seine Grübelei. «Heute mittag hat nämlich Frau Brauneck hier angerufen.»

«Wer?»

«Frau Brauneck. Alex' Frau – geschiedene Frau.»

«Das ist ja komisch! Was wollte sie denn?»

«Sie müßte Alex sofort, ganz eilig sprechen. Ich hab ihr natürlich gesagt, daß der Chef ohne Adresse weggefahren ist, aber sie war ziemlich hartnäckig, mir hätte er doch bestimmt verraten, wo er hin wollte. Und dann das Tollste: Wenn ich ihr die Anschrift verraten würde, sollte es mein Schaden nicht sein.» Jetzt krähte sie vor Wut, er hatte Mühe, ernst zu bleiben.

«Was meinte sie mit – kein Schaden?»

«Tausend Mark wollte sie mir zahlen, bar auf die Hand. Stellen Sie sich das mal vor!»

Ihre gerechte Empörung ließ ihn nicht an ihren Worten zweifeln, aber er zögerte, ob sie wirklich so naiv war, wie sie sich jetzt gab. Die geschiedene Frau, die jahrelang nichts von ihrem Mann wissen wollte, war jetzt sogar bereit, ein Honorar für seinen Aufenthaltsort zu zahlen. Den Grund hätte er gern gewußt. Nein, den mußte er erfahren!

«Setzen Sie sich doch noch einen Moment! Der Kaffee muß sowieso erst abkühlen. Frau Martinus, ist Ihnen inzwischen eingefallen, was Ihr Chef am Wochenende im Labor gemacht hat?»

«Nein», gestand sie und preßte beide Hände zwischen den Oberschenkeln ein. «Ich habe noch einmal alle meine Handbücher nachgeschlagen, wegen dieser komischen Destillationskolonne. Aber die ist nirgendwo beschrieben oder erklärt.» Es beunruhigte sie regelrecht. «Und dann diese Probe! Was haben wir in der Alfachem mit GaAs zu tun?»

«Womit?»

«Mit GaAs.»

«Wie kommen Sie auf Gas?»

«Nicht Gas! G–a–A–s, das ist die chemische Abkürzung für Galliumarsenid. Mit Halbleitern haben wir uns doch noch nie beschäftigt.» Er stand ganz still und atmete flach. «Und was wird erst mit Stickstoff, dann mit Sauerstoff und schließlich wieder mit Stickstoff gesättigt?»

«Stickstoff ist N, und Sauerstoff ist O – richtig?»

«Richtig.» Über seine Nachfrage konnte sie lachen, als habe sie den Überfall nie erlebt. Oder schon wieder vergessen. Entspannt lehnte sie sich zurück und schlug die Beine übereinander. Das kurze, weite Hängerkleidchen, das sie auch bei seinem ersten Besuch getragen hatte, rutschte weit nach oben und enthüllte zuviel Bein. Nach einer ganzen Weile gestattete er sich ein vorsichtiges Lächeln. Einmal pro Tag hatte der Mensch das Recht, gewaltig zu spinnen, und war dann nicht verpflichtet, andere daran teilhaben zu lassen. «Fein, Frau Martinus. Darf ich mal telefonieren?»

Rabe saß an seinem Platz und wollte protestieren, überlegte aber wohl im letzten Moment, daß er nach dem Lob für die Cordes-Recherche weitere Fleißkärtchen einheimsen konnte: «Gut, kann ich machen.»

«Sehr schön, vielen Dank, Herr Rabe. Sie heißt Britta Martinus und wohnt in der Lauxenstraße 77, achter Stock. Sie finden uns bei ihrer Freundin, Monika Karutz, auf derselben Etage gegenüber.»

«Sobald ich mich abgemeldet habe, zische ich los.»

Monika Karutz stotterte vor Wut, was ihn ziemlich verblüffte: «Das hat mir gerade noch gefehlt...»

«Frau Karutz, es ist nur zu Ihrem Schutz. Unter Menschen

droht Ihnen keine Gefahr, aber ich hätte gerne, daß jemand abends oder hier im Hause ein Auge auf Sie hat. Nur für alle Fälle!»

«Die kommen doch nicht wieder!»

«Nein, die nicht. Aber vielleicht andere. Ich fürchte, Ihre Freundin Britta ist da unschuldig in eine große Sache verwickelt. Und Vorsicht ist auch die Mutter hübscher Laborantinnen.»

Zwei, drei Sekunden irritierte ihn ihr harter, abschätziger Blick, den er sich nicht erklären konnte. Mutig war sie, nicht jede Frau wäre der Freundin so zur Hilfe geeilt, aber wo bei ihr der Leichtsinn aufhörte und der Mut anfing, konnte er nicht abschätzen. Mit dem Eiskaffee hatte sie sich viel Mühe gegeben, und die Riesenportion Sahne ersetzte ihm ein ganzes Abendessen. Doch ihr trotziges Schweigen zerstörte jede Stimmung, und als Rabe klingelte, war er heimlich froh, sich verabschieden zu können. «Das ist mein Kollege Günter Rabe. Britta Martinus. Monika Karutz. Danke für Ihre Hilfe – und auch für den vorzüglichen Kaffee.»

«Bitte, bitte!» sagte sie kühl, und allen war klar, daß sie lieber was ganz anderes gesagt hätte.

Als Petra klingelte, stand er am Fenster seines Wohnzimmers und döste. Der Blick über die Stadt, über den Fluß bis hin zu den Höhen, die das Tal einrahmten, begeisterte ihn nicht mehr. Von der Stein-, Beton- und Asphaltwüste waberte es heiß und stickig herauf, immer häufiger ertappte er sich dabei, daß er die Häuser, Straßen und Plätze wie ein Fremder voller Abscheu betrachtete.

«Hilf mir tragen!» quäkte die Gegensprechanlage.

«Bin schon unterwegs.»

Richtig braun wurde sie nie, aber jetzt sah sie ausgesprochen schlecht aus, fahl und erschöpft. Nachts war ihm aufgefallen, daß sie schlecht schlief und oft aufstand, um herumzulaufen oder etwas Kaltes zu trinken. Aber noch wollte sie seine Hilfe nicht, noch hatte sie nicht entschieden, wie es weitergehen sollte, und deswegen schwieg er ebenfalls. Im Moment hätte er auch gar nicht gewußt, was er ihr raten sollte.

Sie bückte sich nach vier prall gefüllten Plastiktüten und deutete stumm auf einen Pappkarton.

«Donnerwetter, unser Silvaner!» lobte er.

«Heute habe ich Hunger und noch mehr Durst.»

Im Aufzug lächelte sie ihn an; auf ihrer Nase standen Schweißtröpfchen. «Der reinste Backofen», seufzte sie. «Ich weiß übrigens, wie das Mädchen heißt. Isa Dittrich, sechzehn Jahre alt, ein Lehrling. Sie sind wieder zusammen aus dem Rathaus gekommen, haben sich aber an der Bushaltestelle getrennt. Er hockt allein zu Hause.»

«Gute Arbeit, Petra.»

«Dafür mußt du auch kochen.»

Also rührte er nach strenger Anweisung ihre allseits gerühmte Vinaigrette mit frischen Kräutern an, putzte Salat, würfelte Zwiebeln und Paprika, würzte die Steaks und schnitt Stangenbrot. Im Bad rauschte die Dusche, und als sie endlich erschien, hatte sie sich einen dünnen Morgenmantel übergezogen und ein Frotteetuch um die Haare geschlungen.

«Jetzt fühle ich mich wieder halbwegs menschlich.»

«Wir sind beide urlaubsreif», sagte er halblaut. Das Fett in der Pfanne zischte.

«Ich würde gern mit dir fahren», antwortete sie offen, «aber glaubst du denn, daß wir noch was kriegen? Irgendwo im Süden, am Meer?»

«Du kannst es morgen im Reisebüro versuchen.»

«Wieso ich?»

«Ich mache einen Ausflug nach Regensburg, und dich kann ich dabei nicht gebrauchen.»

«Der Mann liebt deutliche Worte», knurrte sie und streckte ihm die Zunge heraus. Während des Essens hörte sie wortlos zu, welche neuen Verwicklungen sich im Fall Cordes ergeben hatten, und schmunzelte schadenfroh bei Rabes Wochenendaufgabe. Zur Tagesschau schaltete er den Fernseher an, sie kuschelte sich auf der Couch an ihn und brummelte zustimmend, als er den Morgenmantel aufknöpfte. Der Wein war noch zu warm, und sie ließen sich von der Flimmerkiste einschläfern.

In der Nacht weckte sie ihn einmal, als sie die Sprudelflasche neben ihrem Bett umstieß. Aber zwei Minuten später war sie wieder eingeschlafen, und er wälzte sich behutsam auf die andere Seite.

Samstag, 7. Juli, vormittags

Der Innenminister hielt sich viel auf seine Sportlichkeit zugute, er schwamm, joggte, spielte Tennis und ruderte. Tönnissen hatte schon einige Male überlegt, ob sein neuer Chef, der vorgab, Bewegung zu lieben, nicht in Wahrheit nur die Ruhe fürchtete und mit demonstrativer Aktivität seine Entscheidungsscheu kaschierte. Doch solch ketzerische Gedanken mochten auch dem Altersunterschied entspringen, und der gedeckte Tisch am Schwimmbecken fand jedenfalls seine volle Zustimmung. Was der Minister von seinem Staatssekretär hielt, berührte ihn nicht, mittlerweile konnte er dem Gedanken an eine Versetzung in den vorzeitigen Ruhestand sogar Geschmack abgewinnen.

Der Minister grollte und ließ seine Verstimmung an dem unschuldigen Frühstücksei aus, das er stellvertretend für viele und vieles köpfte. Okay, er hatte das «Projekt Murmeltier» von seinem Vorgänger geerbt, aber Tönnissen hatte ihm gleich nach der Vereidigung korrekt berichtet und die möglichen Gefahren nicht verheimlicht. Vielleicht war es doch ein Fehler gewesen, nicht sofort mit dem eisernen Besen zu kehren. Andererseits war er lange genug im Geschäft und wußte, daß er zuerst seine Gegner verwirren mußte, was sich am leichtesten dadurch bewerkstelligen ließ, daß man den allgemeinen Erwartungen eben nicht entsprach. Also war er höflich, freundlich und bescheiden aufgetreten, hatte keine Köpfe rollen lassen, nicht alles verändert. Mit der Folge, daß nun das Murmeltier Alarm pfiff.

«Warum haben ausgerechnet wir uns diesen Klotz ans Bein gebunden», haderte er; das Eigelb spritzte auf die weiße Decke.

Tönnissen blieb ernst: «Einmal ist jedes Bundesland an der Reihe.»

«Hm.» Auch der Toast fand nicht die ungeteilte Anerkennung des Ministers. «Haben wir denn alles unter Kontrolle?»

«Wir? – Ja, Herr Minister.»

«Damit wollen Sie sicher andeuten, daß wir das Bundesamt für Verfassungsschutz, den BND und das Zollkriminalamt nicht beeinflussen können.»

«Da liegt unser Problem.»

«Und was raten Sie mir?»

«In die Offensive zu gehen. Beichten Sie bei der nächsten IMK, worauf sich alle Länder eingelassen haben...»

«Das war noch vor der Wiedervereinigung, Herr Tönnissen.»

«Schon, aber die haben auch ihre Probleme, ich kann mir nicht vorstellen, daß die fünf neuen Kollegen Einwände erheben werden. Erzählen Sie ruhig, daß es irgendwo eine undichte Stelle gegeben hat, die wir gerade abdichten oder stopfen.»

Eine ganze Weile waren nur Kaugeräusche vom Minister zu hören, Tönnissen nippte an seinem Orangensaft und träumte vor sich hin. Sein Garten war kunst- und mühevoll verwildert, ein kleines Paradies für Insekten, Schmetterlinge und Vögel; seit ein paar Wochen führte er abends etwas einseitige Dialoge mit dem Igel, der seinem Grundstück die Ehre gab. Doch wer perfekten Rasen und Blumen in Reih und Glied schätzte, mußte von der gärtnerischen Leistung im Ministergarten beeindruckt sein.

«Das scheint mir in der Tat das Vernünftigste zu sein, Herr Tönnissen.»

Der Staatssekretär nickte unverbindlich. Den innenpolitischen Schaden sollte der Minister abwenden; mit dem möglichen außenpolitischen Scherbenhaufen wollte er ihn lieber nicht behelligen. Gellert aus dem Verfassungsschutzamt hatte ihm berichtet, daß diese übereifrigen Zöllner Wind vom «Projekt Murmeltier» bekommen hatten und auf dem offiziellen Dienstweg anfragen wollten, was sie denn nun in ihr neues elektronisches Spielzeug «Kobra» (Kontrolle bei der Ausfuhr) einspeichern sollten.

XI

Petras Komplimente verwirrten ihn noch immer: «Du bist ein lausiger Chef, aber ein guter Liebhaber», flötete sie und kleckerte mit der Kaffeekanne. Erbost schielte er in ihre Richtung und beschloß, diese Frechheit positiv zu bewerten, als erstes Zeugnis, daß sie ihr Tief überwunden hatte. Gleichwohl erschien ihm ein Dämpfer angebracht.

«Gittes Hosen stehen dir gut.»

«Das fand sie auch und hat mir deshalb Rabatt eingeräumt.»

Das Schlimme war, daß es sogar stimmen konnte; deshalb grunzte er und widmete sich seinem Frühstück.

Am frühen Nachmittag hatte er in Regensburg ein Hotel gefunden und rief Ilse Brauneck an, die sich albern zierte: «Ich weiß wirklich nicht, wie ich Ihnen helfen kann, Herr Sartorius. Mit meinem Mann habe ich schon lange keinen Kontakt mehr.»

«Trotzdem würde ich gern mit Ihnen reden.»

«Meinetwegen!»

Ilse Brauneck wohnte in einer gesichtslosen Reihenhaussiedlung, die eng, fast bedrückend war; hinter den Häusern lagen winzige Gärten, um die hundert Quadratmeter groß. Sie rückte ihren Stuhl auf der anderen Seite des Tischchens demonstrativ noch ein Stück weiter weg. Bevor sich dieser scharfe, beleidigte Zug in ihr Gesicht eingegraben hatte, mußte Ilse Brauneck eine ansehnliche Frau gewesen sein. Doch jetzt wirkte sie verbittert, als werfe sie ihr Leben und jeden Fehler, den sie je begangen hatte, allen anderen Menschen vor. Beim ersten Blick hatte er mit sich gewettet, daß sie ihm nichts anbieten würde, und als er seine Zigaretten herausholte, zuckte es um ihren Mund. Im letzten Moment beherrschte sie sich und stellte ihm einen gläsernen Aschenbecher hin; in den vielen Flächen brach sich das Licht zu farbigen Flecken und Streifen.

«Nein, Alex hat so gut wie nie geschrieben, ganz selten mal

angerufen. Herr Sartorius, ich will kein Theater spielen, ich vermisse ihn auch nicht.» Das glaubte er ihr unbesehen, aber unverbindlich dreinzuschauen gehörte zum Verhör. «Deswegen kann ich Ihnen auch nicht sagen, wohin er gefahren ist – vielleicht gefahren ist.»

«Es sieht so aus, als sei er mit seiner Freundin unterwegs. Wortmann heißt sie, Inge Wortmann.»

«Ja, ja, ich weiß», antwortete sie spontan, und er überlegte, was sie damit ausgedrückt hatte: Wußte sie, daß ihr Ex-Ehemann mit Inge Wortmann verreist war, oder kannte sie nur den Namen der Freundin? «Alex und ich hatten uns zum Schluß so entfremdet – nein, ich weiß einfach nicht mehr, ob er lieber ans Meer oder ins Gebirge fährt.» Sie redete noch recht lang für ihre ständig wiederholte Behauptung, nichts, absolut nichts sagen zu können und nicht das geringste Interesse für das Schicksal ihres Mannes aufzubringen. Als sie endlich verstummte, war er sicher, daß sie etwas verbarg. Deshalb nickte er demütig: «Ich verstehe, Frau Brauneck. Glauben Sie denn, daß Ihr geschiedener Mann noch mit Ihrem Sohn in Verbindung steht?»

«Mit Eberhard?» Vor Entrüstung mußte sie nach Luft schnappen. «Wie kommen Sie denn darauf?»

«Warum nicht? Vater und Sohn...»

«Schlagen Sie sich das aus dem Kopf!» befahl sie, zum erstenmal erregt. «Eberhard und Alexander? – Nie, das gäbe Mord und Totschlag, nein, nein, Eberhard hat begriffen, was sein Vater mir angetan hat, er haßt seinen Vater, darauf können Sie sich verlassen.»

Wenigstens eine Information hatte die lange Fahrt gebracht. Aus welchen Gründen auch immer wollte sie nicht, daß er mit ihrem Sohn sprach. «Ihr Sohn ist Immobilienmakler in München, nicht wahr?»

«Woher wissen Sie das?» fuhr sie ihn an, und noch demütiger gestand er: «Ein Nachbar Ihres Mannes hat es mir erzählt.»

«Lassen Sie Eberhard da raus!»

Bei dieser Wut wußte er, wer sein nächster Gesprächspartner sein würde, und so stammelte er zerknirscht: «Ja, ja, wenn Sie meinen… dann hätte ich nur noch eine Frage, Frau Brauneck: Wo erreiche ich Ihre Tochter Evamaria?»

Wie unter einer Ohrfeige zuckte sie zusammen. «Sie ist tot!»

«Wie bitte?»

«Nicht körperlich tot, sie ist für mich gestorben. Sie hat unter skandalösen Umständen ihr Elternhaus verlassen, dank meines würde- und charakterlosen Mannes, und seitdem ist sie für mich gestorben. Nicht mehr existent. Ich will ihren Namen nicht mehr hören.» Über ihren Backenknochen breitete sich ein hektisches Rot aus, und ihre verkniffene Selbstgerechtigkeit reizte ihn noch mehr als ihre zunehmend schrille Stimme. Gut eine Minute ließ er sie in ihrer Erregung schmoren, und als er die nächste Frage stellen wollte, klingelte im Haus das Telefon. Dankbar für den Vorwand sprang sie auf und stürzte zum Apparat; er verwünschte sein Pech.

«Ja? – endlich, ich muß dich – nein, bestimmt, es ist wichtig, sehr wichtig – doch, heute noch – ich warte, wenn's sein muß, die ganze Nacht – ja, bis dann.»

Ihr verändertes Benehmen mußte jedem auffallen. Während des Telefonats hatte sie ihr Selbstvertrauen wiedergefunden, das hektische Rot war verschwunden, und nachdem sie sich wieder gesetzt hatte, musterte sie ihn so unverschämt, daß er freiwillig das Feld räumte, bevor sie ihn vor die Tür setzte.

«Frau Brauneck, Sie haben gestern Britta Martinus angerufen und ihr…»

«Wen habe ich angerufen?»

«Britta Martinus. Die Laborantin Ihres geschiedenen Mannes.»

«Die Laborantin meines… wie kommen Sie denn darauf?»

«Sie hat's mir erzählt.»

«Ach, Unsinn, diesen Namen habe ich nie gehört. Was soll dieser Blödsinn?»

Eine ganze Weile betrachtete er sie finster. Gut möglich, daß sie log, denkbar aber auch, daß eine fremde Frau ihren Namen mißbraucht hatte. Und Britta Martinus hatte nie vorher mit Ilse Brauneck gesprochen, nein, darauf konnte er nicht herumreiten. Als er sich abrupt verabschiedete, schwankte ihre Stimmung zwischen Hohn und Erleichterung.

Nahe am Donau-Ufer fand er einen Parkplatz, schlenderte über die steinerne Brücke und starrte tiefsinnig auf den nur schwach schäumenden Rechen. «... Altmühl, Naab und Regen fließen ihr entgegen.» Sein Geographielehrer hatte unheimlich viel Wert auf solche Kenntnisse gelegt. Und von der Walhalla geschwärmt, dieser Weihestätte deutscher Größe und deutschen Geistes, in der nur der größte Deutsche fehle, wohl noch lange fehlen werde, bis die Zeit reif sei, ihn gerecht zu beurteilen und richtig zu würdigen. Braun, Braunau, Brauneck, Braunschweig – er lachte in sich hinein, auch damals ging's um die zwiefache Wurst, und spazierte weiter. Um sich die Beine zu vertreten, bummelte er durch die Altstadt, strich lange um den eingerüsteten Dom herum und konnte endlich seinen knurrenden Magen nicht länger beruhigen. Der Gasthof war bis auf wenige Plätze besetzt, der fröhliche Lärm störte ihn, sofort nach dem Essen zahlte er. Auf den Straßen herrschte noch reger Verkehr, und die Touristen unter den Fußgängern waren leicht zu erkennen, weil sie pausenlos die Köpfe drehten. Direkt vor ihm schnatterten zwei Amerikanerinnen so laut, daß er zwangsläufig jedes Wort verstand. Alles war so nice, so lovely, so beautiful und auch so antique; die stramm gefüllten Jeans auf Altweiberfiguren paßten nicht zu dem Teenager-Entzücken. Verstimmt ging er langsamer, um ihnen Vorsprung zu lassen; hinter sich hörte er hastige Schritte, die rasch näherkamen, und eine Zehntelsekunde später, nachdem sein Instinkt ihn gewarnt hatte, wurde ihm etwas Hartes in die Rippen gepreßt.

«Nicht umdrehen! Weitergehen!» zischte eine Männerstimme. Zwei Hände umklammerten schmerzhaft seine Oberarme. «Das ist eine Pistole. Keine Dummheiten!»

Der Druck verstärkte sich, er mußte schneller gehen, wagte nicht, den Kopf zu drehen, erkannte nur aus den Augenwinkeln zwei große Schatten links und rechts. Das Herz pochte ihm bis zum Hals, die hochschießende Angst trocknete seinen Mund aus. Noch schneller, er stolperte, aber das Metallstück in seiner Seite verringerte nicht einen Moment den Druck.

Sie hatten fast die Amerikanerinnen erreicht, als er plötzlich nach links herumgerissen wurde, in eine dunkle Toreinfahrt hinein, der Boden war uneben, holpriges Pflaster, er trat in ein Loch, knickte ein, doch die Hände ließen nicht locker, zogen ihn vorwärts, quer über den schon fast dunklen Hof, unter einen Treppenaufgang, stießen ihn in den pechschwarzen Schatten. Er knallte gegen eine rauhe Wand, etwas Spitzes, Scharfes schabte über seine Stirn. Unwillkürlich stieß er einen Schrei aus, die Hände wirbelten ihn herum, und bevor er ausweichen konnte, landeten zwei Fäuste in seinem Magen. Der Schmerz war so boshaft, so überwältigend, daß er zusammenklappte. Es war schlimmer als alles, was er bisher erlebt hatte, schlimmer als die Übelkeit, die ihn überschwemmte, so viel Schmerz konnte es doch gar nicht geben – und dann zuckte eine unmenschliche, unerträgliche Pein in ihm hoch. So mußte der letzte Moment sein, wenn man bei lebendem Leibe zerrissen wurde. Er wußte nicht, daß er laut geschrien hatte und nun wimmerte. Nach einer Unendlichkeit hörte er ein Zischen. Sein Körper war taub und bestand zugleich nur noch aus Schmerzen. Nichts gehorchte seinem Willen. Das Zischen wurde deutlicher, formte sich zu einzelnen Silben.

«Wer bist du?»

Er versuchte vergeblich, Wörter zu bilden.

«Du Drecksau, wer bist du?»

Jemand lallte wie ein Betrunkener, stieß sinnlose Geräusche aus. War er das?

«Wenn du jetzt nicht das Maul aufmachst, wirst du dein blaues Wunder erleben!»

«Ich... ich... kann... mein...»

«Na, wird's bald?»

«Mo... Moment... ich muß...»

«Spiel kein Theater!»

«Nein – nein –» Seine Zunge war so dick und gehorchte nur so schwerfällig. Eine andere Stimme sagte etwas, leise und schnell und drängend, aber er verstand kein Wort, obwohl sie laut genug gesprochen hatte, laut genug, aber nicht verstanden – in seinem Kopf regte sich was, die zweite Stimme hatte kein Deutsch benutzt, das war's, er war zwei Ausländern in die Hände gefallen. Die Stimmen tuschelten, nein, die Sprache verstand er nicht. Plötzlich konnte er die Augen wieder öffnen. Vor dem helleren Hof zeichneten sich zwei dunkle Silhouetten ab, zwei Männer, die ihm den Ausweg versperrten. Der Hintergrund wurde schärfer, helle Flecken rückten zu den Konturen beleuchteter Fenster auseinander. Dann vernahm er andere Geräusche, Schritte, hart und energisch, da liefen zwei Männer, die Tritte warfen ein lautes Echo. Auch seine Peiniger drehten sich um, zischelten erregt, duckten sich und waren Sekunden später wie vom Erdboden verschluckt. In der Einfahrt tauchten zwei Gestalten auf, die jäh stoppten und sich umsahen. In den Häusern ging Licht an, Fenster wurden geöffnet.

«Bist du sicher…?» fragte einer der neuen Männer laut.

«Ganz sicher, die sind hier reingelaufen.»

Ein Baß dröhnte in das Hofviereck: «Verdammt, was ist denn da unten los?» Eine schrille Frauenstimme fiel ein: «Ruhe da unten! Raus aus dem Hof! Wer hat denn das Tor wieder aufgelassen?»

Die Neuen schauten hoch zu den empörten Mietern.

«Verduftet, sonst machen wir euch Beine!» Der Baß tremolierte vor Wut. Die Männer zögerten, zogen sich in den Schatten der Einfahrt zurück. Sartorius richtete sich auf, jeder Muskel protestierte, aber er mußte es jetzt schaffen. Jetzt, wo noch so viele Menschen an den Fenstern standen oder sich über die Brüstung der Gänge lehnten. Wie ein Betrunkener torkelte er auf die Einfahrt zu.

«Schon wieder ein Besoffener!»

«Man sollte die Polizei holen!»

«Diese Dreckschweine, einfach alles vollzukotzen.»

Er hörte die Beschimpfungen, bezog sie aber nicht auf sich, taumelte weiter quer über das hellere Viereck auf die dunkle Einfahrt zu. Die später gekommenen Männer zogen sich zurück.

«Hau ab, sonst kriegst du eine Abreibung, verdammter Penner!»

Er tauchte in den Schatten ein, zwei Gestalten bogen gerade um die Ecke, er hastete auf die rettende Straße zu, ruderte mit den Armen, um das Gleichgewicht zu halten, stolperte ins Licht. Fußgänger blieben stehen und starrten ihn verwundert an.

Dann stoppte er jäh, zwei Männer versperrten ihm den Weg, und irgend etwas beruhigte ihn, das waren seine Retter.

«Können wir Ihnen helfen?» fragte der Linke höflich.

«Das haben Sie schon», erwiderte er mühsam.

Der Rechte lachte: «Dann waren Sie also doch im Hof.»

«Unter dem Treppenaufgang. Zwei Männer hatten mich – und wenn Sie nicht gekommen wären...»

«Tut uns leid, wir haben uns was verspätet, wie?»

«Gerade noch rechtzeitig», stammelte er, von einer unwiderstehlichen Müdigkeit ergriffen.

«Wohin sollen wir Sie bringen?»

«Zur – zur Brücke.»

«Okay, machen wir – halt, nur langsam, jetzt passiert Ihnen nichts mehr.» Wie selbstverständlich nahmen sie ihn in die Mitte, faßten ihn aber nicht an, und er brachte nicht mehr die Kraft auf, sie zu fragen, wer sie waren und warum sie die beiden Ausländer verfolgt hatten. Im Moment mußte er sich darauf konzentrieren, einen Fuß vor den anderen zu setzen. Seine Begleiter schwiegen, bis sie auf der Uferstraße waren.

«Setzen wir uns einen Moment?» schlug der Linke vor und deutete auf eine leere Bank.

«Gut!» keuchte er. Das Ausruhen tat gut, der Tritt zwischen die Beine hatte genau getroffen, ihm war immer noch speiübel, aber jetzt würde er nicht mehr umkippen. Der Rechte bot eine Zigarette an.

«Können Sie uns sagen, was passiert ist?»

Das Sprechen bereitete ihm noch Mühe.

«Zwei Ausländer? Sind Sie sicher?»

«Ganz sicher. Sie redeten laut genug, aber die Sprache habe ich nicht verstanden – nein, auch noch nie vorher gehört.»

«Wollten die Geld von Ihnen? Oder Wertsachen?»

«Nein, die haben mich nur gefragt, wer ich bin. Sonst nichts.»

Daraufhin schwiegen seine Retter lange, bis der Linke seufzte: «Würde es Ihnen etwas ausmachen, uns diese Frage zu beantworten?»

«Ich heiße Paul Sartorius.»

«Wohnen Sie in Regensburg?»

«Nein, ich habe hier nur eine Bekannte besucht, heute nachmittag. Dann bin ich etwas durch die Altstadt gelaufen, habe zu Abend gegessen und wollte zur Steinernen Brücke zurück, weil mein Auto drüben steht.»

«Hm, hm!» machten die beiden wie auf Kommando. Es klang eher ratlos als skeptisch.

«Und wer sind Sie? Ich möchte schon wissen, bei wem ich mich zu bedanken habe.»

Der Linke schien das Wort zu führen. «Lassen Sie nur! Wir haben ein Hühnchen mit den beiden Typen zu rupfen, und deswegen waren wir hinter ihnen her. Zu Ihrem Glück!»

«Zu meinem Glück», stimmte er zu und hütete sich, seine Zweifel zu zeigen.

«Können wir Sie jetzt allein lassen?»

«Danke, ja, es geht wieder.»

«Alles Gute, Herr Sartorius. Und meiden Sie dunkle Ecken!» Danach verschwanden sie so schnell, als sei ihnen ein Überfallkommando auf den Fersen, und ohne diese Mischung aus Schmerz, Angst und Erschöpfung hätte er sich nicht so billig abspeisen lassen. Die konnten ihm viel erzählen! Ächzend rappelte er sich auf und marschierte auf die Brücke zu, immer wieder den Kopf drehend und nach rückwärts horchend. Zu seinem Hotel kurvte er auf abenteuerlichen Umwegen zurück.

Unter der heißen Dusche lockerte sich die Verkrampfung. Wer mit zwei Schlägen und einem Tritt einen Mann so außer Gefecht setzen konnte, machte das nicht zum erstenmal. Das waren keine Junkies oder Brieftaschenräuber gewesen, er war Profis in die Finger gefallen, und seine beiden Retter zählten zur selben Kategorie, wobei nur ungewiß blieb, ob sie diesseits oder jenseits der Gesetzeslinie operierten. Eine Zivilstreife hätte ihm allerdings vorgeschlagen, Anzeige gegen Unbekannt zu erstatten. Er streckte sich auf dem Bett aus, zu müde, um noch etwas zu unternehmen, und zu aufgedreht, um an Schlaf zu denken. Zwei Ausländer, und einer lebte lange genug in Deutschland, um fast akzentfrei zu sprechen und Redensarten wie «blaues Wunder» zu verwenden.

Stöhnend wälzte er sich aus dem Bett und holte sein Notizbuch.

Eine Stunde später trieb ihn die Unruhe aus dem Zimmer. Der

Empfang war gerade nicht besetzt, er huschte unbemerkt hinaus. Der Motor hustete widerspenstig, als werde er um seine verdiente Nachtruhe betrogen, und bockte die ganze Fahrt bis in den Wielandweg.

Die Reihenhäuser standen in parallelen Zeilen. Wie er vermutet hatte, verliefen zwischen den Gärten schmale Pfade, auf denen Laub und Abfall abtransportiert wurde, und Ilse Braunecks Häuschen war das vorletzte vor einem größeren Querweg. Ein niedriger Staketenzaun, kaschiert von einer kleinen Ligusterhecke, ein weiter Schritt, und er stand in ihrem Garten. Die meisten Häuser lagen schon im Dunkeln, bei ihr brannte noch Licht im ersten Stock. Zwei Meter von der Veranda entfernt lud ein dichter Strauch zum Verstecken ein; er setzte sich. Bald knisterte die Stille in seinen Ohren, weit weg wurde klassische Musik gespielt. Nach einer halben Stunde kämpfte er in der lauen Nachtluft gegen den Schlaf und fragte sich immer verbitterter, was er hier eigentlich erwartet hatte. Das Geräusch des bremsenden Autos hätte er fast verdöst.

Eine Tür klappte, zwanzig Sekunden später klingelte es so nah, daß er vor Schreck hochfuhr. Sofort leuchtete im Parterre eine Lampe auf, gedämpfte Schritte, Wörter, die er nicht verstand, bis der Mann und Ilse Brauneck in das Wohnzimmer traten.

«... dich aber beeilt!» lobte sie.

«Ja, ja, aber was ist denn eigentlich los?» Der Mann schien gereizt und müde.

«Gleich. Willst du was zu trinken?»

«Ein Bier könnte ich gebrauchen. Bei dieser Hitze trocknet der Mensch ja aus.»

Umgehend klebte seine Zunge am Gaumen fest. Die beiden saßen im Wohnzimmer, jetzt brannte nur eine Stehlampe. Die Lüftungsklappe in der Verandatür war geöffnet, mit etwas Mühe verstand er, was gesprochen wurde. Hoffentlich kamen sie nicht auf die Idee, sich auf die Veranda zu setzen!

«Ich muß mit dir reden, Eberhard.»

Sieh mal an, der Herr Sohn war gekommen, tief in der Nacht. Aus München?

«Heute nachmittag war ein komischer Mensch bei mir, ein Kommissar, der deinen Vater sucht...» Fast amüsiert lauschte er ihrer Darstellung, sachlich traf sie zu, aber er kam bei ihr schlecht weg.

«Hast du mich deswegen angerufen?» quengelte der Sohn.

«Nicht nur. Vorgestern sind zwei Männer bei mir gewesen, zwei Ausländer, mit diesem dunklen Teint und schwarzen Haaren – nein, nein, frag mich nicht, woher sie waren, dafür hab ich kein Auge...»

«Wie habt ihr euch denn verständigt?»

«Du, die beiden sprachen Deutsch, der eine sogar ganz ausgezeichnet, fast ohne Akzent. Der andere machte Fehler, aber verstand alles.»

«Und was wollten die von dir?»

«Sie haben mir zehntausend Mark geboten, wenn ich ihnen sagen würde, wo sich dein Vater aufhält. Fünftausend sofort für die Anschrift, fünftausend, wenn sie mit ihm gesprochen hätten.»

«Das gibt's doch nicht! Zehntausend – was wollen sie denn von Vater?»

«Darüber haben sie sich ausgeschwiegen – ja, sicher, natürlich hab ich das auch gefragt – wirklich, sie wollten nicht mit dem kleinsten Hinweis rausrücken. Höflich, aber auf so merkwürdige Art hartnäckig, also, ehrlich, ich hab mich gefürchtet.»

«Was hast du ihnen gesagt?»

«Die Wahrheit. Daß ich seit Jahren von meinem geschiedenen Mann nichts mehr gehört habe.»

«Haben sie das geglaubt?»

«Schwer zu sagen. Jedenfalls sind sie friedlich gegangen und haben mir nur eine Telefonnummer gegeben, die könnte ich Tag und Nacht anrufen, wenn ich mir's anders überlegt hätte. Sie würden dann sofort kommen, mit dem Geld.»

«Hast du die Nummer?»

«Hier.» Einen Moment herrschte Ruhe, dann brabbelte der junge Mann: «Moment mal, 00 41 22 – die kenn ich doch, das ist doch...»

«Genf», ergänzte sie.

«Ausländer oder Südländer aus der Schweiz, na hör mal, das wird ja immer bunter.»

«Du, das ist noch nicht alles. Sie haben sich sehr höflich verabschiedet, aber unter der Tür drohte der mit dem guten Deutsch, er würde mir dringend raten, ich sollte von ihrem Besuch nichts verlauten lassen, zu niemandem, auch in meinem eigenen Interesse. Es war, na ja, doch, es war eine glatte Drohung.»

«Und? Hast du...?»

«Nein, ich habe diesem Kommissar, der heute – gestern hier war, keine Silbe verraten. Es erschien mir – sicherer.»

«Sehr vernünftig!» Der Sohn atmete erleichtert auf.

«Meinst du? Es war aber nicht nur – Vorsicht.»

«Hast du noch eine Überraschung in petto?»

«Leider ja. Etwas, was ich gar nicht verstehe. Als ich versprach, ich würde unbedingt den Mund halten, sagte der Mann, das wäre schön, das würde auch meiner Tochter das Leben erleichtern. Und wenn Evamaria nicht zu leiden hätte, müßte ich mich nicht schämen oder mir Vorwürfe machen, daran sollte ich immer denken. Das wäre sicher auch im Sinne von Alex.»

«Dann wissen die...»

«Ich fürchte, ja.»

Gut eine Minute trat wieder Stille ein, bis Ilse Brauneck aufstöhnte: «Eberhard, hast du eigentlich eine Ahnung, wo deine Schwester steckt?»

«Nein, Mutter, nicht den Hauch einer Ahnung. Soll ich versuchen, sie zu finden?»

«Hältst du das für klug?»

Langsam erwiderte er: «Nein. Nein, Mutter, das wäre nicht klug.»

«Mittlerweile mache ich mir doch Vorwürfe...»

«Vergiß es! Jeder hat ein Recht auf sein eigenes Leben.»

«Sicher, das stimmt. Aber als sie uns damals überrascht hat...»

«Das läßt sich nicht mehr ändern!»

«Wenn dein Vater bloß nicht ewig unterwegs gewesen wäre...»

«Vergiß es! Es ist halt passiert, und sie hat dich schon vorher gehaßt. Und mich auch. Einen Grund hätte sie immer gefunden. Und jetzt laß uns über etwas anderes reden.»

Er machte sich davon. Voller Wut über das, was er gehört hatte, und doch zufrieden, daß er die Stunden geopfert hatte.

Ein scharfes Knacken riß ihn so heftig hoch, daß ihm das Herz gegen die Rippen hämmerte. Es war laut, kurz und bedrohlich gewesen, so gefährlich... einen Moment kämpfte er Panik nieder. Dann erinnerte er sich wieder, wo er war, Regensburg, das Hotel – die Bewegung der Tür ahnte er nur. Auf Zehenspitzen schlich er zum Eingang, die Tür stand schon einen Spalt weit offen, aber die straff gespannte Sperrkette hielt, zum Glück kam genug Licht durch das Fenster, vor das er aus Gewohnheit keine Vorhänge gezogen hatte – in der Öffnung erschien ein Drahthaken, instinktiv preßte er sich gegen die Wand, legte eine Hand fest auf den Schieberknopf, der Haken fuhr suchend hin und her, schrammte über das Metall, seinen Handrücken, hielt inne, als sei der Unbekannte auf der anderen Seite mißtrauisch geworden – dann verschwand der Haken, die Tür wurde geschlossen, diesmal nur mit einem leisen Knacken. Er lauschte angestrengt, tatsächlich, ein Schlüssel wurde abgezogen.

Sie hatten ihn also wiedergefunden.

Den Rest der Nacht schlief er schlecht und schreckte beim kleinsten Geräusch hoch. Sicher, er konnte jederzeit die Polizei anrufen. Aber dann hatte er den Kollegen viel zu erzählen und vor allem die mißtrauische Frage zu beantworten, warum er nicht – gutem, altem Brauch folgend – vorher Bescheid gegeben hatte, daß er hier mit Zeugen sprechen wollte.

XII

Mit bleischweren Gliedern stand er früh auf, packte und erschien als erster im Frühstücksraum, trank noch mehr Kaffee als üblich und schleppte sich zum Empfang. Die junge Frau hatte ihren Dienst gerade erst angetreten und strahlte eifrig. Er bestellte ein Taxi und ließ den Fahrer bitten, sich bei laufender Uhr im Hotel zu melden.

Das Glück stand ihm heute bei, der Taxifahrer war in den Dreißigern und sah unternehmungslustig aus: «Was kann ich für Sie tun?»

«Heute nacht hat jemand versucht, in mein Zimmer einzudringen, ich fürchte, ich werde beobachtet, und möchte aus Regensburg verschwinden und sicher sein, daß mir niemand folgt. Wie mache ich das mit Ihrer Hilfe?» Der Mann staunte nicht schlecht. «Sie sollen meinen Verfolger an einer Stelle aufhalten, von der aus ich theoretisch in alle Himmelsrichtungen verduften kann. Überlegen Sie mal!» Was den Ausschlag gab, das Abenteuer oder der Fünfziger, den Sartorius diskret in seine Hand gleiten ließ, blieb offen, aber der Fahrer spielte mit, holte einen Stadtplan und entwickelte mit wachsendem Eifer eine erfolgversprechende Strategie.

Zehn Minuten kurvten sie durch die Stadt, sein Auto klebte an der Stoßstange des Taxis, und gerade als ihn der Fünfziger zu reuen begann, entdeckte er im Rückspiegel einen dunkelroten Wagen, der ihnen mit großem Abstand folgte, profihaft hartnäckig. Er blinkte zweimal kurz, danach ging alles sehr rasch. Die Notlichter des Taxis leuchteten einmal auf, er überholte und bog nach rechts in die schmale Gasse ein, eine Einbahnstraße, die er jetzt in verbotener Richtung durchfuhr. Zwanzig Sekunden Glück brauchte er und bekam es, hatte noch einmal Glück an der Einmündung auf die Bundesstraße, die Ampel links zeigte Rot und unterbrach den Verkehr, er gab Gas, und vor dem von rechts heranbrausenden Verkehr schoß er über die Straße. Fernlicht blinzelte, Hupen röhrten, er trat das Pedal bis zum Anschlag durch, und sein betagtes Auto tat sein Bestes. Das Taxi hatte die Einbahnstraße blockiert, selbst ortskundige Verfolger brauchten sechs oder sieben Minuten bis auf die Bundesstraße und mußten dann raten, in welche Richtung er sich entfernt hatte. Mehr als eine Stunde fuhr er kreuz und quer Richtung Westen, bog dann nach Norden ab und mied die Autobahn. Dort würden sie ihn zuerst vermuten und suchen.

Gegen Mittag spürte er den fehlenden Schlaf, die Hitze war unerträglich geworden. Auf gut Glück steuerte er in den Wald, fand einen schattigen Parkplatz und schlief eine Stunde wie ein Toter. Danach den Sitz hochzukurbeln und den Zündschlüssel zu drehen, erforderte Charakterstärke. In einem Dorf trank er Kaffee, der ihn auch nicht wirklich aufmunterte, und die letzten Kilometer dehnten sich unendlich. Inzwischen hatte sich der Himmel verfinstert, die abenteuerliche Schwüle kündigte ein Gewitter an.

Auf Kastenitz paßte wirklich nur das abfällige Wort «Kaff». Zehn oder zwölf Häuser entlang der Straße, die sich das enge Tal mit einem kleinen Fluß oder großem Bach teilte, eine Reihe verlassener Scheunen, unerwartet eine Stichstraße mit dem Hinweis «Industriegebiet». Er lachte leise, jeder übertrieb, so gut er konnte. Fünf Gebäude, menschenleer, verschlossen, in der sonntäglichen Ruhe konnten alle Firmen auch pleite sein. Eine Möbeltischlerei. Der Nachbar stellte Gurtförderer her. Eine Behälter- und Metallbau-GmbH. Maschinenmesser – was zum Henker waren Maschinenmesser? Naturfarben und Pigmente, Geschw. Bohlmann GmbH. Die Produktionshalle war vielleicht zwölf Meter breit und um die vierzig Meter lang, roter Klinker, viele Fenster, kein Vergleich mit dem Hochbunker der Alfachem. Auf dem Hof waren Fässer unter einem Wellblechdach übereinandergestapelt, das Büro erinnerte an eine Baubaracke. Alles sah sehr ordentlich und sehr bescheiden aus. Ohne die frühere Zonenrandförderung hätten sich die Firmen hier nicht angesiedelt. Und die Arbeitskräfte kamen mit dem Auto, bisher war ihm nur ein Neubau aufgefallen. Die Ampel an der Abzweigung der Stichstraße von der Landstraße war heute abgeschaltet.

Auf der Suche nach einem Hotel opferte er zehn Minuten; die

winzigen Dörfer lagen wie Perlen an der Landstraße. Nach neun Kilometern bremste er vor einer Baustelle. Hier hatte die Straße mehr als vierzig Jahre an der Grenze geendet. Er wendete und fuhr zurück. Auf dem anderen Hangrücken lag Kastenitz gegenüber eine große Villa, die scheinbar das ganze Tal beherrschte. Vor dem Ort war der Bach aufgestaut, das Wehr gehörte zu einem Sägewerk. Kein Hotel weit und breit, nicht einmal Hinweisschilder auf Pensionen oder private Zimmer.

Westlich von Kastenitz verbreiterte sich das Tal. Brikow, vier oder fünf Häuser größer als Kastenitz, das «Rhönhotel», ein moderner Bau; er wunderte sich, wie der Besitzer hier auf seine Kosten kam. Die dunklen Wolken schienen schon die Kämme zu streifen, die Hitze stand wie Watte. Laubrix – mehr aus Jux folgte er dem Straßenschild; in diesem Nest war Britta Martinus aufgewachsen. An der schmalen Brücke über den Bach mußte er einen entgegenkommenden Wagen vorbeilassen. Keine Menschen, keine Geschäfte, bis jetzt ein einziger Gasthof; er wäre vor Langeweile umgekommen.

In der Sekunde rollte der erste Donnerschlag durch das Tal, daß sein Auto erzitterte, und Regen war ein völlig unzureichendes Wort für die Flut, die gleich danach vom Himmel stürzte. Die dikken, mit Hagelkörnern untermischten Tropfen trommelten auf das Dach, daß ihm das Dröhnen die Ohren verstopfte. In weniger als einer halben Minute war es finster geworden, das Scheinwerferlicht wurde von silbrigen Fäden reflektiert, der Scheibenwischer lief auf höchsten Touren, kam aber gegen die Wassermassen nicht an. Wie ein Blinder rauschte er über die schmale Straße, es spritzte und klatschte mit einem widerlich satten Ton innen gegen die Radkästen und von unten gegen den Boden. Obwohl er in den zweiten Gang zurückgeschaltet hatte, schwankte und schlitterte der Wagen bedrohlich. Natürlich beschlugen auch die Scheiben, den Wald links ahnte er nur noch, das Tal rechts schien zu dampfen, Blitz und Donner folgten immer schneller aufeinander. Er hatte keine Ahnung, wo er sich befand, wußte nur, daß er irgendwo eine Abzweigung verpaßt hatte. Die Straße begann zu schlängeln, vom Hang links liefen regelrechte Bäche, schmutzig braun, auf die Fahrbahn herunter, brachten glitschigen Lehm, Blätter und Zweige mit. Der Sturzguß wurde noch heftiger, langsam fühlte er sich wie auf Unterwasserfahrt, gleich würde er mit einem Wal kollidieren – in letzter Sekunde ruckte er das Steuer nach links und verfehlte die Schattenfigur um Zentimeter. Das Auto nahm die hastige Bewegung übel, bockte, schlingerte und wollte partout mit dem Heck in eine andere Richtung als mit dem Vorderteil, er kurbelte, bremste, bekam wie durch ein Wunder den Karren wieder unter Kontrolle, bremste noch einmal, vorsichtiger, und rutschte dennoch auf dem lehmigen Schmier wie auf Glatteis.

Der Schreck war ihm in alle Glieder gefahren, er schnappte noch nach Luft, als die Beifahrertür aufgerissen wurde, eine triefende Gestalt ließ sich auf den Sitz fallen. «Vielen – vielen – Dank, daß Sie – daß Sie angehalten haben.»

Eine Frau, nach der keuchenden Stimme zu urteilen, das war aber auch der einzige Anhaltspunkt, der Rest war nur Feuchtigkeit. Wasser lief ihr über das Gesicht, aus den Haaren, vom Kleid, als ob sie gerade aus einem Schwimmbecken gestiegen wäre. Mühsam schob sie die langen Haare zur Seite, die ihr wie ein Schleier vor dem Gesicht hingen, und er spürte die Wasserspritzer.

«Können Sie mich nach Hause bringen?» Ein riesiger Nieser folgte, das Auto ruckelte.

«Gern – wenn Sie mich dirigieren.»

«Drei oder vier Ki – haa – hatsch – Kilometer.» Am liebsten hätte er laut gelacht, es war schöner als jede Parodie. «Gleich – gleich – an der Stra...» Wieder nieste sie, daß es sie fast zerriß.

Das Gewitter wollte kein Ende nehmen, rechts voraus, über dem Tal, war der Himmel fast schwarz geworden, was die Blitze noch deutlicher hervortreten ließ. Wann hatte er zum letztenmal solch ein Unwetter erlebt? Seine Nachbarin schwieg. Von der linken Höhe wurde jetzt Geröll heruntergeschwemmt, er mußte Slalom fahren und verlor jedes Gefühl für Zeit und Entfernung.

«Jetzt gleich nach rechts!» rief sie unvermittelt. Das Fahrwerk stöhnte, sie schaukelten wild durch eine tiefe Furche. Links und rechts zwei wuchtige Pfeiler, der Fahrweg schlug einen Bogen um mehrere mächtige Bäume, deren Kronen im triefenden Dunkel verschwanden. Das breite, niedrige Gebäude entdeckte er trotz der Scheinwerfer erst, als er unmittelbar davor angekommen war.

«Warten Sie, ich mache auf!»

Im Licht klebte ihr das Kleid wie eine zweite Haut am Körper. Sie zerrte an einem Griff, hatte Mühe, das schwere Tor aufzuziehen, es schien eine alte Scheune zu sein. Endlich konnte er den Wagen ins Trockene rollen lassen, schaltete Motor und Licht aus und genoß die Ruhe, die nicht lange währte. Der Nieser warf ein schönes Echo.

«Kommen Sie ins Haus, ich muß unbedingt unter die Dusche, sonst – sonst – haat...»

Das Haus kam ihm irgendwie bekannt vor, aber er hatte keine Zeit zum Nachdenken, weil sie ihn eilig in einen großen Raum schob und hervorstieß: «Bis – bis –»

Diesmal lachte er, aber das hörte sie schon nicht mehr, eine Tür krachte ins Schloß, und danach herrschte eine himmlische Stille. Das Zimmer mochte an die zehn Meter lang sein, die Gartenfront bestand fast vollständig aus Glastüren, durch die man an klaren Tagen einen wunderbaren Blick über das Tal haben mußte. Jetzt verschwamm freilich schon die Hecke im Regen, dahinter wogte Nebel, und auf der Veranda hatten sich tiefe Pfützen gebildet. Er zog eine der Türen auf, angenehm frische Luft strömte herein. Auf einem kleinen Tisch stand eine ganze Flaschenbatterie, und nach einigem Zögern genehmigte er sich einen kleinen Cognac; den hatte er jetzt verdient.

Er drückte gerade seine zweite Zigarette aus, als sie erschien und sich entschuldigte: «Tut mir leid, daß ich Sie so lange habe warten lassen, aber ich wollte einfach nicht mehr auftauen.»

«Ich bitte Sie!»

«Nochmals vielen Dank für die Rettung.» Sie streckte lachend die Hand aus. «Ich heiße übrigens Regine Urban.»

«Paul Sartorius.»

«Etwas zum Aufwärmen?»

«Ich war so frei, mir einen Cognac...»

«Eine gute Idee! Trinken Sie noch einen?»

«Mit Vergnügen.»

Während sie einschenkte, betrachtete er sie verstohlen. Groß war sie und schlank, die enge weiße Hose und das kurzärmelige Frotteehemdchen ließen eine prachtvolle Figur erkennen. Ihre glatten, dunklen Haare hatte sie kunstvoll-unordentlich hochgesteckt. Sie bewegte sich energisch, wie eine Sportlerin, und schon beim Händedruck hatte er gespürt, daß sie kräftig war. Ihr Alter war schwer zu schätzen, zwischen dreißig und vierzig mochte jede Zahl stimmen. Im landläufigen Sinn hatte sie kein schönes Gesicht, aber eines, das man nicht vergaß. Irgendwie kam sie ihm bekannt vor.

«Was hat Sie denn in diese Gegend verschlagen?»

«Ich wollte Richtung Autobahn, aber im Tal habe ich die Abzweigung verpaßt.»

«Zu meinem Glück!» Sie lachte gern. «Ich war unten, und als das Gewitter loslegte, habe ich mich nicht mehr querfeldein hochgetraut. Ohne Sie wäre ich beim Laufen ertrunken.»

«Das soll recht selten vorkommen.»

«Oh, ich schaff das schon! Trinken wir noch einen?»

Er zögerte. «Ich weiß nicht, ich muß noch fahren...»

«Heute noch?» Resolut schüttelte sie den Kopf. «Das würde ich an Ihrer Stelle schön bleiben lassen. Sie müssen die ganze Strecke zurück, und ich möchte nicht wissen, wie die Straße jetzt aussieht.»

«Gibt es keine andere...»

«Keine! Hören Sie, Herr Sartorius, in fünf Kilometer Entfernung verlief bis vor wenigen Monaten die Grenze, hier hat sich's was mit Straßen.»

«Aber wo soll ich heute nacht unterkriechen?» fragte er ärgerlich.

«Hier! Das Haus ist groß genug», bestimmte sie so energisch, daß er sie verblüfft anstarrte. «Nun gucken Sie nicht so verwundert!»

«Aber ich kann doch nicht so – ich meine, Sie haben mich – ich wollte eigentlich...» Er stotterte wie ein kleines Kind.

«Sparen Sie sich Ihre Einwände. Ich würde mich freuen, wenn ich mich revanchieren könnte, Sie sind herzlich eingeladen.»

Er wußte nicht, was er darauf antworten sollte, und wahrscheinlich überlegte er einen Moment zu lange. Denn sie nahm sein Schweigen für Zustimmung und sprang energisch hoch: «Na also! Oder werden Sie erwartet?»

«Nein.»

«Um so besser! Und jetzt habe ich Hunger. Wie steht's mit Ihnen?»

Ihre Frage gab den Ausschlag. Heute morgen hatte er hastig gefrühstückt, und angeregt durch zwei Cognacs begann sein Magen unanständig laut zu kollern. «Sie braten nicht zufällig einen Ochsen am Spieß?» fragte er.

Er bot seine Hilfe an, wurde aber mit einem vorzüglichen roten Macon auf einen Hocker an der Frühstücksbar verfrachtet, während sie kochte. Es machte Spaß, ihr zuzuschauen. Der Alkohol stieg ihm zu Kopf, er mußte aufpassen, nicht in eine unangebrachte Vertraulichkeit zu verfallen. Denn bei aller Offenheit schien sie auf Distanz zu achten; erst sehr spät merkte er, daß sie zwar vergnügt plauderte, aber nicht viel von sich verriet. Die Zeit verstrich wie im Fluge, plötzlich gähnte sie diskret, und er spürte ebenfalls von einer Sekunde auf die andere die Müdigkeit.

«Haben Sie was dagegen, wenn ich Ihnen jetzt Ihr Zimmer zeige?»

«Nein, natürlich nicht. Ich muß mich wirklich sehr...»

«Kein Anlaß, und wenn, dann habe ich zu danken. Für meine Errettung aus den Fluten und einen angenehmen Abend.»

Das Gästezimmer lag eine halbe Treppe hoch, ein trotz der Schräge großer, gemütlicher Raum mit einem eigenen Bad. Das Bett war schon frisch bezogen, was ihn einen Moment irritierte.

«Schlafen Sie gut, Herr Sartorius.»

«Vielen Dank und gute Nacht, Frau Urban.»

Leise blinzelnd stellte sie die fast leere Rotweinflasche und eine volle Flasche Sprudel auf den Tisch und verschwand lautlos. Gähnend öffnete er das Fenster und schlief ein, sobald er sich ausgestreckt hatte.

Ilse Brauneck schüttelte pausenlos den Kopf und greinte: «Das tu ich nicht, das tu ich nicht, ich verrate keine Männer.»

«Als ob Brauneck Ihr Mann gewesen wäre!»

«Das weiß ich besser, das weiß ich besser!» Daß sie jeden Satz wiederholte, machte ihn ganz verrückt, ganz verrückt – jetzt fing er auch schon an! Wütend tauchte er aus dem Schlafdusel auf. Ein regelmäßiges Klack-klack-klack. Nicht schnell, eher behäbig. Klack – und klack – und klack, der Rhythmus ließ sich nur ahnen. Seine Zunge schmeckte pelzig, sein Kopf war pelzig, seine Gedanken verfingen sich in pelziger Watte. Wo zum Teufel war er?

Mühsam richtete er sich auf. Klack, klack, klack. Was hatte er geträumt? Brauneck – Kastenitz – das Gewitter – die Frau – Regine Urban, er schlief in einem Gästezimmer, Stück für Stück kehrte die Erinnerung zurück. Wenn bloß sein Kopf nicht so schmerzen – hatte er wirklich so viel getrunken? Und noch immer: Klack, klack, klack. Von einem Moment auf den anderen erfüllte ihn Wut. Er war nicht besoffen, dieses rhythmische Geräusch bildete er sich nicht ein.

Lautlos stand er auf, der Teppich unter seinen Füßen fühlte sich pelzig an, seine Beine wackelten merkwürdig schwach. Als er die Tür einen Spalt aufgezogen hatte, ertönte das Klack-klack-klack lauter und bedrohlicher. Wie ein Indianer auf dem Kriegspfad tastete er sich voran und wäre trotzdem fast die Treppe hinuntergestolpert. Stufe für Stufe glitt er abwärts, unten wurde es etwas heller, aus einem Raum fiel Licht, die Tür zum großen Wohnzimmer war nicht vollständig geschlossen – und dann erkannte er das rhythmische Geräusch als sanftes Händeklatschen, unterlegt mit einer kaum vernehmbaren, gesummten Melodie. Eine Platte oder eine Kassette. Fast hätte er vor Erleichterung aufgelacht, da stöhnte jemand, kurz, aber nicht schmerzhaft, sondern – wieder ein leises, lustvolles Stöhnen, das ihn überrieselte.

In dem großen Raum brannte eine einzige Lampe, alles war in ein diffuses Licht getaucht. Am anderen Ende des Raumes stand Regine Urban in einem knöchellangen, weißen, dünnen Negligé und starrte in seine Richtung, auf ihn, sie mußte ihn – doch in der Sekunde kam noch jemand ins Bild, er hielt den Atem an, eine junge Frau mit hüftlangen, rabenschwarzen Haaren, so mager, daß sich ihre Rippen und die Beckenknochen deutlich abzeichneten. Sie war nackt bis auf ein Paar hochhackiger schwarzer Schuhe, und ihre Haare schwangen im Tanzrhythmus hin und her, sie tänzelte, wiegte sich im Takt, links, rechts, vor und zurück. Aufreizend langsam näherte sie sich der unbeweglichen Gestalt in Weiß, erreichte sie, berührte sie mit den ausgestreckten Händen, hin und her, vor und zurück, die Weiße raffte das Negligé hoch, die schwarzen Haare flogen schneller, energischer, abwehrend, die Gestalt tanzte zurück. Er hätte gern ihr Gesicht gesehen, aber sie drehte nicht einmal den Kopf, und erst als sie wieder aus seinem Blickfeld verschwunden war, riß er sich zusammen. Verdammt noch mal, zwei Lesben vergnügten sich miteinander, und er bekam eine Erektion.

Brummig und lautlos schlich er in sein Zimmer zurück. Das Klack – klack – klack verstummte. Auch das Dröhnen unter seiner Schädeldecke hatte nachgelassen, der Pelz auf seiner Zunge schrumpfte, dafür plagte ihn ein ordinärer Durst. Im Dunkel tastete er nach der Sprudelflasche und erstarrte. So deutlich, als stünde der Sprecher in seinem Zimmer, flüsterte jemand wütend: «Das geht nicht, sie treibt's gerade mit dieser blöden Ziege.»

Woher kam – das Fenster! Der Sprecher stand direkt unter seinem offenen Fenster.

«Und wem gehört diese Schrottkarre in der Garage?»

«Keine Ahnung.» Es waren zwei Männer.

«Lange mache ich das nicht mehr mit.»

«Okay, okay, aber heute nicht.»

Die Schritte bildete er sich wahrscheinlich nur ein, aber danach blieb es ruhig, so angestrengt er auch lauschte. Die Nacht hatte ihre eigenen Geräusche. Er trank fast die halbe Sprudelflasche auf einen Zug leer, rülpste ordinär und fühlte sich danach seltsam erleichtert.

XIII

Als er aufwachte, schien ihm die Sonne direkt ins Gesicht. Verwundert rieb er sich die Augen, die Erinnerung kehrte nur bruchstückhaft zurück. Seltsam ruhig war das Haus! Er zog sich an, packte sein Köfferchen und stiefelte in die Küche hinunter. Auf der Frühstücksbar stand alles bereit, Kaffee in der Warmhaltekanne, gebratener Speck und Rühreier auf einer Heizplatte, Weißbrotscheiben neben dem Toaster. An der Tasse lehnte ein Zettel. «Guten Morgen, Herr Sartorius. Es tut mir leid, ich mußte schon in aller Herrgottsfrühe weg. Ihre Regine Urban.»

Nun ja, gastfreundlich war sie gewesen, mehr hatte er nicht erwarten dürfen. Ob die Nackte mit den langen schwarzen Haaren hier auch übernachtet hatte? Noch mehr hätte ihn freilich interessiert, was die beiden Männer hier nachts gewollt hatten. Ein Abenteuer, notfalls der gewaltsamen Art? Von dem sie nur ein unbekanntes Auto in der Garage abgehalten hatte? Regine Urban hatte viel Wert darauf gelegt, daß er über Nacht im Hause blieb.

Am tiefblauen Himmel trieben eilige Wölkchen Richtung Osten. Es hatte über Nacht abgekühlt, aber die Sonne wärmte schon wieder kräftig, unter ihren Strahlen dampfte der feuchte Boden. Die Auffahrt zur Straße führte in einem Halbkreis an einer Gruppe mächtiger Eichen vorbei, oben bog er nach links ab. Es war tatsächlich die Villa, die er von der anderen Seite des Tales gesehen hatte. Die schmale, kurvenreiche Straße war schwer verdreckt, der Sturzregen hatte tonnenweise Lehm, Steine und Äste den Hang hinuntergeschwemmt. Dünnere Bäume waren unterspült worden und umgekippt, zum Glück ragte nur einer so weit in die Straße hinein, daß er aussteigen und ihn zur Seite schieben mußte. Der Blick über das Tal war wunderschön, selbst Kastenitz sah romantisch aus. Aber wer hier Urlaub machte, mußte ein leidenschaftlicher Wanderer sein, mehr wurde ihm nicht geboten.

Von der nächsten Tankstelle rief er im Präsidium an, und Anja summte verschwörerisch: «Alle Welt will mit Ihnen reden, Chef.»

«Davon wird die Autobahn auch nicht leerer oder kürzer.»

‹Alle Welt› war übertrieben; Rabe schoß als erster in sein Zimmer, kontrollierte sorgfältig, ob die Tür wirklich geschlossen war, und platzte heraus: «Chef, mit den beiden Frauen stimmt was nicht.»

Eine Sekunde mußte er überlegen, richtig, Rabe hatte das Wochenende als Leibwächter für Britta Martinus und Monika Karutz verbringen dürfen.

«Diese Martinus ist noch naiver, als sie aussieht, die wird schon rot, bevor sie gelogen hat. Aber diese Karutz ist ein falscher Fuffziger.»

«Was meinen Sie damit?»

«Erstens trägt sie einen Ballermann mit sich herum, eine Neun-Millimeter Heckler und Koch.»

«Sie spinnen! – Entschuldigung, so war...»

«Geschenkt. Zweitens einen dieser verbotenen Schockschläger, Sie wissen schon, der einem einen elektrischen Schlag versetzt. Drittens ein Wurfmesser...»

«Rabe!» brüllte er.

«Chef, ich schwör's Ihnen, die ist ein wandelndes Waffenarsenal. Und die kann damit umgehen. Ich fresse alle meine Akten, wenn die nicht perfekt Karate und Was-weiß-ich für Kampfsportarten beherrscht. Die nötigen Muskeln hat sie.»

«Woher wollen Sie das wissen?»

«Wir waren im Schwimmbad. Es war unheimlich voll, und als wir uns durch die Leutchen drängten, ist mir noch was aufgefallen: Sie versteht was von Personenschutz. Die beiden Tage hat sie mich wie ein Stück Dreck behandelt, aber im Bad, da brauchte sie mich – doch, Chef, ich phantasiere nicht, sie macht Personenschutz für diese Martinus, sie ist eine Polizistin, und die Martinus weiß das nicht.»

Er lehnte sich zurück und starrte Rabe ungläubig an. Der Clown wollte sich doch nur wichtig machen – oder? Einmal war Britta Martinus schon überfallen worden, wobei die Karutz eine Menge riskiert hatte, als sie ihr zur Hilfe kam. Dann dieser Mann aus dem Fahrstuhl, den er vertrieben hatte. Zwei Libanesen, die ihn von Braunecks Wohnung bis zum Präsidium verfolgt hatten. Ausländer aus Genf, die Ilse Brauneck für den Aufenthaltsort ihres Mannes zehn Riesen boten. Ausländer hatten ihn in Regensburg in die Zange genommen, in diesem verrückten Fall war alles möglich, sogar, daß Rabe sich nicht aufspielte, sondern die reine Wahrheit berichtete. Langsam nickte er: «Das kann hinhauen, danke, das haben Sie sehr gut gemacht.»

Rabe wuchs geradezu, während er aus dem Zimmer stolzierte, und nur weil das Telefon in diesem Moment läutete, verkniff er sich eine gehässige Bemerkung.

«Guten Tag, Herr Sartorius, Brandes hier – Sie erinnern sich noch? Fehlalarm in der Alfachem?»

«Natürlich! Wie geht's Ihnen?»

«Gut, danke, sehr gut sogar. Ich bin nämlich bester Laune, und da dachte ich mir, den Grund sollte ich Ihnen nicht vorenthalten.»

«Ach ja?» Bei Rothaarigen mit solcher Energie empfahl sich wohl hinhaltende Geduld.

«Ein Wunder ist geschehen. Kaum habe ich meinem Herzen etwas Luft gemacht – wegen des unnötigen Einsatzes –, da knickt das Regierungspräsidium ein. Die Alfachem muß in Zukunft zwei Nachtwächter beschäftigen. Heute morgen hab ich das Schreiben gekriegt. Was sagen Sie dazu?»

«Daß Sie entweder ein wichtiger Mann sind oder die Alfachem ein gefährliches Unternehmen.»

«Beides trifft nicht zu. Auch umgekehrt nicht.» Brandes lachte aus vollem Hals, und das Telefon schepperte aus Sympathie mit. «Sind Sie auch so erfolgreich gewesen?»

«Nein, überhaupt nicht», gestand er. «Ich weiß noch nicht einmal, woran dieser Nachtwächter gestorben ist. Ob's überhaupt ein Fremdverschulden war oder nur ein mißglückter Scherz.»

«Das ist nicht schön», räumte Brandes ein. «Obwohl – Herr Sartorius, wir haben ja auch manchmal das zweifelhafte Vergnügen, Leichen zu bergen. Aber bei diesem Cordes – haben Sie das Gesicht des Toten gesehen?»

«Ja, sicher.»

«Mir läßt dieser Ausdruck keine Ruhe. So was an entsetzlicher Angst...»

«Er war ein geistig etwas unterbelichteter Mann, Herr Brandes. Weder schnell noch mutig, noch flexibel.»

«Schön, ja, meinetwegen. Trotzdem – so was ist mir noch nicht untergekommen. Sekunden vor dem Exitus muß er was Grauenhaftes gesehen oder erlebt haben.»

«Danach suchen wir noch. Aber bis jetzt haben wir nur herausgefunden, daß er einen Freund erwartete.»

«Einen Freund?»

«Ja, einen Mann, dem er so vertraute, daß er ihm an diesem Abend alle seine Ersparnisse zum Aufheben übergeben wollte.»

Das verschlug dem Brandrat für einige Sekunden die Sprache. «Kaum zu glauben», urteilte er endlich, und am liebsten hätte Sartorius ihm zugestimmt.

Als nächster marschierte Lohberg ins Zimmer: «Paul, ich dreh langsam durch!»

«Du kommst mit deinem Türken nicht weiter – wie hieß er noch?»

«Beyazit, Erdal Beyazit. Als der Herrgott fand, daß es den Menschen zu gut gehe, stachelte er sie an, Botschaften, Konsulate und Außenministerien einzurichten.»

Ungeduldig winkte er ab. Lohberg hatte zwar recht, aber daran sollte er sich gewöhnt haben, und in Wahrheit ärgerte ihn, daß er immer noch nichts in Händen hielt. Im Hotel hatte niemand etwas von dem Mord oder dem Täter bemerkt. Ihre Vertrauensleute in der türkischen Gastarbeiterkolonie meldeten Fehlanzeige. In der Stadt lebten nur wenige Kurden, die hoch und heilig versicherten, den Namen Erdal Beyazit nie gehört zu haben; Lohberg hatte sich entschieden, ihnen zu glauben. Die Kollegen aus den Dezernaten Rauschgift, Prostitution und Staatsschutz winkten ab. Beyazit hatte zehn Tage im Hotel «Erdmann» gewohnt, und es gab nicht den geringsten Hinweis darauf, was er die ganze Zeit über getrieben hatte.

«Und deswegen, lieber Paul...»

«Schon verstanden, lieber Martin!» Er hob eine Hand hoch und griff zum Telefon. «Herr Dr. Heidenreich, gleich kommt ein Kollege bei Ihnen vorbei, er heißt Martin Lohberg, ja, wie der Hügel in Flammen. Ich wäre Ihnen sehr dankbar, wenn Sie ihm die Visitenkarte dieses Dr. Paloudis geben könnten – nein, ich verspreche Ihnen, daß es Ihrem Freund Alex hilft – danke, Wiederhör'n.»

Über den ‹brennenden Hügel› konnte Lohberg nicht lachen, und Sartorius entschuldigte sich: «Du hast diese Visitenkarte in den Sachen des toten Türken gefunden und versuchst nun, mit der Firma Aliki & Phaneri Kontakt aufzunehmen. Das klappt nicht auf Anhieb, also sei hartnäckig und stur wie ein guter deutscher Bulle, peste alle amtlichen Stellen und besonders jene, die abblocken wollen. Was du nicht wissen darfst, auf keinen Fall: daß dieser Beyazit hier unter dem Namen Paloudis aufgetreten ist.»

«Du schickst mich in ein Minenfeld, richtig?»

«Genau. Wir müssen Staub aufwirbeln, aber getrennt marschieren. Das wird uns zwar keiner glauben, aber auch das Gegenteil nicht beweisen können. Wir müssen einfach so tun, als wüßte einer nichts von den Ermittlungen des anderen.»

«Soll ich vorher deine Akte lesen?»

«Kannst du, aber es wäre überzeugender, wenn du wirklich nichts wüßtest.»

«Na schön, ein dummes Gesicht zu zeigen fällt mir von Berufs wegen nicht schwer... Sag jetzt lieber nichts, du Pflaume.» Im Geschäftszimmer erhob sich eine kurze, aber lautstarke Auseinandersetzung, Anja riß mit hochrotem Kopf die Tür auf und kreischte: «Hauptkommissar Lohberg hat mich eben ein Kalb genannt.»

Hinter ihr stand Petra und korrigierte: «Nein, er hat Sie ein hübsches Kälbchen genannt.»

«Das ist ja noch schlimmer!»

«Meinen Sie?» Petra überlegte todernst. «Ich weiß nicht – er hat gesagt, er sei ein echter Bulle und liebe hübsche Kälbchen. An Ihrer Stelle würde ich das als Kompliment auffassen.» Anja bebte noch vor gerechtem Zorn, aber Petra lächelte wehmütig: «Mir wirft er immer vor, ich sei weder Milch- noch Fleischvieh.»

«Das – das wagt dieser – dieser Rüpel?»

Petra schien den Tränen nah. «Dabei lacht er auch noch! Wenn er mich wenigstens als hübsches Vieh bezeichnen würde.»

«Sie Ärmste!» Anjas Mitleid siegte wie immer. «Dabei sind Sie doch eine hübsche Frau!»

«Danke, Anja.» Ganz langsam schob sie die Kleine zur Seite und schloß hinter ihr die Tür.

«Eines Tages geht das schief!» schnauzte er halblaut, was sie aber nicht beeindruckte.

«Sie muß lernen, sich selbst zu wehren. Auf Dauer kann sie sich nicht hinter deinem Rücken verschanzen.»

«Aha!» Das lange Gestell sollte es ja wissen. Natürlich durchschaute sie ihn und grinste breit: «Ich habe eine gute und eine schlechte Nachricht für dich. Die gute: Zogel hat sich am Sonntag mit dem jungen Mädchen getroffen, ganz harmlos in aller Öffentlichkeit. Die schlechte: Ich hab was für uns gebucht, drei Wochen Gomera.»

«Gome – was?»

«Gomera. Kanarische Inseln. Mach den Mund zu und vergiß nicht einzukaufen, deine Vorräte sind übers Wochenende sehr zusammengeschmolzen.» Für die Kußhand zum Abschied hätte er sie erwürgen mögen.

Montag, 9. Juli, früher Nachmittag

Mit einer ihm selbst unerklärlichen Hellsichtigkeit wußte Hans-Joachim Zogel, was in dem Brief stand. Ein Schreiben aus dem Büro des Oberbürgermeisters, «Persönlich/Vertraulich». Er saß ganz still an seinem Schreibtisch, als könne er alles Bedrohliche abwehren, so lange er sich nur nicht bewegte. Auch nach sechs Monaten war das Zimmer noch kahl, nicht fertig eingerichtet, schnell und ohne Mühe wieder auszuräumen, und in der Rückschau kam es ihm auch so vor, als habe er die ganze Zeit auf Abruf gelebt, von den anderen Menschen durch eine Glasscheibe getrennt. Die Hausposttüte wog unendlich schwer.

«Lieber Hajo, am Wochenende habe ich, wie versprochen, Deine beiden Memoranden gelesen. Sehr sorgfältig studiert. Wir kennen uns nun schon so lange, daß Du mir ein offenes Wort nicht verargen wirst: Das ist nichts. Das hilft uns nicht einen Schritt weiter. Das taugt nicht einmal als Argumentationshilfe. In Sachen Müll bringt es beide Seiten gegen uns auf, und das Konzept ‹Industriestandort› kann niemanden überzeugen, der unsere Grundstücksnöte kennt.

Ich könnte nun schreiben: Lieber Hajo, ich bin enttäuscht. Was ich auch bin, aber mehr noch bin ich besorgt. Seit Monaten beobachte ich voller Sorge, daß Du Dich in Deine Arbeit vergräbst, allen Menschen aus dem Wege gehst, Dich regelrecht einkapselst. Wir waren uns doch einig, als wir Deine Stelle einrichteten, daß es an Kommunikation innerhalb der Verwaltung wie nach draußen fehlt. Ich war überzeugt – und Du hast es Dir zugetraut –, daß Du dieses Manko beheben kannst. Doch bis heute ist nichts geschehen, und ich fange an, mir Gedanken zu machen. Wir müssen uns so schnell wie möglich einmal gründlich aussprechen. Wenn Du Schwierigkeiten hast, welcher Art auch immer, will ich Dir gern mit allen Kräften helfen. Deine Eremiten-Existenz im Rathaus muß aber aufhören.

Ich warte also darauf, daß Du mit meinem Vorzimmer einen Termin ausmachst. Dein Albert.»

Schwerfällig faltete er das Blatt und steckte es in den Umschlag zurück. Er hatte es geahnt, deshalb schmerzte es nicht sehr, ja, ein wenig fühlte er sich sogar erleichtert, weil der so lange befürchtete Hieb endlich gefallen war.

XIV

Wussow klappte das letzte Handbuch energisch zu, und der Knall riß Sartorius aus dem Halbschlaf. «Nix! Gibt es nicht. Stickstoff-Sauerstoff-Stickstoff ist Blödsinn. Das Mädchen spinnt!»

«Nein, tut sie nicht», widersprach er nüchtern.

«Hör mal, ich kenn Brauneck schließlich seit ein paar Jahren, er ist wirklich ein hervorragender Analytiker, solch einen Quatsch macht der nicht.»

«Moment mal, Bernd, nicht so eilig. Vergiß nicht, daß du Chemiker bist, aber auch bei der Polizei arbeitest.»

«Was soll das heißen?»

«Der Chemiker behauptet, so eine Destillationskolonne ist Blödsinn. Aber was schließt der Polizist daraus?»

Wussow war noch etwas größer und noch etwas hagerer als Sartorius, und anders als der Kripomann platzte der Chemiker vor überschüssiger Energie, was sich unter anderem in der Unfähigkeit äußerte, länger als eine halbe Minute stillzusitzen. Auch jetzt tigerte er durch den Raum, immer rund um den Labortisch aus glasierten roten Ziegeln herum, der Kittel wehte, die Ärmel flatterten, und Sartorius schielte besorgt auf die Flaschenborde, die Wussow bei seinen ausholenden Armbewegungen immer nur knapp verfehlte.

«Du meinst, ein Signal, eine Botschaft?»

«Denkbar.»

«Na ja!» Wussow verringerte geringfügig das Tempo. «Das hat – hm. Weißt du, Analysen sind heute, laienhaft gesagt, Maschinensachen, vieles ist automatisiert, daß da jemand mit der Zunge schmeckt und mit der Nase schnüffelt und mit dem Bunsenbrenner herumhantiert – sag mal, wie qualifiziert ist denn Braunecks Laborantin?»

«Eine gute Frage.» Sartorius seufzte. «Mitte Zwanzig, sehr hilfsbereit, aber schrecklich naiv. Was sie von ihrem Beruf versteht, kann ich beim besten Willen nicht beurteilen. Aber ich glaube, Brauneck hat auch dazu ein Zeichen hinterlassen. Sie hat, laut ihrer Aussage, eine Probe vorgefunden, die sie analysieren sollte. Nach ihren Worten war das ‹ganz simpel›. Ein Stück Galliumarsenid.» Sartorius hatte es aufgegeben, auf seinem Drehhokker Karussell zu fahren, deshalb blieb Wussow jetzt hinter ihm stehen und schnaufte überrascht.

«Ist sie ehrlich?»

«Doch, ja, obwohl ich glaube, sie freut sich über etwas Bewunderung. ‹Ganz simpel› war's wohl nicht.»

«Hast du Braunecks Labor einmal besichtigt, ich meine, kennst du die Ausstattung mit Meßgeräten?»

«Nein.»

«Und sie wußte, daß es sich um einen Halbleiter handelte?»

«Vor der Analyse? – Ich glaube nicht.»

«Hm!» Wussow kam wieder in Sicht, aber wesentlich langsamer. «Das spräche ja doch dafür, daß sie ihr Handwerk versteht.»

«Und sich deshalb Gedanken über diese Kolonne macht?»

«Ja, wenigstens nicht so schnell aus ihrem Gedächtnis streicht – verdammt, Paul, mir geht da was durch den Kopf. Wenn er nun gar nichts analysieren, sondern herstellen wollte?»

«Herstellen?»

«Nur so eine Schnapsidee. Nicht selber herstellen wollte, aber einen Tip darauf – aus Stickstoff und Sauerstoff besteht zum Beispiel ein Gas, Stickoxydul, das du kennen solltest.»

«Ich?»

«Ja, Lachgas, erzeugt so einen kleinen Rausch und setzt die Schmerzempfindlichkeit herab. Bist du als Kind nie zum Zahnarzt gegangen?»

«Nein, ich wurde bis zur Pubertät gesäugt, dann bekam die Amme Angst – ein Gas, Mensch, Bernd, das ist eine Idee! Das könnte – du bist der größte...»

«Danke für die Blumen, aber warum regst du dich so auf?»

«Weil mir jetzt zum zweitenmal das Wort Gas unterkommt. Als sie mir erklärte, was sie da analysiert hatte, sagte sie ‹GaAs› – ja, ja, ich weiß jetzt, daß sie damit die chemische Abkürzung meinte, aber ich hab's als ‹Gas› mißverstanden. Und der Einsatzleiter der Feuerwehr wunderte sich, daß entgegen allen Vorschriften die Fenster in der Firma offenstanden – und daß alles mit Wasser ausgespritzt war – kann das...»

«Möglich!» Wussow zuckte die Achseln, aber seine Gleichgültigkeit war gespielt. Sartorius grabbelte automatisch nach seinen Zigaretten, aber da wurde der Chemiker energisch: «Raus! In meinem Labor wird nicht geraucht!»

«Zur Hölle mit dir!»

«Nee, wenn's hier kracht, geht's aufwärts, lieber Paul. Grüße Petra von mir, und wenn sie ihr Blond perfektionieren möchte, stehe ich jederzeit mit Rat und Fläschchen bereit.»

Montag, 9. Juli, später Nachmittag

Grigoleit liebte solche Runden nicht. Vielleicht lag's an seiner konservativen Gesinnung, vielleicht auch nur an seiner persönlichen Abneigung gegen diese vier Männer, die ihn anstarrten, als habe er gerade mutwillig die Büchse der Pandora aufgehebelt. Wahrscheinlich verabscheuten sie ihn so wie er sie – das hieß, den Mann vom Zollkriminalinstitut wollte er ausnehmen, na, wie hieß diese Behörde jetzt? Der war so eine Art Polizist, kein richtiger, und daß seine Behörde das Recht erhalten sollte, Verdächtige schon im Vorfeld telefonisch und anders abhören zu dürfen, paßte ihm nicht, Polizisten sollten offen auftreten, nicht verkleidet oder heimlich. Oder hintenherum, wie diese Typen vom Verfassungsschutz, vom Bundesnachrichtendienst, vom Militärischen Abschirmdienst. Alle wollten sie an der Strafprozeßordnung herumfummeln, es war zum Kotzen, genauso wie das Wort «Prävention». Kein Geld, um alle Planstellen bei der Polizei zu besetzen, aber ständig neue Aufgaben und Rechte. Die Dienste auflösen und das dadurch frei werdende Geld in die Polizei stecken, das war der schnellste Weg, die Dienste überflüssig zu machen. Diesen Zöllner ausgenommen!

Absichtlich hatte er seinen Besuchern keinen Platz angeboten, sondern war aufgestanden und hatte geschmunzelt, als die Männer begriffen, was er mit dieser Geste ausdrücken wollte. Der Verfassungsschutzmann kriegte kaum die Zähne auseinander, als er wütend gestand: «In Regensburg waren sie hinter ihm her, da haben wir notgedrungen eingegriffen. Aber am nächsten Morgen hat er uns mit einem ganz fiesen Trick abgeschüttelt, wir wissen nicht, wo er den Sonntag verbracht hat.»

«Um was geht es hier eigentlich?» Der BND-Mann hatte eine helle, fast krähende Stimme, die vor Zorn überzukippen drohte.

«Das möchte ich auch wissen!» sekundierte der MAD-Vertreter.

«Erstens weiß ich's selbst nicht», antwortete Grigoleit höhnisch, «und zweitens dürfte ich's Ihnen nicht auf die Nase binden. Das wird ein paar Etagen höher gehandelt.»

Der Zöllner grinste und zwinkerte Grigoleit zu, was der stellvertretende Leiter der Polizeiabteilung im Innenministerium nach einigem Zögern erwiderte. Fünf Leute, fünf Organe des Rechtsstaates, und jeder handelte instinktiv: Was immer geschah, den Schwarzen Peter mußte ein anderer behalten. Daß sie alle an einem Strick zogen, war schon richtig, aber damit war noch nicht gesagt, daß sie alle in dieselbe Richtung zerrten. Rein theoretisch konnte über den Datenverbund jeder Dienst alles vom anderen wissen, aber keiner dachte im Ernst daran, sich in laufende Operationen hineingucken zu lassen. Natürlich waren sie überrascht gewesen, als sie sich hier trafen und feststellten, daß alle – ohne von den anderen zu wissen – hinter derselben Sache herhetzten. Diese gleichgültigen Gesichter – auf keiner Schmierenbühne würden sie ihr Publikum überzeugen. Nun warteten sie, ob nicht doch ein Bröckchen für sie abfiele, und nachher würden sie sich zu einem Bier zusammensetzen, um gemeinsam auf die verdammte Politik zu schimpfen, die sich immer zur Unzeit in Dinge einmischte, von denen sie nichts verstand.

Ob der Mann vom Zoll mitgehen würde? Einen Augenblick ließ sich Grigoleit durch diesen Gedanken ablenken. Zöllner und Finanzfahnder waren ein Haufen für sich; daß er Respekt für sie empfand, wäre übertrieben gewesen, er akzeptierte sie und ihre Aufgaben. Doch die anderen – er zuckte die Achseln.

«Was soll nun geschehen?» Der kräftige Mann in Zivil konnte die Uniform, die er sonst trug, nicht verleugnen, weder im Ton noch in seiner Haltung.

«Gar nichts!» sagte Grigoleit gemütlich. «Ziemlich weit oben ist entschieden worden, daß wir die Sache zernieren. Wir blocken ab, aber wir greifen nicht ein. Und Sie, meine Herren, lassen gefälligst die Finger von dem Vorgang.»

«Ist das ein Befehl?» Die Stimme des MAD-Mannes schnarrte vor Wut.

«Nein. Sie wissen genau, daß ich Ihnen keine Befehle erteilen kann. Und will», fügte er spöttisch hinzu. Wieder grinste der Zöllner. «Ich teile Ihnen nur sozusagen auf der Arbeitsebene mit, was auf der höchsten Ebene entschieden worden ist und auf dem Dienstweg verbreitet wird.»

Wieder trat Schweigen ein. Zufrieden war keiner mit dieser Entscheidung, aber alle überlegten, ob es lohne, hier und jetzt, an vergleichsweise niedriger Stelle der Hierarchie, einen Protest einzulegen, der nur ihre Hilflosigkeit offenbarte. Auch das war Grigoleit klar. Sobald sie ihre Kenntnisse zusammengeworfen hatten, würden sie schon erkennen, um was es sich handelte. Aber das hatten sie bisher nicht getan, das widerstrebte ihnen aus ganzer Seele, weil der Beruf sie zur Geheimniskrämerei erzogen hatte. Eher ginge ein Kamel durch ein Nadelöhr, als daß ein Dienst zugab, auf die Hilfe eines anderen angewiesen zu sein. Der Zöllner bildete eine Ausnahme, der wußte, daß er alles erfahren würde, was er brauchte. So hatte er sich das vorher ausgerechnet, eine Zwei-gegen-drei-Front, Polizei und Zoll gegen die Dienste. In dem winzigen Zimmer, einer besseren Kammer, standen auch nur zwei Stühle an einem wackeligen Tisch. Kein Ort für Diskussionen, die Sache war gelaufen, er räusperte sich: «Also, wir sind uns einig. Wir zernieren, und Sie halten still!» Dann erinnerte er sich daran, was Staatssekretär Tönnissen ihm eingebleut hatte, und gab seinem Herzen einen Stoß: «Wir wissen die Zusammenarbeit mit Ihnen zu schätzen. Aber die Politik fürchtet einen Skandal, sagen wir's mal so, und tut mit der nötigen Diskretion alles, um die – Angelegenheit unter der Decke zu halten.»

«Heißt das, wir sollen den Verlust eines wertvollen Mannes schweigend hinnehmen?» Der BND-Mann hustete vor Empörung.

«Nein. Sie werden alles erfahren, was die Kripo ermittelt. Aber wir müssen vorsichtig sein. Der zuständige Beamte ist schon auf die Telefonnummer gestoßen, er ist übrigens der zweite, der über diesen Schnit... – ahem – diese voreilige Maßnahme stolpert.» Der Verfassungsschutzmann lief rot an und schickte einen wütenden Blick Richtung BND-Vertreter, der wie zufällig den Kopf wegdrehte. Dem Offizier in Zivil war das winzige Intermezzo nicht entgangen, neugierig blickte er zwischen den beiden Männern hin und her, bis er begriff, daß da etwas ablief, von dem er keine Ahnung hatte. Automatisch wurde seine Miene verkniffen und vorsichtig. Grigoleit schmunzelte. So war's richtig. Säe Mißtrauen unter deine Gegner und hüte dich zu ernten. «Die für den Zoll wichtigen Informationen werden so schnell wie möglich übermittelt. Mehr kann und darf ich Ihnen nicht zusichern.»

Die Audienz war beendet, und der BND-Mann brauste auf: «Soll ich Ihnen mal was sagen, Herr Grigoleit? Ich glaube, da ist Ihnen gewaltig was aus dem Ruder gelaufen, und Sie haben's erst bemerkt, als wir Alarm geschlagen haben.»

‹Wie recht du hast, mein Junge›, dachte Grigoleit wehmütig. Aber seine Miene verzerrte sich zu einer Grimasse dienstlichen Abscheus: «An haltlosen Spekulationen kann und will ich Sie nicht hindern, meine Herren. Ich wünsche Ihnen noch einen schönen Abend.»

Tönnissen schwieg und schaute scheinbar geistesabwesend aus dem Fenster. Nun lag das Kind im Brunnen, und ohne jeden Zynismus konnte man nur hoffen, daß es rasch ertrank und vorher nicht laut jammerte. Deckel drauf und Mund halten! Das alles ließe sich einfacher drehen, wenn es in der Polizei nicht diese unnötigen Spannungen gäbe. Woran die Herren Politiker nicht unschuldig waren, völlig richtig, und diese Herren Politiker wollten nun mit der «Aktion Murmeltier» nichts mehr zu tun haben. Doch wer gegen das elfte Gebot verstieß, sollte nicht versuchen, die Polizei zu seinem Komplizen zu machen. Oder sich beklagen, daß er erwischt wurde.

Grigoleit hüstelte, aber Tönnissen hatte noch keine Lust, sich mit ihm auseinanderzusetzen.

Von Anfang an hatten sie befürchtet, daß die «Aktion Murmeltier» einige Beteiligte in Versuchung führen werde. Wahrscheinlich hätten sie schärfer kontrollieren müssen, aber nach Lage der Dinge konnten sie dafür keine eigenen Leute einsetzen. Natürlich wäre der Verfassungsschutz vor Begeisterung an die Decke gehüpft, wenn sie ihn um Hilfe gebeten hätten, aber ihm ging die Zusammenarbeit schon jetzt zu weit. Sein Chef hielt sich heraus, und nach reiflicher Abwägung aller Umstände und möglichen dummen Zufälle hatte Tönnissen sich entschlossen, den Wettlauf zu wagen: Das Murmeltier mußte seinen Bau erreichen, bevor die Kripo sich an die Wahrheit herangerobbt hatte. Über die Risiken täuschte er sich nicht.

Grigoleit verlor die Geduld. «Warum brauchen die eigentlich so lange? Zu Anfang hieß es doch, das Zeugs wäre in vier, fünf Monaten fertig.»

«Davon verstehe ich nichts.» Tönnissen dachte nicht im Traum daran, seine Befürchtungen einem anderen zu offenbaren.

«Und jetzt sieht es so aus, als hätten die doppeltes Spiel mit uns getrieben, Herr Staatssekretär.»

«Behaupten die Dienste!»

«Schön, gut, aber trotzdem...»

«Wir waren uns doch einig, daß sich keine Außenstehenden reinhängen oder einmischen.»

«Einverstanden, aber langsam werde auch ich unruhig. Sollen wir nicht doch mal einen Blick in diese...»

«Nein!» Tönnissen flüsterte nur, aber Grigoleit kannte den Ton aus langjähriger Zusammenarbeit. Sachlich hielt er die Entscheidung für falsch, aber sein höchster Vorgesetzter hatte geurteilt. Trotzdem würde er dem neuen Präsidenten einen kleinen Wink geben. Vorsicht schadete schließlich nie, und die Splitter einer Explosion konnten verdammt viele Unschuldige verletzen.

XV

«Was machen Sie denn da?» Anja erstarrte vor Schreck. «Der Schießkeller hat doch schon geschlossen.»

Unwillkürlich mußte er lachen. Daß er die meiste Zeit seine

Dienstwaffe im Büro unter Verschluß hielt, war in der Kommission allgemein bekannt. Aber daß Anja sich nur vorstellen konnte, er wolle die vorgeschriebenen Übungsschüsse absolvieren, erheiterte ihn. «Ich habe eine Verabredung mit einer gefährlichen Frau.»

«Aber dazu brauchen Sie doch keine Pistole.»

«Wer weiß, vielleicht will sie mich umlegen?»

Anja zwinkerte. In dem kurzen, luftigen Sommerkleidchen sah sie süß aus, ein lebensfrohes, nettes Mädchen; kein Mensch würde von ihr glauben, daß sie täglich mit Verbrechen zu tun hatte. «Wie darf ich das verstehen, Chef?»

«Wie ich's gesagt habe.»

«Sie sagten – umlegen, nicht wahr?»

«Richtig. Nicht flachlegen. Auch nicht plattmachen.»

Jetzt stieg ihr die Röte ins Gesicht, weil er sie durchschaut hatte, und als sie die Hitze auf ihrer Stirn selber spürte, stampfte sie mit einem Fuß auf: «Das ist ein schlimmer Haufen hier, Sie – Sie – und Sie sind der schlimmste Wüstling – das werd ich der Frau Wilke erzählen!»

Aus ihrem Mund war das eine veritable Drohung, und deshalb legte er höchste Zerknirschung in seine Stimme: «Trotzdem einen schönen Abend für dich, Anja.»

«Sie sollen mich doch nicht mehr duzen!» Die Tür knallte, er schämte sich ein wenig, daß er sie wieder auf Neunundneunzig gebracht hatte, und wünschte doch heimlich, der neue Präsident möchte ihr jetzt, in dieser Sekunde, über den Weg laufen. Jochkamp riskierte mit jeder Bemerkung ein paar spitze Fingernägel in seiner feisten Fratze.

Monika Karutz öffnete vorsichtig ihre Wohnungstür, sagte erleichtert: «Ja, einen Moment», und klinkte die Sperrkette auf. Er hatte den rechten Arm hinter dem Rücken verborgen, trat ein und ließ die Hand mit der Pistole lässig herunterhängen. «Guten Abend, Frau Kollegin, ich würde gern einmal Ihre Handtasche sehen – und bitte vorsichtig!»

Eine gute Minute lang hatte er es mit zwei Salzsäulen zu tun.

Monika Karutz hatte sich halb zur Seite gedreht und war mitten in der Bewegung erstarrt. Unter der Tür stand Britta Martinus, das freudige Lächeln zu einer albernen Grimasse erfroren. Aufmerksam blickte er zwischen den beiden hin und her, bis ihn der Haß der Brünetten fast körperlich anwehte. Die Naive verkroch sich in wachsende Furcht.

«Ich will keinen Ärger machen, Frau Karutz, aber ich lasse mich nicht gern an der Nase herumführen.»

«Dieser verdammte Rabe!» preßte sie heraus und wurde bleich vor Wut.

«Er ist ein bißchen dämlich und findet sich selbst ungeheuer witzig, aber er ist nicht völlig verblödet. Sie arbeiten beim Personenschutz?» Dabei steckte er die immer noch gesicherte und nicht gespannte Pistole in die Tasche.

«Keine Auskünfte, Herr Kollege.» Sie richtete sich auf, und als sich ihr Körper straffte, stöhnte er heimlich. So was hatte er erwartet! Wenn er nicht so oft mit dem Gedanken bei Hajo Zogel und Petra gewesen wäre, hätte es ihm viel früher auffallen müssen. Brittas Gesicht war jetzt vor Angst zusammengeschrumpelt, fast abstoßend häßlich. In ihrer Panik verstand sie gar nichts mehr. Ärgerlich blies er die Luft aus: «Na gut. Das ist eine dienstliche Anweisung?»

«Kein Kommentar.»

«Auch recht. Ich will mich nicht einmischen, ich habe nur eine Frage an Fräulein Martinus.»

Sie brauchte lange, bis sie begriff, daß er sie angesprochen hatte; noch flehte sie ihn stumm an, er möge sie aus diesem plötzlichen Alptraum aufwecken. Die Brünette stieß sie grob an: «Reiß dich zusammen, Britt!»

«Ja...jaa...»

«Als Sie am Montagmorgen ins Labor kamen, hatte Brauneck Ihnen etwas hingelegt, was Sie analysieren sollten.»

Nach einer unendlichen Bedenkpause nickte sie.

«Was sollten Sie machen? Eine quantitative oder eine qualitative Analyse?» Seine frisch erworbenen Kenntnisse kamen ihm geläufig von der Zunge, er mußte schmunzeln.

«Qualitativ», antwortete sie, noch immer wie betäubt.

«Hatte Brauneck Ihnen einen Hinweis gegeben, was es sein könnte?»

«Ich sollte mit der Boraxperle anfangen.»

Wie der unersetzliche Wussow vermutet hatte! «Hatte Brauneck das ins Protokollbuch eingetragen?»

«Nein», zögerte sie, und aus ihrem Tonfall hörte er heraus, daß sie plötzlich verwundert war, so, als falle es ihr selbst zum erstenmal auf. «Nei-ein. Nicht ins Protokollbuch. Auf einem Zettel.»

«Den haben Sie weggeworfen?»

«Ja...aaa.»

«Macht nichts. Vielen Dank, das war's schon, noch einen schönen Abend.»

Er mochte diese Hochhäuser nicht. Keiner kümmerte sich um seinen Nachbarn, und im Ernstfall saß man wie in einer Falle. Monika Karutz konnte gar nicht anders handeln, sie mußte sich direkt an ihr Objekt heranmachen, und die Naive war wohl glücklich über eine neue Freundin. Leise pfeifend schlenderte er die Treppen hinunter.

Der Abend war ungewöhnlich mild. Übers Wochenende hatte es auch hier gewittert, die drückende Schwüle hatte sich verzogen – er durfte nicht vergessen, im Atlas nachzusehen, wo Gomera eigentlich lag. Und mit Petras Hilfe würde er auch den Charterflug überstehen, diese Tortur mit den vielen Passagieren links und rechts, die ihn einsperrten.

In der Dämmerung sah das Haus Pappelallee 22 noch unfreundlicher, fast verkommen aus. In dieser Straße war auch an der Beleuchtung gespart worden, die kleinen Werkstätten ringsum lagen im Dunkeln, und das Licht in den vielen Fenstern des Bürogebäudes unterstrich seltsam arrogant die tiefe Kluft zwischen Erfolg und schlecht bezahlter Mühe. Bei «E. B.» reagierte niemand auf sein Klingeln; er setzte sich ins Auto und döste vor sich hin; vielleicht hatte sie einen Kunden. Ihm eilte es nicht, er spürte die Müdigkeit in allen Knochen. Morgen wurde Peter Cordes beerdigt, Rabe hatte ihm einen Zettel auf den Schreibtisch gelegt. Was war mit der Tochter? Das hatte er vergessen zu fragen. Und irgendwann mußte er sich entscheiden, ob er für Brauneck einen Haftbefehl beantragen sollte. Wodurch war dieser Eigenbrötler eigentlich aufgefallen? Wenn er auf der Flucht war, und daran zweifelte er nicht mehr, dann würde er sich vor der Polizei und gerade vor der Polizei verstecken. Wer war Regine Urban? Dieses Haus am Hang über dem Tal war wunderschön, groß und repräsentativ, doch weit ab von allem, was man Leben nannte. Zu einsam für eine alleinstehende Frau. Jetzt mußte er aufpassen, daß er nicht einnickte.

Dreißig Minuten später verließ ein Mann das Haus, und ohne diesen schnellen, schuldbewußten Rundum-Blick hätte er ihn für einen Mieter gehalten. Aber so durfte er vermuten, daß Eva Braun jetzt Zeit für ihn hatte. Fünf Minuten gab er noch zu, dann klingelte er, und prompt summte der Öffner.

Sie hatte die Tür nur einen Spalt geöffnet und erkannte ihn sofort wieder. Ihr Seufzer kam aus tiefstem Herzen: «Du hast – Sie haben mir gerade noch gefehlt.»

«Das dachte ich mir. Wir brauchen auch nicht lange.»

«Kommen Sie rein!» Unbestimmt deutete sie auf die Küchentür und verschwand; er setzte sich an den kleinen Tisch und schob die Schnapsgläser zur Seite. Als sie zurückkam, hatte sie sich den knöchellangen Morgenmantel übergezogen, den er von seinem ersten Besuch kannte.

«Möchten Sie einen?»

«Nein, danke.»

«Kein Alkohol im Dienst, wie?» Sie grinste halb gehässig, halb gutmütig und schüttete sich ein kleines Glas randvoll, kippte es auf einen Schluck und schüttelte sich. «Manchmal hilft's. Na, das wird Sie nicht interessieren. Geht es immer noch um Cordes?»

«Ja, er wird morgen beerdigt.» Sie bediente sich stumm aus dem Päckchen, das er ihr hinhielt. «Südfriedhof, Kapelle Zwei, 10 Uhr. Wollen Sie nicht kommen?»

«Ich?» Ihr Lachen war eine Spur zu schrill. «Warum sollte ich?»

«Na ja, vielleicht treffen Sie Ihren Vater dort.»

Ihre Hand erstarrte auf halbem Weg zum Mund, und nach einer

Weile stieg der Rauch der Zigarette zwischen ihren Fingern senkrecht nach oben. Ihr Gesicht war so grauenhaft leer, daß er rasch wegschauen mußte, und erst als er das winzige, erschrockene, röchelnde Stöhnen hörte, das sie nicht hatte unterdrücken können, zwang er sich dazu, gleichmütig weiterzureden. «Sehen Sie, Frauen Ihrer Profession halten alle Polizisten für dumm, brutal oder korrupt.»

«Daran tun wir meistens auch gut», hauchte sie; noch gehorchte ihr die Stimme nicht.

«Meinetwegen. Aber haben Sie wirklich geglaubt, ich würde Ihnen die Geschichte von der hilfreichen Hure abkaufen?»

«Für Geld tun wir vieles.» Sie flüsterte.

«Klar. Aber Cordes war ein unangenehmer Kunde, das haben Sie selbst ganz beiläufig mit der Bemerkung verraten, Sie hätten ihn erst einmal unter die Dusche stecken müssen. Geizig war er auch, ich verwette meine Dienstmarke, daß er mit Ihnen um den Preis feilschen wollte.»

«Sie dürfen Ihre Marke behalten!»

«Und zuletzt diese Episode mit dem Geld, das sie ganz selbstlos für ihn aufbewahrt oder verwaltet haben – nein, das war etwas dick aufgetragen. Ich habe mir gleich überlegt, was Sie wirklich an Cordes interessiert haben könnte.»

«Und? Sind Sie zu einem Ergebnis gekommen?»

Nein, zum Hohn reichte es nicht, noch nicht oder nicht mehr, sie war angeschlagen wie ein Boxer, der einen bösen Haken an den Kopf kassiert hatte.

«Sicher. Cordes hatte nicht viel, was einer Frau wie Ihnen imponieren konnte, und ich vermute mal, er hat ziemlich rasch von der Firma erzählt, in der er arbeitete. Also von der Alfachem.»

«Hat er.»

«Und die interessierte Sie. Weil dort Ihr Vater arbeitet.»

Sie rauchte schweigend und sah an ihm vorbei. Jetzt wirkte das Make-up wie eine verrutschte Maske, und er hätte sich gern vergewissert, ob ihre Augen wirklich feucht geworden waren. Doch gerade das wollte sie ihm nicht erlauben.

«Dann dieser Name – Eva Braun. Wahrscheinlich sagt er tatsächlich vielen Freiern nichts mehr, und bitte erzählen Sie mir jetzt nichts von den berühmten Initialen auf Ihren schweinsledernen Koffern. Evamaria Brauneck – Eva Braun. Haben Sie nicht darauf gelauert, daß Cordes bei seinen nächtlichen Kaffeeplauschen Ihrem Vater einmal verraten würde, daß er regelmäßig zu einer Eva Braun ging? Jeden Montagvormittag, gleich nach seinem Wochenenddienst?»

«Geht Sie das was an?»

«Nur indirekt. An dem Freitag, als sie mit Cordes zur Bank gingen, um das Geld zu holen, hat Cordes bei Brauneck angerufen und sich mit ihm in der Alfachem verabredet.»

«Ja.» Sie zuckte die Achseln, die Asche fiel unbeachtet auf die Fliesen. «Brauneck wollte abends spät in die Firma kommen.»

«Sie wissen, daß Sie nicht gegen Ihren Vater aussagen müssen.»

«Erstens ist er nicht mehr mein Vater, und zweitens hat er Cordes nicht umgebracht.»

«Das hoffen Sie, das können Sie nicht wissen. Was wäre denn passiert, wenn Ihr Vater Cordes gefragt hätte, wo er bis jetzt diese Summe aufbewahrt habe, und Cordes hätte harmlos gesagt, bei Eva Braun?»

«Niemand weiß, wie ich wirklich heiße.»

«Da irren Sie aber mächtig! Ein paar Ganoven, die auch vor Mord nicht zurückschrecken, suchen Ihren Vater.»

«Woher wollen Sie das wissen?»

«Ich bin in Regensburg gewesen, bei Ihrer Mutter. Zwei Ausländer haben ihr 10000 Mark für den Aufenthaltsort Ihres Vaters geboten und dabei gedroht, notfalls könne man auch ihre Tochter unter Druck setzen.»

Plötzlich lachte sie auf, und das klang so wild, so bösartig, daß er zusammenfuhr: «Die armen Kerle! Wenn die wüßten, welchen Gefallen sie meiner Mutter damit tun würden.»

Jetzt langte er doch nach der Schnapsflasche, sie drehte den Kopf und funkelte ihn verzweifelt an: «Für mich voll, bitte!»

Wortlos gehorchte er, das Zeugs war warm geworden und kratzte schmerzhaft in seiner Kehle; sie trank auf einen Zug aus, dann begannen ihre Schultern zu zucken, bis sie die Zigarette fallen ließ und beide Hände vors Gesicht schlug. Hilflos stand er auf, bückte sich nach der glühenden Kippe, die er umständlich im Aschenbecher ausdrückte, und sagte leise: «Ich habe abends ein Gespräch zwischen Ihrer Mutter und Ihrem Bruder belauscht. So ungefähr kann ich mir vorstellen, was damals passiert ist. Möchten Sie darüber reden?»

«Nein», schluchzte sie. «Nein, gehen Sie doch endlich!»

Auf der Treppe begegnete ihm ein fetter Endvierziger mit weit fortgeschrittener Glatze, der ihn aggressiv musterte. Sartorius sagte im Vorbeigehen ernsthaft: «Sie nimmt heute keine Kunden.»

«Häh?»

«Sie macht nicht auf. Zwecklos.»

Der Dicke blieb stehen und kratzte sich das unrasierte Kinn.

XVI

Bis zehn Uhr hatten sich doch noch ein paar Menschen in der schmucklosen Kapelle eingefunden. Auf dem schlichten Sarg lag nur ein einziger Blumenstrauß, kein Kranz, und das Bestattungsunternehmen hatte von sich aus ein paar Sträuße um das Podest drapiert, damit es nicht gar so erbärmlich aussah. Familie Gusche war erschienen, Mutter Martha mit müdem Gesicht, Sohn Werner und Schwiegertochter Erika, die pausenlos an ihrem winzigen schwarzen Hütchen zupfte und beharrlich Sartorius' Blick auswich. Hinter ihnen zwängte sich Erich zur Mühlen in die Bank; Sartorius hatte ihn beobachtet, wie er sich in einer Ecke mit einem letzten Schluck aus einem Flachmann für die Zeremonie stärkte. Zwei Frauen, die er nicht kannte, waren so spät eingetroffen, daß sie den mitgebrachten Kranz vor der Kapelle abgaben: «Alle Kolleginnen und Kollegen der Firma Alfachem». Vor ihm in der Bank saß der Nachlaßpfleger, er hatte den Namen vergessen und etwas verlegen zurückgenickt. Die junge Frau neben ihm war eine ausgesprochene Schönheit, groß, schlank, schulterlange, glatte Haare von einem glänzenden Schwarz, das schon wieder bläulich schimmerte. Einmal hatte sie seinen forschenden Blick gespürt und sich unwillig umgedreht. Rabenschwarze Augen in einem tiefbraunen Gesicht, das bei aller ebenmäßigen Schönheit viel Energie und Selbstbewußtsein ausstrahlte. Sie trug ein dunkelblaues Kleid, das so schlicht geschnitten war, daß sogar er Modemuffel den Preis erahnte. Wer war sie? Zwei stämmige Männer fühlten sich unbehaglich und kneteten ihre Hände. Frühere Arbeitskollegen?

Die Orgel hatte schon zu spielen begonnen, als er neben sich eine Bewegung spürte und vor Staunen den Mund nicht zubekam. Staatsanwältin Heike Saling schob sich neben ihn, schlug verlegen die Augen nieder und legte einen Finger vor die Lippen.

Der junge Pastor predigte salbungsvoll eine Menge Stuß. Erfülltes Leben, Pflichtbewußtsein, der Herr liebt seine Kinder, die es auf Erden schwer haben, zu früh durch ein tragisches Schicksal von uns genommen, auch die Einsamkeit sei ein Kreuz, das getragen werden müsse; na schön, was sollte er auch anderes sagen?! Sartorius entspannte sich und versank ins Dösen. Er konnte sich nicht mehr daran erinnern, warum er gekommen war. Durch die geklappten Oberfenster drang etwas Wärme in den kalten Raum.

Das Grab lag weit draußen, in einem neuangelegten Feld, und auf dem Weg drängte sich der Nachlaßpfleger heran. «Herr Sartorius? Darf ich Ihnen Cordula Cordes vorstellen?»

«Guten Tag», sagte er erstaunt und drückte die ausgestreckte Hand der schwarzen Schönheit. Das war Cordes' Tochter? Doch dann fiel ihm Gusches drastische Bemerkung ein, daß der flotte Feger Franziska sich etwas eingefangen und dem armen Peter untergeschoben hatte.

«Guten Morgen, Herr Kommissar.» Eine vibrierende Altstimme. «Ich würde gern mit Ihnen reden.»

«Natürlich.»

«Wir haben drüben im Gasthof einen Tisch bestellt. Kommen Sie nachher mit uns?»

«Gerne.»

Sie lächelte kurz und wandte sich wieder ab. Auf seiner anderen Seite hörte er einen erstickten Giekser und blickte erstaunt auf die Staatsanwältin hinunter, die prompt errötete. Zehn Schritte lang überlegte er, was er darauf sagen sollte, und hielt schließlich lieber den Mund. Vor Jahren hatte er einmal in einer Buchhandlung, auf der Suche nach einem Geburtstagsgeschenk für seinen Sohn Karsten, ein Buch in die Hand genommen: «Alles, was wir über Frauen wissen». Warum nicht? Karsten näherte sich dem dramatischen Höhepunkt seiner ersten Schülerliebe, und etwas Lebenshilfe schadete nicht – das Buch war leer. Zweihundert weiße, leere, unbedruckte Seiten. Er hatte es nicht gekauft und später oft gedacht, der Autor müsse ein kluger Kauz sein. Bis er mal in vorgerückter Weinlaune Gitte davon erzählte und sie loskollerte: «Der Mann ist genauso blind wie du!» Auch das hatte er, nachdem sein Zorn verraucht war, gründlich bedacht und als kluge Beobachtung akzeptiert.

Nach einer halben Stunde saßen sie nur noch zu viert in dem Gasthof, Cordula Cordes, dieser Nachlaßmensch – Sartorius war noch immer nicht auf den Namen gekommen –, Staatsanwältin Saling und er.

«Noch eine Runde Eiskaffee?» erkundigte sich die Schwarzhaarige. Ausgerechnet bei dem armen Cordes wurde die Erfahrung widerlegt, daß es bei Beerdigungen immer regnete, kalt war oder unangenehm windete.

«Sie wissen noch nicht, wer den Peter umgebracht hat?»

Gleich zu Beginn ihres Gespräches hatte sie klargestellt, daß Peter Cordes nicht ihr leiblicher Vater war und sie sich an den Mann, der ihr seinen Namen gegeben hatte, kaum noch erinnerte. Die Mutter war tatsächlich mit einem amerikanischen Soldaten in die Vereinigten Staaten gegangen, dort aber schon nach zwei Jahren gestorben. «Die Urkunden habe ich Herrn Golowka gegeben.»

Gott sei Dank, endlich, Golowka. Bernward mit Vornamen! Wenn das Gedächtnis mal funktionierte, dann aber perfekt. Er sollte abends nicht mehr so viel Wein trinken; Petra hatte ihn heute nacht wieder auf die Couch geschickt, wegen körperverletzenden Schnarchens.

Was die Mutter mit Peter angestellt hatte, war ihr nicht recht gewesen, aber sie hatte es spät erfahren, und zu dem Zeitpunkt kannte sie den Peter nur noch aus den Berichten der Mutter. Nein, sie hatte nie Kontakt mit Peter Cordes gehabt. Auch wenn es herzlos klang: ein fremder Mann.

«Trotzdem sind Sie seine Erbin», sagte er nachdenklich.

«Herr Golowka hat mir von dem Geld erzählt, ja. Ich will es nicht, Herr Kommissar, es käme mir – ungerecht vor.»

«Erstens haben wir es noch nicht gefunden, und zweitens können Sie das Erbe ausschlagen, wie Sie wissen.»

Sie nickte ungeduldig: «Ich weiß. Sie haben mich mißverstanden. Juristisch nehme ich das Erbe an, aber mit Herrn Golowka habe ich bereits fest vereinbart, daß alles, was Sie von dem Geld noch finden, sofort als Schenkung an eine Organisation geht, die sich um Analphabeten bemüht. Die können's gebrauchen, und dem Peter wär's wohl recht.»

Nun ja, es war ihr Geld und ihr Wille, auch wenn ihm ihre Entscheidung nicht hundertprozentig gefiel. Offenbar las sie seine Gedanken; denn unvermittelt lächelte sie ihn so verführerisch-charmant an, daß es ihn fast vom Stuhl haute: «Sie sind ein Brummbär, Herr Kommissar. Die Lebenden haben ein Recht darauf, daß die Toten ihre Wünsche mit ins Grab nehmen.»

Den Satz bedachte er lange, alle schwiegen, und er wollte zum Schluß nicht darauf beharren, daß sie irrte und er ein sentimentaler Esel war.

Vor dem Gasthof sah er lange ihrem Taxi nach und hatte die kleine Staatsanwältin vergessen, bis sie mit dünner Stimme fragte: «Was machen wir jetzt?»

«Wollen Sie nicht ins Amt?»

«Noch nicht. Ich wollte – nun ja – mit Ihnen reden.»

«Auf Cordes' Beerdigung?» forschte er freundlich.

«Nicht unbedingt», murmelte sie, «aber nicht dienstlich.»

Für eine gelernte Juristin drückte sie sich sehr unpräzise aus, aber er verstand schon, was sie sagen wollte, und lachte leise: «Sie haben also noch einen Moment Zeit? – Fein, dann kommen Sie, ich möchte noch einmal auf den Friedhof.»

Auf dem Grab lagen, sooft er es besuchte, frische Blumen; diesmal steckte eine prachtvolle rote Rose in einer schmalen Vase. Ein hellgrauer Stein, die Buchstaben weiß ausgemalt: Ilonka Bertrich. Zwei Jahreszahlen. Darüber drei Wörter, über die er oft ins Grübeln geraten war.

«*In veritate consolatio*», hörte er sie murmeln. «In der Wahrheit liegt Trost.»

«Ich übersetze es mir anders», berichtigte er sie hart, «ohne Wahrheit kein Trost.»

Nach einer langen Pause hauchte sie: «Wir hätten nicht hierhergehen sollen.»

«Und warum nicht?»

«Der Fall Cordes wird abgeschlossen. Keine Anklage, weil Fremdverschulden nicht nachzuweisen.»

«Sie sind verrückt!» fuhr er sie an.

«Nein. Anweisung vom Generalstaatsanwalt.»

Das Rot der Rose tanzte als wilder, zuckender Fleck vor seinen Augen. Mit vielem hatte er gerechnet, aber nicht mit einem so plumpen, so massiven Eingriff. Kein Fremdverschulden nachzuweisen! Nein, Cordes war aus lauter Begeisterung mit dem Kopf so wuchtig gegen die Wand gerannt, daß er daran krepierte, und sobald er tot war, hatte er den Löschschlauch eingekuppelt und sich eingeweicht. Diese verdammten Schweine! Er knirschte mit den Zähnen.

«Hören Sie auf!» Eine Hand rüttelte seinen Arm. «Ich sagte: eine Anweisung. Ich habe nicht gesagt, daß ich sie weitergebe. Im Moment bin ich doch gar nicht im Dienst.»

Die Wirbel und Blitze legten sich langsam, bis er tief Luft holen konnte: «Warum machen Sie das?»

«Weil man Sie schon einmal –» sie deutete flüchtig auf den Grabstein – «unfair gebremst hat.»

Eine ganze Weile musterte er die Rose, ohne sie wahrzunehmen, und fuhr erschrocken zusammen, als sie ihn heftig in die Seite stieß: «Dafür erwarte ich eine Gegenleistung.»

«Worin soll die bestehen?»

«Was soll im Fall Cordes unter der Decke gehalten werden?»

Zögernd schüttelte er den Kopf: «Das möchte ich Ihnen nicht verraten.»

«Warum nicht?»

«Weil es zu gefährlich wäre. In dem Stück wirken Killer mit, ich will Sie nicht in Gefahr bringen.»

«Ist das die Wahrheit?» Das Mißtrauen quetschte ihre Stimme.

«Nicht die ganze Wahrheit, die kenne ich selber noch nicht.» Er mußte sich räuspern. «Weil Sie fair waren, will ich Ihnen erzählen, warum ich im Fall Ilonka Bertrich Ihrer Anweisung nicht gehorcht habe.»

Lohberg traf er in der Kantine. Sein Vertreter inspizierte mit höchster Konzentration seinen Teller, und als Sartorius sich zu ihm setzte, schaute er hoch: «Paul, du weißt doch immer alles.»

«Schön wär's.»

«Wie kriegt man Spiegeleier so ledrig, so zäh?»

«Ich glaube, sie streuen vor dem Backen Gummipulver auf das Blech. Anstelle von Fett.»

«Gummipulver – das erklärt alles. Du bist und bleibst ein Genie. Mit diesem toten Türken komme ich überhaupt nicht weiter. Die Herren in Karlsruhe denken gar nicht daran, mir zu erklären, was es mit dieser Düsseldorfer Aliki & Phaneri-Telefonnummer auf sich hat.»

«Keine weitere Begründung?»

«Nee! Dein Name ist übrigens dabei noch nicht gefallen.»

«Hast du Lust, dir und den anderen etwas Ärger zu machen?»

«Aber immer!»

«Dann ruf doch mal den Bundesnachrichtendienst an. Du hättest einen toten Türken am Hals, der sich gelegentlich auch als Grieche ausgegeben habe und bei seiner Tätigkeit in der Bundesrepublik vom Verfassungsschutz abgeschirmt worden sei. Und wenn sie dich fragen, wer dir diesen Quatsch ins Ohr geblasen hat, mußt du dich etwas zieren: ein Vertrauensmann vom PLO-Verbindungsbüro. Seinen Namen kennst du nicht, aber seine Tips waren bis jetzt goldrichtig. Traust du dir das zu?»

«Mit diesen Eiern im Bauch?! Und ob.» Er gähnte lässig.

Das Gummipulver verlor gerade an Wirkung, als die Alfachem anrief: «Guten Tag, Herr Kommissar, Doris Wenck. Frau Wintrich hätte Sie gern gesprochen, ich verbinde.»

«Herr Sartorius? Wintrich, guten Tag.»

«Guten Tag, Frau Wintrich. Was kann ich für Sie tun?»

«Zweierlei.» Sie sprach schnell und ungeduldig. «Einmal würd ich gern hören, ob Sie im Fall Cordes weitergekommen sind. Und zweitens wüßte ich gerne, was mit Cordes' Sachen geschehen soll.»

«Weitergekommen? – Nein, das kann ich leider nicht behaupten.» Er hatte, ohne groß nachzudenken, so zögernd geantwortet, daß sie spöttisch lachte: «Das klingt nicht erfreulich.»

«Nei-ein. Ist es auch nicht, alles ist ziemlich durcheinander. Aber wenn ich Sie schon mal an der Strippe habe, könnten Sie mir ein paar...»

«Entschuldigung, lieber Herr Sartorius, im Prinzip jederzeit, aber bitte nicht jetzt, ich bin sehr in Eile.»

«Schade.»

«Wie wär's mit heute abend? Meine Anschrift haben Sie ja – gegen acht, einverstanden?»

«Ich will's versuchen, Frau Wintrich.» Sie schien zu erwarten, daß jedermann nach ihrer Pfeife tanzte. «Und die Sachen lasse ich abholen.»

«Danke, tschüß, Herr Sartorius.» Das Telefon klickte, und er juckte sich das Ohr. Eine attraktive, alleinstehende Frau lud ihn ein – hm und ahem. Was bedeutete ihr schon ein Nachtwächter?

Rabe wollte gerade verschwinden und schnitt eine unglückliche Grimasse, als Sartorius ihn zurückrief: «Fahren Sie bitte in die Alfachem und holen Sie gegen Quittung Cordes' restliche Sachen ab.»

«Zum Asservieren? – Habe ich etwas vergessen?»

«Nein. Bringen Sie's in den Keller, es ist eine geballte Ladung Porno, also Vorsicht.»

Rabe riskierte ein Schmunzeln. «Ist Ihnen das auch aufgefallen, Chef?»

«Was meinen Sie?»

«Eine kleine Notiz in der Zeitung über den toten Nachtwächter Peter C. und seitdem Funkstille. Lohberg hat sich auch schon gewundert, die Pressestelle will rein gar nichts von uns.»

Rabe hatte völlig recht, und als Sartorius anerkennend zwinkerte, machte sich Rabe vergnügt auf den Weg: Wieder einen Pluspunkt eingeheimst.

Am Nachmittag kümmerte er sich um die laufenden Fälle, Anja schleppte mit wachsender Begeisterung Stöße von Akten herein: «Da hat sich was angesammelt!» Nur einmal blieb sie stehen und runzelte die Stirn: «Das ist aber ein Zufall!»

«Was meinst du mit Zufall?»

«Frau Wilke und Sie haben für dieselben Tage Urlaub angemeldet.»

«Zeig mal her! – Tatsächlich! Is ja ’nen Ding.»

«Chef!» begann sie drohend. «Ist das wirklich Zufall?»

«Von meiner Seite aus schon. Am besten erkundigst du dich bei Petra!» Danach mußte sie erst einmal lange blinzeln, dann stieg ihr eine ganz zarte Röte vom Nacken hoch, was sich dank des großen, fast gewagten Ausschnitts erfreulich gut verfolgen ließ, bis sie endlich kläglich flüsterte: «Sie sollen mich doch nicht immer auf den Arm nehmen...»

Rabe war nach zwei Stunden zurück und protestierte, als Sartorius ihm die Akte Cordes abforderte: «Das verstehe ich nicht...»

«Ich auch nicht», log er beiläufig. «Die Staatsanwaltschaft will prüfen, ob überhaupt ein Tötungsdelikt vorliegt. Unter Umständen geben wir den Fall ab.»

«Scheiße!» fluchte Rabe, und er hätte ihm gern beigepflichtet, mußte aber seine Rolle durchhalten und verschwand mit einem ungeduldigen Achselzucken. Mit dem Kopieren fing er erst an, als die Feierabendruhe eingekehrt war.

Petra wankte gegen sieben Uhr bis zum Sessel vor seinem Schreibtisch, ließ sich hineinfallen, daß die Hölzer knackten, und stöhnte: «Ich bin fix und fertig, Paul.»

«Dann schlaf schon mal vor, ich will mich noch mit einer aufregenden Frau treffen.»

«Viel Glück.»

Das Viertel mit den Baum-Straßennamen zählte zu den besseren Adressen; wer sich hier eines der frei stehenden Häuser leisten konnte, hatte die Karriereleiter wenigstens zur Hälfte erklommen. Sein mittlerweile ziemlich schäbig gewordener Dienstwagen nahm sich unter den Nobelschlitten vor den Häusern auffällig deplaciert aus. An neue Wagen war nicht zu denken, Jochkamp hatte in seiner Antrittsrede keinen Zweifel daran gelassen, daß für die Polizei weiterhin Sparkurs angesagt war. Daß sich die Kollegen auf den Revieren ausrangierte Büromöbel von Firmen zusammenbettelten, hatte er scharf kritisiert, aber nicht vorschlagen können, was sie statt dessen tun sollten. An Geld hatte es auch unter Scharenberg gefehlt, aber der alte Präsident hatte sich wenigstens um die Sorgen seiner Leute gekümmert, selbst einmal neue Schreibmaschinen geschnorrt oder Gelder aus nicht ausgenutzten Etats für Renovierungen zweckentfremdet. Es gab Reviere, die nur noch einen einsatzfähigen zivilen Wagen besaßen, zur großen Freude aller Gauner des Bezirks, die selbstverständlich Modell und Kennzeichen kannten. Scharenberg hatte auch, unbekümmert um alles Wehgeschrei der Vorschriftengläubigen, die Verwahrordnung außer Kraft gesetzt, damit die Reviere Autos und Ausrüstung tauschen konnten. Viel hatte es nicht genutzt, der psychologische Effekt war größer gewesen als der reale, aber unter Jochkamp fehlte es an beidem.

Wie kam er jetzt eigentlich darauf? Als er einparkte, klickte es. Wegen dieses Uralt-Kleintransporters auf der anderen Straßenseite, der so aussah, als müsse er jeden Moment in seine Einzelteile auseinanderfallen. Die reinste Rostlaube, und die Reifenprofile zu blankem Gummi abgefahren.

Punkt acht Uhr klingelte er vergeblich bei Angela Wintrich, zuckte die Achseln, setzte sich ins Auto und versuchte es nach einer Viertelstunde noch einmal. Keine Antwort. Verärgert schwang er sich hinter das Steuer, er schätzte es gar nicht, wenn ihn jemand versetzte – in diesem Moment wischte ein blauer, offener Sportwagen schwungvoll in eine Lücke und wippte bei der Vollbremsung, einen Zentimeter von der Stoßstange des Vordermannes entfernt. Sartorius grunzte; er mochte diese flotten Bengel nicht, mußte jedoch neidvoll eingestehen, daß der Kerl fahren konnte. Das heißt, es war gar kein junger Kerl, sondern ein mittelalterlicher Brocken, der mit übertriebenem Elan aus dem niedrigen Sportwagen hüpfte. Irgendwie kam er ihm bekannt vor – nein, den hatte er schon mal gesehen, aber wo bloß? Verärgert über sein schlechtes Gedächtnis, schaute er unwillkürlich dem Mann nach. Breit wie ein Kleiderschrank, aber ungewöhnlich beweglich, wo hatte er nur...? Der Mann schloß die Schiebetür des fensterlosen Transporters auf, öffnete sie, kletterte in das schaukelnde Gefährt und zog die Tür hinter sich zu, alles mit einer Hand, weil er unter dem anderen Arm ein Päckchen trug. Was, zum Teufel, hatte das zu bedeuten? Er grabbelte nach Block und Kugelschreiber, notierte sich Marken und Kennzeichen des blauen Sportwagens und des grau-rostigen Transporters. Der Name des Mannes wollte ihm partout nicht einfallen, aber der Ärger über seine Vergeßlichkeit wich einer nervösen Anspannung, und diesen Druck oberhalb des Magens ignorierte er schon lange nicht mehr.

Die Schiebetür rollte quietschend zur Seite, der Mann sprang auf die Straße, das Päckchen unter seinem Arm hatte eine andere Farbe, er schloß die Schiebetür ab, kontrollierte und marschierte fröhlich pfeifend auf seinen blauen Flitzer zu, warf das Päckchen achtlos auf den Beifahrersitz und schwang sich gekonnt hinter das Steuer. Ein Angeber – Sartorius hielt sich die Ohren zu, die Reifen jaulten, der blaue Sportwagen schoß aus der Lücke und verletzte schon nach wenigen Metern das 30-km/h-Gebot.

Nachdenklich griff er zum Funkgerät: «Sartorius, geben Sie mir mal bitte Teltow – danke.» Der Leiter der EDV ging selten vor 21 Uhr aus dem Präsidium, ließ sich aber nach der offiziellen Dienstzeit nur ungern stören und raunzte: «Was ist denn nun schon wieder?»

«Rübe, ich brauche zwei Kfz-Halter...» Seit der deutschen Vereinigung hatte Teltow seinen Spitznamen weg, und Petra, die er heimlich verehrte, durfte ihn sogar «Rübchen» nennen.

«Mann Gottes, dazu mußt du mich doch nicht belästigen...»

«... und einen Blick in unser PAS.» Das polizeieigene Personen-Auskunfts-System war vor einiger Zeit dem Landesdatenschutzbeauftragten sauer aufgestoßen; er war unangemeldet mit zwei Fachleuten zu einer Prüfung erschienen, und Teltow hatte es nicht riskiert, alle Angaben, die sie zu jedem Einwohner speicherten, durch eine Sperre zu blockieren. Seitdem tobte ein juristischer Krieg um PAS, und Teltow weinte schon bei dem Gedanken, er könne zur Löschung einzelner Datensätze gezwungen werden. Vorbeugend hatte er die Abfrageberechtigung bei PAS eingeschränkt.

«Na, meinetwegen, weil du es bist...»

«Beide Autos sind hier zugelassen. Ein blauer Sportwagen, EK 1793, ein grauer Kastentransporter, FM 643. Plus Halter.»

«Moment!» Dreißig Sekunden rauschte die Funkverbindung, dann meldete sich Teltow wieder: «Ruf mich über eine Leitung direkt an.»

«He, was soll der...»

«Leitung, direkt.» Doppelton, verstärktes Rauschen, Teltow hatte aufgelegt.

«Futterrübe, damische!» fluchte er los. Es war gar nicht so einfach, eine Telefonzelle zu finden, und als er Teltow endlich erwischt hatte, wollte er losbölken: «Du mit deinem...»

«Der blaue Sportwagen gehört Hansjürgen Keil.»

«Keil, Keil, woher kenn ich den Namen?»

«Du verkalkst schneller als die Pensionsordnung erlaubt, Paul. Obermeister im 14.»

Obermeister im 14. Kommissariat, Staatsschutz – ja, natürlich, es fiel ihm wie Schuppen von den Augen.

«Und FM 643 ist eine Tarnnummer des 14.»

«Mich tritt ein Pferd!»

«Hoffentlich ein richtig wütendes, schweres belgisches Kaltblut!» Das Telefon gab den Knall, mit dem Teltow seinen Hörer hinfeuerte, nur unzulänglich wieder. Sehr viel vorsichtiger, fast zärtlich, hängte er ein. Obermeister Keil hatte, darauf verwettete er seine letzten Zigaretten, Cassetten und wahrscheinlich auch

Akkus ausgewechselt. Wo, in welchem Haus, die Wanzen versteckt waren, ließ sich ja nun ohne große Mühe erraten. Und weil das 14. K. beteiligt war, wollte er mal unterstellen, daß nicht unrechtmäßig abgehört wurde; die Wege der Amtshilfe waren verschlungen und geheimnisvoll. Was zwanglos das Außenwirtschaftsgesetz ins Spiel brachte. Unschlüssig rieb er sich das Kinn, aber in Wahrheit hatte er bereits entschieden, das Risiko einzugehen. Auf acht Uhr waren sie verabredet, und sie war keine Frau, die eine Verabredung einfach vergaß; wenn sie ihn versetzte, hatte sie Gründe. Schließlich hatte er sich nicht aufgedrängt, sondern sie wollte was von ihm.

Es gab eine Möglichkeit, auf das Grundstück zu kommen, zwischen der Garage und dem Zaun zum Nachbargarten entdeckte er eine winzige Lücke, durch die er sich quetschen konnte – in der Sekunde rasselten die Rolläden auf der anderen Seite des Nachbarhauses, er zwängte sich hindurch und lief gebückt auf die beiden Bäume zu, die mitten im Wintrich-Garten standen und tiefschwarze Kreise warfen. Wenn er sich nicht bewegte, mußte er für die Nachbarn eigentlich unsichtbar sein.

Er wartete zwei Stunden. Endlich hielt auf der Straße ein Auto, wenig später wurde ein Fenster nach hinten hell, die Silhouette einer Frau huschte vorbei, das Licht erlosch wieder, aber die Zimmertür blieb als mattes Rechteck erhalten. Wenn sie eine ordentliche Hausfrau war, riß sie jetzt alle Fenster und Türen auf und lüftete, nach diesem heißen Tag miefte es mächtig im Haus. Fünf Minuten lauschte er angestrengt, hörte aber nichts und schlich vorsichtig auf die Hausecke zu. Der Rasen mußte unbedingt gemäht werden.

An der Ecke vernahm er zum erstenmal Stimmen. Ein Mann und eine Frau, erregte Stimmen, er verstand kein Wort. Die beiden unterhielten sich im Haus, vermutlich standen die Verandatüren weit offen. Als er millimeterweise den Kopf um die Ecke streckte, sah er den Lichtschein, der auf die hellen Steinplatten fiel. Schritt für Schritt tastete er sich vor, fest an die Hauswand gepreßt; wahrscheinlich zertrampelte er gerade wertvolle Blumen. Der Boden war weich und gab unter seinem Gewicht nach. Die Stimmen wurden lauter, deutlicher, er blieb stehen, als das Licht aus dem Wohnraum seine Schuhspitzen beleuchtete.

Der Mann war Amerikaner, sprach aber fließend Deutsch mit dem unverkennbaren Akzent. Weil die Richtung, aus der die Stimmen kamen, gleichmäßig wechselte, vermutete er, daß sie im Zimmer hin und her liefen.

«Ich versteh dich nicht, Mike, es läuft doch alles glatt!»

«Nein, das tut es nicht, Angie. Wir sind weit hinter unserem Zeitplan zurück...»

«... das macht doch nichts!»

«... und warum die beiden Bosse immer noch keinen Test machen wollen, kapier ich nicht.»

«Schön, ja, das ist ärgerlich, sie sind übervorsichtig.»

«Kann sein, kann sein. Aber dann verrate mir mal, warum sie beide Komponenten unbedingt hitzefest haben wollten. Das kann doch kein Mensch garantieren.»

«Mike, du weißt, daß ich davon nichts verstehe. Das mußt du Dieter oder Norbert selber fragen.»

«Hab ich versucht, Darling, mehr als einmal. Aber sie weichen aus, das müßte noch geprüft werden und das noch getestet. Vier Wochen, hast du gesagt. Und jetzt hocke ich schon drei Monate in diesem Scheißhotel.»

«Du meine Güte, du weißt doch, daß wir in Deutschland ziemlich strenge Sicherheitsstandards haben. Vielleicht hängt es damit zusammen. Du hast mir selbst erzählt, daß ihr damit Probleme hattet.»

«Früher, ja. Aber ich hab's stabil gekriegt, das Zeug dissoziiert schon lange nicht mehr. Warum dann Komponenten?»

«Noch mal, Mike: Erkundige dich bei Dieter und Norbert. Bei mir bist du an der falschen Adresse.»

Gut eine Minute schwiegen sie, bis sie in falsch klingender Beiläufigkeit fragte: «Warum hast du mich heute angerufen?»

«Weil ich einen Brief bekommen habe.»

«Einen Brief? Von wem?»

«Das weiß ich nicht, einen – einen –»

«Anonymen?»

«Ja, einen anonymen Brief. Da fragt mich jemand, ob ich wüßte, was die Alfachem eigentlich plante.»

«Ach nee! Zeig mal her!»

Wieder trat Ruhe ein, bis sie nervös auflachte: «So ein Blödsinn!»

Der Mann sagte nichts, und Sartorius hätte viel dafür gegeben, in diesem Moment sein Gesicht zu sehen. Sie wartete wohl und hüstelte endlich kurz: «Ich dachte, wir wären uns einig...»

«Darling, einig waren wir uns, aber worüber?» Jetzt lachte der Mann gutmütig: «Du warst mit einem anderen Mann verabredet, oder?»

«Ja, mit einem Polizisten.» Sie konnte ihre Wut nur schwer zügeln. «Ich brauche jetzt einen Whisky. Du auch?»

«Mit Vergnügen.»

Wieder Stille, bis auf Schritte, dann leises Gläserklirren, gleichzeitig: «Cheers!» Mike grunzte zufrieden und sagte vergnügt: «Hast du das PG schon mal gesehen?»

«Nein.»

«Hier, ich habe eine Probe mitgebracht.»

«He, he!» protestierte sie aufgekratzt. «Du willst es doch nicht etwa an mir ausprobieren?»

«Wenn es dich ins Schlafzimmer jagt...»

«Wir sind hier nicht im Wilden Westen.»

«Ich weiß», seufzte er komisch. «Blumen und Konfekt und Komplimente und saubere Fingernägel. Bei mir vor dem Hotel geht das viel einfacher.»

«Da mußt du löhnen.»

«Die Blumen darf ich auch nicht klauen.»

Er grinste anerkennend, der Mann wußte, wovon er sprach.

«Deutschland ist sehr, sehr kompliziert.»

«Aha! Und wie macht ihr das in Amerika?»

«Oh, etwa so.» Ein leiser Gickser, danach kein Geräusch mehr. Die Neugier siegte über seine Vorsicht, er riskierte den letzten Schritt bis an die Verandatür und schob millimeterweise den Kopf vor. Mitten im Zimmer stand der Mann und küßte Angela Wintrich, wobei er sie so fest an sich preßte, daß Sartorius einen Moment um ihre Rippen fürchtete. Doch sie wehrte sich nicht und legte die Arme um ihn; er zog sich lautlos wieder in den Schatten zurück.

«Hei!» schnappte sie nach Luft. «Ich ersticke.»

«Dann bist du zu warm angezogen!»

«Mike, nein, warte doch...»

«Vorsicht, Angie!» schrie der Mann so laut auf, daß Sartorius vor Schreck fast das Gleichgewicht verlor.

«Raus, raus!» Der Mann brüllte wie ein Verrückter, panisches Entsetzen lag in seiner Stimme, so wild und so plötzlich, daß es ansteckte, er drehte sich weg, in derselben Sekunde rasten die beiden auf die Veranda, als seien die Furien hinter ihnen her. Es ging so schnell, daß Sartorius völlig überrumpelt wurde, sie schrie, ihre Stimme schraubte sich in die Höhe, bis sie überschnappte. Sartorius stand wie versteinert, Angela Wintrich rannte direkt auf das Gittertor in der Begrenzungsmauer zu, prallte mit voller Wucht gegen das Metall, es drehte sie herum, riß sie von den Beinen und schleuderte sie zu Boden. Der Amerikaner war schon an Sartorius vorbeigeschossen, blind für ihn, blind für alles, nur weg in den Garten, er hatte nichts gesehen; unwillkürlich machte Sartorius einen Schritt auf die regungslose Frau am Boden zu, und innerhalb einer Zehntelsekunde erfaßte ihn eine unmenschliche Angst, die wie mit einem Faustschlag seinen Verstand ausschaltete; nur schemenhaft, für Sekundenbruchteile, bekam er noch mit, daß auch er mit aller Kraft davonlief, weg, weg, nur weg, und dann erhielt er einen fürchterlichen Hieb gegen die Stirn, der Film riß.

Als er wieder zu sich kam, drohte sein Kopf zu platzen. Er wußte nicht, wo er lag, er wollte sich nicht bewegen, weil ihn eine schreckliche Übelkeit lähmte, und kaum hatte er sie gespürt, mußte er sich übergeben, seine Speiseröhre schien zu zerreißen, als spucke er Säure aus, er wimmerte und würgte immer wieder ätzende, brennende Flüssigkeit hoch, er weinte vor Schmerz und Hilflosigkeit und Angst, das Zittern in Händen und Füßen wollte einfach nicht aufhören, bis er vor Erschöpfung zur Seite kippte. Zum zweitenmal setzte der Film aus.

Was ihn wieder zu sich brachte, wußte er nicht, vielleicht die Kälte, vielleicht der unerträgliche Kopfschmerz, er tastete um sich herum, fühlte etwas Rauhes, Hartes, die Rinde eines Baumes, er lag direkt an einem Baum – in einem Garten – auf dem Grundstück von Angela Wintrich – der Amerikaner – auch er war Hals über Kopf davongestürzt, gegen den Baum gelaufen – die Ziffern und der Zeiger seiner Armbanduhr wollten nicht scharf werden – dann rappelte er sich mit letzter Energie auf, zwängte sich durch die Lücke, irgend etwas zerriß, plötzlich saß er am Steuer, hinter wogendem Nebel tauchten Ampeln und Kreuzungen auf, das Auto fuhr, als habe es sich schon immer selbst gelenkt.

XVII

Bis zum späten Nachmittag wollte er lieber sterben, als diese Qual weiter zu ertragen. In Wellen kehrten die Kopfschmerzen zurück, die auf dem Höhepunkt so schlimm waren, daß sich vor seinen Augen alles verdunkelte. Sein Magen knurrte vor Hunger, doch schon bei dem Gedanken an den trockenen Zwieback stieg die Säure hoch. Noch ärger plagte ihn der Durst, sein Mund war völlig ausgedörrt, aber nach jedem Schluck, der ihm die Speiseröhre zerfetzen wollte, beförderte ein anschließender Krampf die Flüssigkeit postwendend wieder zurück; der Eimer stank bestialisch.

Als Petra kam, wollte sie unbedingt einen Arzt holen.

«Ein Arzt kann mir auch nicht helfen», keuchte er; erst jetzt spürte er einen brennenden Schmerz in der Lunge. «Was ist mit dem Mann, diesem Amerikaner?»

«Fehlanzeige. Kein Mann. Mein Gott, das ist ja die reinste Pestilenz hier.» Mit einer Hand hielt sie sich die Nase zu und riß das Fenster auf.

«Hast du gehört, was die Wintrich hat?»

«Nein, noch nicht. Eine schwere Schädelverletzung, mehr wollte man mir nicht sagen.»

«Es gibt doch noch eine Gerechtigkeit», stammelte er.

«Na, na», tadelte sie verärgert, «du hast nur einen Hartholzkopf, eine größere Gerechtigkeit kann ich da nicht erkennen.» Mit dem Zeigefinger tippte sie gegen seine Beule, daß er vor Schmerz und Mordlust aufheulte.

Mittwoch, 11. Juli, abends

Isa kicherte, weil die Champagner-Bläschen so schön in der Nase kitzelten. Lumpen ließ er sich nicht, das mußte man schon zugeben, auch wenn er sonst ein ziemlicher Miesling zu sein schien. Diese kleinen runden Weißbrotstücke mit dem unterschiedlichen Belag waren köstlich; sie mampfte und strahlte ihn an. Alles bestellt, alles geliefert, bis hin zu der Mousse; sie leckte sich die Lippen und rückte ein Stück näher heran. Das kurze Röckchen rutschte ein wenig, er schien auf kindlich zu stehen, nun gut, wenn's ihm Spaß machte. Vertrauensvoll legte sie eine Hand auf seinen Oberschenkel.

Vor seinen Augen vertanzte alles zu einem rasenden Wirbel, Isa, der Champagner, sein Wohnzimmer, die braunen Schenkel des Mädchens, ihr Lächeln, er war verrückt. Nie, nie hätte er das Mädchen hierher einladen dürfen, schon einmal war es schiefgegangen, die Erinnerung daran hatte ihn doch sechs Monate blokkiert und unfähig gemacht. Bis zu dieser Unterredung mit dem Oberbürgermeister heute nachmittag, die mit seiner Ablösung und vorläufigen Beurlaubung endete. Aus, vorbei, Ende einer hoffnungsvollen Karriere, die er sich so brennend ersehnt hatte, daß er bis eben leugnete, wie sehr sie ihn überforderte. Als er mit starrem Blick, nichts sehend, in sein Zimmer zurückstakste, hatte sie ihn angehalten: «Herr Zogel! Was ist los? Ist Ihnen nicht gut?» Ihre kindliche Sorge und Bewunderung hatte ihn jede Vorsicht vergessen lassen. Und jetzt – um Himmels willen –, was sollte er jetzt tun?

Sie senkte schnell den Kopf, um das Lächeln zu verbergen. Du meine Güte, hatte der einen Ständer, warum fing er nicht endlich an, wenn's ihn so drängte? So schüchtern konnte er doch nicht sein, obwohl die älteren Kolleginnen im Rathaus ihn verächtlich den «Novizen» nannten, was sie nicht richtig verstand, weil sie nicht wußte, was ein Novize war. Ihre Hand glitt noch ein Stück höher, nun mal los, Mann, gleich würde ihm die Hose platzen.

Hajo Zogel richtete sich auf. Nicht er handelte, sondern etwas hatte für ihn entschieden, und ohne die Demütigung des Nachmittags wäre ihm bewußt geworden, daß die Gewalttätigkeit des Feigen, des katzbuckelnden Angepaßten durchbrach. «Weißt du, warum ich dich eingeladen habe?» fragte er mit rauher Stimme.

Sie wich zurück, sie witterte seinen Stimmungsumschwung, ihre Augen flackerten. «Warum denn?» piepste sie.

«Zieh dich aus!» herrschte er sie an.

«Hier? Jetzt? Sofort?»

«Sofort!»

Ihre Mundwinkel bebten, zwei Tränchen liefen herab, doch sie gehorchte, zog das T-Shirt über den Kopf, knöpfte den Rock auf, streifte die Söckchen ab und schlüpfte aus dem Höschen. Ihr nackter Körper mit den beiden weißen Bikinistreifen raubte ihm den Rest von Verstand. In letzter Sekunde bugsierte sie ihn noch ins Schlafzimmer auf das Bett, und dort wehrte sie sich, wurde weich, nachgiebig, hitzig, unersättlich.

Im Bad rauschte lange die Dusche. Er lag auf dem Bett, die Hände im Nacken verschränkt, und starrte zur Decke, zu müde und zu erschöpft, einen Gedanken zu fassen. Das hatte er nicht erwartet, von ihr nicht, von sich nicht. So etwas gab es also doch, auch für ihn noch, größer als seine Angst vor dem Spott, vor dem Versagen, vor dem Nein.

Sie hüpfte angezogen ins Schlafzimmer und hielt seine Brieftasche in der Hand. «Normalerweise krieg ich einen Blauen», flötete sie fröhlich, «aber ich denke, du kannst dir zwei leisten. Tschüß dann, bis zum nächsten Mal.»

Ihre Worte hielten die Zeit an und stopften Watte in seine Ohren. Wenn er nicht hörte, wie sie ging, konnte er vor sich selbst bestreiten, was sie gesagt hatte. Vom höchsten Gipfel fiel er, ganz tief, unendlich lange und langsam, und mit unerbittlicher Deutlichkeit sah er, wie die Ränder des Loches schwärzer wurden und näher heranrückten, bis er nicht mehr daran zweifeln durfte, was er auf dem Grund tun würde. Tun mußte.

XVIII

«Um Gottes willen, was haben Sie denn angestellt?» Jochkamp starrte ihn an und hatte in seiner Verblüffung völlig vergessen, wie er das Gespräch beginnen wollte. Sartorius griente säuerlich. Die Beule auf seiner Stirn war prächtig, das stimmte, aber nun reichte es ihm, zum hundertstenmal eine Erklärung zu liefern, die jeder mit einem hämischen Schmunzeln quittierte.

«Ich bin vor einen Baum gelaufen», antwortete er vergrätzt. «Es war dunkel, in einem Garten, zwei waren hinter mir her, und ich hab mich nach ihnen umgedreht.»

«Sind Sie beim Arzt gewesen?»

«Nein, so schlimm ist's auch wieder nicht. Gestern hat der Schädel mächtig gebrummt, aber heute geht's wieder.»

«Na fein.» Der Präsident sammelte sich. So vertraulich-persönlich hatte er nicht anfangen wollen. «Nehmen Sie doch bitte Platz. Wir müssen ein paar Takte miteinander – ahem – plaudern, ja, nennen wir's mal so.»

«Danke, Herr Präsident.» Mit Speck fing man Mäuse, aber keinen Hauptkommissar. Ein jovialer Jochkamp erinnerte an das freudige Zähnefletschen eines ausgehungerten Wolfes angesichts seines hilflosen Opfers. Der frühere Präsident hätte ihm jetzt einen Kaffee angeboten, aber Jochkamps Vorgänger hatte auch Stil bewiesen, war ruhig, fast schweigsam gewesen, von freundlicher Höflichkeit, hinter der nur Narren die Stärke verkannten.

«Es geht um diesen Fall Cordes.»

Sartorius nickte verbindlich und hielt den Mund.

«Der Fall ist abgeschlossen?»

«Wahrscheinlich. Ich habe die Akte an die Staatsanwaltschaft abgegeben, die jetzt prüft, ob überhaupt Fremdverschulden vorliegt.»

Mit dieser prompten und ausführlichen Antwort hatte Jochkamp nicht gerechnet, er runzelte die Stirn: «Was ist denn Ihre Meinung?»

«Ich glaube auch nicht mehr, daß sich Fremdverschulden nachweisen läßt.» Jedem Polizisten wäre diese Einschränkung aufgefallen, aber Jochkamp hatte nur sein Ziel im Auge.

«Dann legen Sie gar keinen Wert darauf, den Fall weiterzuverfolgen?»

«Nein. Warum fragen Sie?»

Einen Moment musterte der Präsident ihn finster, die Gegenfrage gefiel ihm nicht, aber wenn er nicht aus der Rolle fallen wollte, mußte er diesen leicht impertinenten Ton überhören. «Das Innenministerium hat sich – nun ja – beschwert oder beklagt. Lohberg aus Ihrem Komissariat hat wohl eine wilde Theorie ausgebrütet, wie der tote Cordes mit diesem erstochenen Türken zusammenhängt, und belästigt nun mehrere Dienststellen mit Spionen, Agenten und mysteriösen Querverbindungen.»

«Erstaunlich. Lohberg ist eigentlich ein guter, zuverlässiger Mann. Eher zu nüchtern als zu phantasievoll.»

Den versteckten Hohn bekam Jochkamp nicht mit. «Pfeifen Sie ihn bitte zurück, Herr Sartorius. Ich möchte nicht, daß wir uns lächerlich machen.»

Das war's also! Nicht schlecht verpackt, aber wenn dieser aufgeblasene Hohlkopf nur einen Blick in die Akte geworfen hätte, wäre ihm der Name Dr. Alexander Brauneck aufgefallen. Oder der Name des Zeugen Dr. Hektor Heidenreich. Vielleicht sogar der Ortsname Kastenitz – nein, jetzt war alles klar.

«Natürlich, Herr Präsident, wird erledigt.»

Doch ganz so dämlich war der Präsident nicht. Wie alle guten Spieler hatte er noch etwas in der Hinterhand, getreu dem Motto, Nachtarocken ist vielleicht unfein, aber doppelt hält besser. Sein breites Schmunzeln enthielt sogar ein Gran Aufrichtigkeit. «Moment, Herr Sartorius, das war ja nur die halbe Wahrheit. Idiotischerweise spielt die große oder kleine Politik mit hinein.» Jochkamp kratzte sich den Kopf. «Ihnen ist doch dieser Brandrat Brandes über den Weg gelaufen? – Sehen Sie, und dieser Choleriker hat auf der Parteischiene Ärger machen wollen. Er könne es sich nicht leisten, mit seinem einzigen K 4-Zug zu einem Fehlalarm zu brausen, er wolle deshalb einen zweiten Nachtwächter in dieser – dieser – wie hieß die Firma noch?»

«Alfachem.»

«In dieser Alfachem. Na ja, und leider hat Brandes Beziehungen. Also wurde ihm die Schnau... wurde seinen Wünschen entsprochen, bevor der Umweltminister von dem Vorfall Wind bekam. Der neigt nämlich dazu, mit der chemischen Industrie Sträuße auszufechten, während der Wirtschaftsminister unbedingt gut Wetter machen will. Und unser Innenminister hat sich für – hm, also, das bleibt ja unter uns – für den Kollegen Wirtschaftsminister entschieden. Wenn Sie also keine dienstlichen Bedenken dagegen haben, den Fall abzuschließen...»

Donnerwetter! Sartorius staunte den Präsidenten ein paar Sekunden regelrecht an. Das war's, daran hätte er denken können. Nein, denken müssen! Man wurde nicht als Außenseiter Polizeipräsident, ohne solche Tricks aus dem Effeff zu beherrschen. Und natürlich wußte Jochkamp genau, was der Leiter seines Ersten Kommissariats von politischen Eingriffen in die Polizeiarbeit hielt. Nein, bravo, das war ein Meisterstückchen. Glänzend inszeniert, ohne Übertreibung, von jener Beiläufigkeit, die überzeugte.

«Alles klar, Herr Präsident!»

Nachdem sich die Tür hinter dem Hageren geschlossen hatte, grunzte Jochkamp böse. Verdammtes Pech, daß er jetzt sechs Monate stillhalten mußte. Aber diesen Kerl würde er auch noch los! Sein Vorgänger Scharenberg hatte eine Menge ins Kraut schießen lassen. Allein das Mobiliar in diesem Zimmer – Axt und Vorschlaghammer sollte man schwingen.

Lohberg blies demonstrativ über die ausgestreckte Hand. «Ich tu alles, was du willst.»

«Also schließ die Akte.»

«Was soll ich draufschreiben? Selbstmord nach altanatolischer Tradition?»

«Quatschkopf! Keine Spur, keine Tatverdächtigen, deswegen auf Wiedervorlage.»

«Wie du meinst! Wer war dieser Erdal Beyazit alias Dr. Georgios Paloudis eigentlich?»

«Ich vermute, daß er für den israelischen Geheimdienst gearbeitet hat.»

«Für den Mossad? Und der hat sich hier in der Bundesrepublik getummelt? Abgeschirmt von unserem Verfassungsschutz?»

«Warum nicht? Nach dem Ärger, den wir wegen des libyschen und irakischen Giftgases bekommen haben, kann ich mir viel vorstellen. Und vergiß nicht, daß deutsche Firmen die Reichweite dieser irakischen Scud-Raketen gesteigert haben, die da in Israel runtergekommen sind. Mensch, Martin, wir haben allen Grund, uns zuvorkommend zu zeigen.»

Lohberg kaute eine ganze Weile auf seinen Lippen und schaute an Sartorius vorbei aus dem Fenster. Was er dachte, war ihm nicht anzusehen, aber sie vertrauen einander tatsächlich, so gut, daß Lohberg alle Fragen aufschob. Und ihm brannten viele Fragen auf der Zunge.

Angela Wintrich war ins Johanniterkrankenhaus eingeliefert worden, er mußte eine ganze Weile herumtelefonieren, bis ihm Hauptkommissar Giersch, Revierleiter im fünften, ziemlich aufgebracht erzählte, daß sie über den zentralen Notruf am Mittwoch um 2.53 Uhr anonym, wahrscheinlich aus einer Telefonzelle, alarmiert worden seien. Seine Leute hatten die Frau am Fuße der Kellertreppe gefunden, ohnmächtig nach einem Sturz. Die Haustür stand übrigens offen.

«Ist sie gestürzt oder gestoßen worden?»

«So 'ne blöde Frage, Paul! Wer hat denn anonym angerufen?»

«Entschuldige! Wie geht's ihr?»

«Mies! Sie muß mit der Schnau – hm, dem Gesicht voll auf den Boden geschlagen sein. Nase im Eimer, Ober- und Unterkiefer und Stirnbein gebrochen...»

«Was?»

«Jau! Hört man selten, wie? Und dann noch ein paar feine Risse vorne im Schädeldach, mit entsprechender Blutungsgefahr, also, gut sieht's nicht aus. Warum fragst du?»

«Ich bin ihr in einem laufenden Fall begegnet, sie arbeitet bei einer Firma namens Alfachem.»

«Ah so. Nee, gefällt mir alles gar nicht, Paul.»

«Also gibst du ab?»

«Nein.»

«Wieso nein? Wenn du davon überzeugt bist, daß jemand die Frau die Kellertreppe hinuntergeschmissen hat, mußt du doch an uns abgeben.»

«Weiß ich selbst, Paul. Du bist gestern nicht im Präsidium gewesen?»

«Nee!»

«Na, da hast du was versäumt! Großer Wirbel. Zuerst hat der Diensthabende angerufen: Berichte sofort, am liebsten schon vor einer Stunde. Ich hab meine Leute wecken müssen, die pennten noch nach der Nachtschicht. Ein leibhaftiger Staatsanwalt erscheint auf dem Revier...»

«Das glaub ich nicht!»

«... läßt gleich Protokolle schreiben und entschließt – nein, beschließt: Unfall. Keine Ermittlung. Punktum!»

«Nachtigall, ick hör dir trapsen.»

«Oh, mein Lieber, sie hat auch geflötet. Noch ein Anruf, vom Direktor, von meinem Direktor, meine ich, also Schutzpolizei – Einsatzprotokolle, alles Schriftliche direkt an ihn, keine Meldung ins System, Leute vergattern, daß sie die Klappe halten. Und absolutes Stillschweigen gegenüber der Kripo! So, und jetzt hab ich dich am Rohr. Woher, mein Bester, weißt du überhaupt, daß eine Angela Wintrich einen Unfall hatte?»

«Ach, das ist leicht erklärt. Erst lockt sie mich in ihr Haus und zeigt mir das Schlafzimmer, dann verweigert sie sich, und weil ich wenigstens etwas Spaß haben wollte, hab ich sie die Treppe runtergestoßen.»

«Das klingt logisch und überzeugend.»

Doris Wenck hatte nahe am Wasser gebaut. «Herr Kommissar! Haben Sie schon gehört, was mit der Chefin – was mit Frau Wintrich passiert ist?» Jetzt konnte sie das Schluchzen nicht zurückhalten, und um sie zu trösten, erfand er Lügen, für die er sich schämte. Erst nach Minuten konnte er seine Frage anbringen: «Frau Wenck, ich muß noch einmal mit dem Amerikaner sprechen, der bei Ihnen arbeitet, diesem Michael – es ist mir schrecklich peinlich, aber ich habe seinen Nachnamen vergessen.»

«Oh, Sie meinen Mike, Michael Turner.»

«Genau! Können Sie mich mal durchstellen, bitte?»

«Tut mir leid, Herr Kommissar, Mike ist heute nicht im Werk.»

«Mist, das ist – wissen Sie, wo ich ihn erreichen kann? Es ist ziemlich dringend.»

«Versuchen Sie's doch mal im Hotel. Hotel ‹Erdmann›, Kiliansgasse.» Durch ein Wunder behielt er seine Stimme unter Kontrolle: «Die Nummer hab ich, danke, Frau Wenck.»

Die Auskunft der Rezeption erstaunte ihn nicht: «Mister Turner ist gestern abgereist.»

«Pech! Na dann, vielen Dank.»

Drei Monate hatte Michael Turner im Hotel «Erdmann» gewohnt. Erdal Beyazit alias Dr. Georgios Paloudis hatte es nur auf zehn Tage gebracht, bis er im Hotel «Erdmann» erstochen wurde. Und mit allen diesen Verwicklungen hatte er nichts mehr zu tun. Das Leben konnte schön sein, wenn die Sonne schien und man von allen Leuten geliebt wurde, solange man sich nur dumm stellte. Laut und fröhlich pfeifend marschierte er aus dem Zimmer, Anja hielt sich die Ohren zu und fuhr mächtig zusammen, als er die Tür wieder aufriß.

«Meine Güte, Chef, ich kriege noch einen Herzschlag mit Ihnen», knötterte sie.

«Anja, einen Atlas!»

«Was wollen Sie?»

«Ich will sehen, wo ich Urlaub mache.» Halbwegs zwischen Teneriffa und La Palma, nicht übel. Aber viel Wasser ringsherum, vielleicht wäre eine Badehose angebracht. Und etwas Sonnencreme. Und zum Friseur mußte er auch mal wieder! Anja bekam große Augen und hielt die Klappe. Männer waren und blieben doch irgendwie unzurechnungsfähig. Auch die netten, leider.

Im Johanniterkrankenhaus wurde er abgewiesen. Der Stationsarzt, jung, bärtig, grau vor Müdigkeit, studierte den Dienstausweis und schüttelte den Kopf: «Ausgeschlossen. Sie ist noch einmal operiert worden. Kein Gedanke an ein Verhör, Herr Kommissar. Auf Wochen nicht. Wenn überhaupt je...!» Sein Achselzucken war nicht zynisch, auch nicht gleichgültig, aber man mußte schon sehr genau hinsehen, um die wütende Hilflosigkeit zu erkennen. Sartorius bedankte sich sehr höflich.

Vor der Verwaltung trieb er sich herum, bis die grauhaarige Schwester vom Typ Oberdrachen kurz verschwand, und die junge Angestellte beeindruckte er mit Ausweis und Auftreten. «Ja, Frau Wintrichs Schwester war schon hier, sie regelt alles – Moment, Regine Urban, Kassel, Adlershöhe 6.»

«Fein, vielen Dank», verabschiedete er sich eilig; unter der Tür begegnete er der grauhaarigen Schwester, die bei seinem Anblick automatisch schnaubte. Die Auskunft hatte ihn nicht wirklich überrascht. Tage-, wochenlang suchte man vergeblich nach dem richtigen Faden, plötzlich hielt man ihn zwischen den Fingern, zog, und der ganze Pullover ribbelte sich auf.

Auf der Fahrt zur Alfachem machte er einen Umweg durch die Lauxenstraße und klingelte an der Haustür mit dem Nummernschild 77. Weder Britta Martinus noch Monika Karutz meldeten sich; sie konnten die naive Laborantin nicht ohne Schutz lassen, mußten sie aber auch am Reden hindern. Außer ein paar Tagen Zwangsurlaub würde ihr nichts passieren. Und sollte der mit einer Fastenkur verbunden sein – um so besser.

Am Empfang der «Alfachem. Chemische Werke Norbert Althus & Dieter Fanrath» erkundigte er sich zuerst nach Doris Wenck, die mit verheultem Gesicht zum Eingang herunterkam. Selbst der lange, blonde Zopf pendelte schwach und schwermütig.

«Können wir uns einen Moment ungestört unterhalten, Frau Wenck?»

«Ja...aaa!»

Im dritten Stock gab es einen kleinen Konferenzraum, der ungelüftet roch und dank des Flachdaches bereits schweißtreibend warm war.

«Frau Wenck, Sie haben mal durch Zufall etwas gehört, was nicht für Ihre Ohren bestimmt war. Es ging um ein Werk oder eine Fabrik in Kastenitz.» Trotz ihrer Verlegenheit nickte sie prompt. «Das haben Sie Britta Martinus erzählt, weil Sie wußten, daß Britta aus einem Nachbardorf stammt.»

«Ja.» Die Röte stand ihr nicht schlecht.

«Britta hat natürlich den Mund nicht halten können und alles brühwarm ihrem Chef berichtet.»

«Ja», seufzte sie und schaute auf ihre gefalteten Hände.

«Wann ist Dr. Brauneck zu Ihnen gekommen und hat sich nach Kastenitz erkundigt?»

«Im Oktober oder Anfang November.» Sie mußte nicht überlegen, die Frage erstaunte sie nicht, und das mahnte ihn zur Vorsicht.

«Was haben Sie ihm denn noch mitteilen können?»

«Nichts, Herr Kommissar. Nur das, was Britta schon weitergetratscht hatte. Die Chefin – also Frau Wintrich –, Althus und Fanrath haben überlegt, ob sie in Kastenitz eine Fertigung einrichten sollten. Davon sollte niemand etwas erfahren, die drei wußten nicht, daß ich nebenan im Büro etwas vergessen hatte.»

Eine ganze Weile betrachtete er sie nachdenklich. Brauneck war also schon im vorigen Jahr auf etwas gestoßen, was seine Neugier – oder seinen Argwohn? – erregt hatte. Weil er seine Laborantin kannte, hatte er sie allerdings in seinen Verdacht nicht eingeweiht.

«Eine Frage noch, Frau Wenck: Dieser Mike Turner hat hier im Werk gearbeitet?»

«Ja, nicht regelmäßig, aber zwei- oder dreimal in der Woche.»

«Ist er mal mit Brauneck zusammengetroffen?»

«Sicher, oft sogar.»

«Wissen Sie, woran Turner arbeitet?»

«Nein!» Sie krauste die Stirn und holte tief Luft. «Irgendeine große Sache, von der niemand was erfahren sollte. Chefsache sozusagen. Die haben auch viel Geld in die Entwicklung gesteckt.»

«Wer weiß denn darüber Bescheid?»

«Nur die Chefs. Und Turner natürlich.»

«Der ist Hals über Kopf nach Amerika abgereist», bemerkte er trocken und stand auf. «Vielen Dank, Frau Wenck, Sie haben mir sehr geholfen. Nur eine Frage noch: Kennen Sie eine Regine Urban?»

«Ja, das ist die Stiefschwester der Chefin – von Frau Wintrich.»

Richard Jäger zog den Kopf ein, als Sartorius eintrat, und grüßte kleinlaut zurück.

«Keine Sorge, Sie sind mich bald los», tröstete er vergnügt, «ich habe eigentlich nur zwei Fragen.»

«Wenn ich Ihnen helfen kann...» In Wahrheit hatte der Sicherheitsbeauftragte sagen wollen: Wenn ich Sie damit loswerde...

«Sagt Ihnen das Wort Kastenitz etwas?»

«Kastenitz – wer ist das?»

«Ich weiß nicht einmal, ob es ein Mann oder eine Frau ist. Es kann auch ein Ort sein. Oder ein chemisches Verfahren, so wie Haber-Bosch oder Fischer-Tropsch.»

«Nein», antwortete Jäger langsam, «nein, bei mir klingelt nichts.»

«Hm! Dieser Michael Turner, der hier ab und zu im Werk arbeitet – womit ist der denn beschäftigt?»

«Unser Ami?» Jäger hatte unwillkürlich die Augenbrauen zusammengezogen, seine Abneigung verhehlte er jedenfalls nicht. «Das weiß ich nicht, das müßten Sie Althus oder Fanrath fragen.»

«Forschen oder entwickeln die beiden eigentlich noch?»

«Selten. Die meiste Zeit spielen sie Manager.» Aus seinem Mund hörte es sich an, als betrieben sie gewerbsmäßig Unterschlagungen oder Erpressungen, aber gleichzeitig wurde deutlich, daß Jäger zur Spitze der Alfachem nichts sagen wollte.

«Sind die beiden zufällig im Haus, Herr Jäger?»

Auf den ersten Blick konnte man sie für Brüder halten. Althus und Fanrath waren Mitte Vierzig, groß, breitschultrig, agil, von der Urlaubssonne oder im Solarium tief gebräunt. Doch die Ähnlichkeit rührte mehr von ihrer Kleidung und ihrem Auftreten her, zwei Erfolgreiche, denen Zeit Geld bedeutete, die ihre Energie für wichtige Dinge aufsparten und den toten Nachtwächter längst vergessen, selbst das Mitleid für ihre schwer verletzte Geschäftsführerin verbraucht hatten. Die unnötige Komplikation ärgerte sie, weil sie sich nun nach Ersatz umsehen mußten. Hinter ihrer geschäftsmäßigen Höflichkeit witterte Sartorius den mächtigen Impuls, ihn mit einem Fußtritt vor die Tür zu befördern.

«Mein Gott, ist denn dieser Fall immer noch nicht abgeschlossen?» maulte Althus; Fanrath zuckte die Achseln: «Nein, der Name Kastenitz sagt uns nichts, Herr Kommissar.»

«Schade! Können Sie mir etwas über diesen Michael Turner erzählen?»

Althus und Fanrath wechselten rasche Blicke; Althus schien der Ungeduldigere zu sein und wandte sich enerviert ab; Fanrath wahrte die Form: «Er ist Chemiker, Amerikaner, und arbeitet für die US-Navy.»

«Können Sie mir verraten, was er in der Alfachem zu tun hatte?»

Fanrath preßte einen Moment die Lippen zusammen, bevor er antwortete. «Meinetwegen. Wenn ein kleines Schiff sinkt oder ein Flugzeug ins Meer abstürzt, kommt es zuerst darauf an, die Besatzung oder den Piloten zu retten. Dazu verwendet man unter anderem Farben, die sich auf der Wasseroberfläche verbreiten, als Signal für den Suchhubschrauber etwa. Wir haben nun ein Verfahren entwickelt, daß die Farben auch bei schwerem Seegang nicht so schnell untergehen und daß der Farbfleck nicht so rasch auseinander driftet. Und daß – nun ja. Mike Turner arbeitet bei einer Abteilung der Navy, die sich mit Rettungsmaßnahmen beschäftigt.»

«Diese Entwicklung ist sozusagen abgeschlossen?»

Althus richtete seine Blicke verzweifelt zur Decke; Fanrath schüttelte den Kopf: «Wir hoffen es. Turner muß jetzt Tests unter realistischen Bedingungen vorbereiten.» Sartorius lächelte so einfältig-hilflos, daß Fanrath leise stöhnte: «Wasser ist nicht gleich Wasser, Herr Kommissar. Es ist mal kälter, mal wärmer, mal salzreicher, mal salzärmer, es gibt lange Wogen und kurze Wellen – reichen Ihnen diese Unterschiede?»

«Natürlich. Eine letzte Frage noch: Wußten Sie, daß Turner ein Verhältnis mit Angela Wintrich hatte?»

Das entpuppte sich als ein Doppeltreffer, mit einer Kugel zweimal ins Schwarze. Althus, der ihm schon den Rücken zukehrte, fuhr herum und starrte ihn wild an; Fanrath bekam den Mund nicht zu und staunte ungläubig. Kein Zweifel, das hatten sie nicht gewußt und nicht geahnt, aber die Neuigkeit löste bei ihnen weniger Verblüffung als Wut aus, die fast spürbar wuchs. Sartorius verbarg seine Freude. In diesem durchgestylten, unpersönlichen Chefzimmer, das nicht den Geschmack des Benutzers, sondern den Erfolg des Unternehmens signalisieren sollte, war es die erste, echte, störende Gefühlsregung, die er feststellen konnte.

«Ja, doch. Und deswegen ist Turners Abreise unmittelbar nach Frau Wintrichs Unfall – nun ja, sagen wir: etwas irritierend.»

Als er ging, hatten Althus und Fanrath die Sprache noch nicht wiedergefunden. Im Vorzimmer neigte eine perfekte Verwirklichung aller Forderungen, die je an eine Sekretärin gestellt worden waren, huldvoll ihr Haupt um exakt zehn Millimeter.

Petra schlich erst am frühen Abend in sein Zimmer. Ihre Jeans waren bis zum Bund naß und mit Lehm beschmiert. «Eine Wasserleiche», bestätigte sie erschöpft seinen fragenden Blick. «In den Riedener Teichen – ne, wir wissen noch nichts.»

«Schlimm?»

Sein Mitleid störte sie. «Ich hab schon Schlimmeres gesehen, Paul. Aber Rabe hat gekotzt.»

«Bei unserem Kantinenfraß kein Wunder», konterte er, und nach einer spannungsgeladenen Minute konnte sie wieder lächeln: «Heute nacht darfst du so laut schnarchen, wie du willst. Ich muß mal wieder in meine eigene Wohnung.»

Jenisch saß regungslos an seinem Schreibtisch, die Hände auf der Schreibunterlage übereinander gelegt. Das große Zimmer war kühl und ruhig, fast spartanisch eingerichtet, Farbe in das vorherrschende Grau brachten nur die Bücher, das Regal füllte eine ganze Längswand. Der Schreibtisch war leer. Nur wenige Mitarbeiter des Justizministeriums wußten, daß der Staatssekretär sich als einzigen Luxus einen CD-Spieler leistete und bei schwierigen Problemen seinen Lieblingskomponisten Mozart hörte; die leise Musik war dann wie eine rote Lampe über der Tür, die man besser nicht mißachtete. Keine fünf Menschen durften dann stören, und zu denen zählte der Generalstaatsanwalt, der auf Bach schwörte, Mozart als verweichlichtes Geplätscher abqualifizierte und schon den Bach-Söhnen Verrat am Vater vorwarf. Mit solchen Urteilen hielt er nicht hinter dem Berg; Daniel Hildebrand nahm zu vielen Dingen laut und öffentlich Stellung; seinen Spitznamen «Playboy der Justiz» trug er mit Stolz. Staatssekretär und Generalstaatsanwalt konnten gegensätzlicher nicht sein, und viele, die das Ministerium nicht kannten, spekulierten deswegen darauf, es müsse Spannungen zwischen den beiden Männern geben. Jenisch und Hildebrand unternahmen nichts, diesen Irrtum auszuräumen, sie respektierten sich und spielten sich die Bälle zu. Wer versuchte, einen Keil zwischen sie zu treiben, fand sich blitzschnell vor der Tür wieder, wo er seinen Karriereknick bejammern durfte.

Freitag, der 13. Jenisch wußte sich von Aberglauben so weit entfernt wie von Sentimentalität. Der Ärger war nicht heute entstanden, sondern nur aufgebrochen.

«Der dritte Fall, Herr Jenisch», beschwerte sich Hildebrand gelassen. «Etwas viel für meinen Geschmack.»

«Sie haben alle Akten bekommen?»

«Ja.»

«Dann wissen Sie ja, daß wir etwas auslöffeln, was andere eingebrockt haben.»

«Sicher! Mir ist auch klar, daß Sie im Moment auf zwei Schultern tragen, weil Tönnissen seine Polizei nicht im Griff hat.»

Jenisch schwieg und erwiderte Hildebrands Blick mit amüsiertem Spott. Was sein Generalstaatsanwalt gefolgert hatte, traf nur zur Hälfte die Wahrheit, aber den fehlerhaften Teil konnte er im Moment nicht berichtigen. Hildebrand würde es schon verstehen. Eine Minute verstrich, bis Hildebrand leise auflachte und seine Pfeifenutensilien aus den ausgebeulten Jackentaschen hervorkramte. Er zählte zu den Auserwählten, die das Privileg besaßen, in diesem Zimmer rauchen zu dürfen.

«Na schön, Herr Jenisch. Der Reihe nach. Peter Cordes. Aus medizinischer Sicht kein Fremdverschulden nachzuweisen. Herzstillstand, möglicherweise nach einem Schreck.»

«Nach einem schlechten Scherz.»

«Für den einiges spricht, nach den polizeilich festgestellten Umständen.»

«Zweifellos, Herr Hildebrand.» Jenisch verzog das Gesicht, aber das konnte auch mit der Pfeife zu tun haben, die Hildebrand genußvoll stopfte.

«Dann dieser Türke, der da im Hotel erstochen wurde.»

«Der Generalbundesanwalt beruft sich auf 142a, Nummer 3 GVG. Mit der Sache haben wir nichts zu tun.»

«Vorläufig nicht.»

«Richtig. Aber das ist das Schöne am Gerichtsverfassungsgesetz, daß man ...»

«... schieben kann. Ich will ja auch gar nicht aus Ihnen herauslocken, wer mit Karlsruhe telefoniert hat.»

«Wenn ich's wüßte, würde ich's Ihnen sagen.»

Hildebrand hielt einen Moment inne und sah den Staatssekretär erstaunt an: «So weit oben?»

«Ja.»

«Wer hat denn da solchen Mist gebaut?»

«Unser früherer, von eigener Hand dahingeschiedener Innenminister.»

«Und der Misthaufen liegt auf Tönnissens Hof?»

«Direkt vor der Tür zum Altenteil, ja.»

«Ach du meine Güte! Ja, dann! Na schön, die freiheitlich-demokratische Grundordnung trägt und erträgt auch einen toten

Türken. Dann fällt diese verunglückte Geschäftsfrau auch in diesen Bereich?»

«Sagen wir lieber: Sie ist auf ebendiesen Misthaufen gestürzt.»

«Mist ist aber weich, Herr Jenisch.»

«Es sei denn, der Bauer hat die Gabel stecken lassen.»

«Na prima! Dann kann ich ja beruhigt nach Hause fahren.»

Jenisch lächelte dünn: «Sie sind genauso beunruhigt wie bei Ihrer Ankunft. Staatssekretär Tönnissen kann noch nicht offen reden, das akzeptiere ich, und weil ich ihm vertraue, mache ich das Spiel mit. Aber gefallen tut's mir nicht.»

«Das müssen Sie mir nicht erklären.» Hildebrand war ernst geworden. «Und mir paßt sowenig wie Ihnen, daß wir wieder einmal für die Herren Politiker die Kastanien aus dem Feuer holen. Was meistens mit einer vorzeitigen Versetzung in den Ruhestand belohnt wird.»

Zum erstenmal schien Jenisch ehrlich erheitert. «Umgekehrt wird ein Schuh daraus. Nach einer Reihe solcher Rettungsaktionen gewinnt der Gedanke an einen vorzeitigen Ruhestand eine gewisse Attraktivität.»

«Einverstanden. Dann hätten Sie endlich mal Zeit, Johann Sebastian Bach kennenzulernen.»

XIX

Mit Petras Wasserleiche waren sie gut beschäftigt. Anja hatte sich die Bilder mit einer Ruhe angeschaut, die Sartorius mißfiel, so abgebrüht mußte ein Mädchen – eine junge Frau nicht sein. Andererseits konnte er auch nicht wünschen, daß sie pausenlos in Ohnmacht fiel. Ein wenig tröstete ihn, daß sie kurz vor Mittag in sein Zimmer kam, die Kanne mit dem frischen Kaffee abstellte, sein Fenster weit aufriß und mit der ihr eigenen Empörung urteilte: «Einen schönen Beruf haben Sie sich da ausgewählt, Chef.»

«Stimmt, Anja, ich hab mich auch erst für die Mordkommission entschieden, als mir vertraglich zugesichert wurde, daß für mich ständig frischer Kaffee gekocht wird.»

«Genau darüber müssen wir reden, Chef. Erstens kriege ich 32 Mark von Ihnen, für Kaffee und Filtertüten, und zweitens beantrage ich eine Zulage als Hilfsköchin, Geschirrspülerin und Kellnerin.»

«Aha.»

«Die Personalvertretung meint auch, ich würde ausgebeutet.»

«Oh, die Personalvertretung. So weit bist du schon gegangen?»

«Sie sollen mich nicht mehr duzen, die Zeiten sind vorbei.» Dabei stemmte sie beide Fäuste in die Seite und stampfte mit einem Fuß auf. Anja war eines der selten gewordenen Mädchen, das luftige, bunte Kleider tragen konnte und darin besser aussah als in der weiblichen Standarduniform Jeans und Hemdchen. Besonders, wenn das Röckchen wippte.

«Was lachen Sie so?»

«Wie heißt er denn?»

«Wie heißt wer?»

«Der junge Mann, der sich gerade um dich bemüht.»

Prompt wurde sie rot: «Das geht Sie nichts an! Er sagt aber auch, ich sollte mir nicht alles gefallen lassen.»

«Er ist ja nur eifersüchtig auf mich!»

«Eifersüchtig! Hach!» Sie wedelte mit beiden Händen und brauste voller Entrüstung aus dem Zimmer. Eifersüchtig! Was diese Männer sich einbildeten!

Sein knurrender Magen wollte gerade über alle Erfahrungen mit der Kantine siegen, als das Telefon klingelte. Eine schüchterne Staatsanwältin Heike Saling hauchte: «Können Sie offen reden, Herr Sartorius?»

«Ja, sicher, natürlich», entgegnete er verblüfft.

«So, dann will ich Ihnen was verraten. Ich soll Sie – Auftrag von oben – dienstlich rüffeln.»

«Was? Weshalb denn das?»

«Weil Sie entgegen einer dienstlichen Anweisung den Fall Peter Cordes weiterverfolgen.»

«Wie kommen Sie denn darauf?»

«Sie sind gestern in der Alfachem gewesen und haben dort – wörtliches Zitat – ‹herumgeschnüffelt und gestänkert›.»

«So, hab ich das?» fragte er gedehnt. Seine Gedanken wirbelten durcheinander, Heike Saling war im Moment weit weg, das konnte doch keiner wissen, bis jetzt hatte er darüber keine Zeile zu Papier gebracht – und endlich schaltete er. Mein Gott, was war er blind gewesen!

«He, Herr Sartorius, schlafen Sie nicht ein!»

Ihre Stimme brachte ihn in die Gegenwart zurück. «Nein, ich bin hellwach.»

«Ausgeschlafen genug, ein Geheimnis für sich zu behalten?»

«Doch, ja.»

«Rüffeln soll ich Sie. Aber den Anlaß für den Tadel soll ich Ihnen verschweigen – strikte Anweisung!»

Jetzt atmete er tief durch: «Frau Saling, Sie haben bei mir einen Gefallen gut, einen größeren, als Sie sich vorstellen können.»

«Wenn Sie sich da mal nicht irren!» Sie kicherte, halb erleichtert, halb nervös. «Ich bin nicht so dumm, wie ich aussehe.»

«Welche Antwort erwarten Sie darauf?»

«Keine ehrliche. Ein schönes Wochenende, Herr Sartorius.»

«Danke, für Sie auch, Frau Saling.»

Seine Hochstimmung verflog, als er die Kantine betrat und Petra in ein eifriges Gespräch mit der Hauptkommissarin Ulrike Hansen vertieft sah. Bei der Organisierten Kriminalität war eine Hauptmeisterstelle frei, nachdem der Mann seinen Kommissarslehrgang bestanden und sinnigerweise als stellvertretender Leiter einer Kriminalwache auf das vierte Revier versetzt worden war. Petra hatte, wie ihm erst jetzt auffiel, kein Wort mehr über ihre berufliche Zukunft verloren.

Wütend reihte er sich in die Schlange vor der Essensausgabe ein. Heringsfilets mit Apfel-Zwiebel-Mayonnaise. Mahlzeit! An den Konservierungsstoffen würde er bis Mitternacht wiederkäuen.

Freitag, 13. Juli, später Nachmittag

Tönnissen wappnete sich mit Geduld. Im Laufe der Jahre hatte er akzeptiert, daß er sein Geld auch damit verdiente, Ärger zu ertragen und Schwierigkeiten zu beseitigen. Trotzdem wäre er gern gegangen. Seit ein paar Stunden knallte die Sonne auf diese Seite des Innenministeriums, es war wieder so warm und stickig geworden, daß alle Welt für das Wochenende ein Gewitter herbeisehnte. Die schweren Vorhänge machten das Zimmer zwar dunkler, aber nicht wirklich kühler. Und sein Garten brauchte Feuchtigkeit. Im vorigen Herbst hatte er Wassertonnen neben seinem Haus aufstellen lassen, drei Stück, in der Höhe gestaffelt und jeweils mit Überläufen. Der Dachdecker hatte die Einleitung der Regenrinnen verlegt, so daß ein Großteil in den Tonnen gesammelt wurde. Inzwischen betrachtete Tönnissen seine abendlichen Märsche mit der Gießkanne als Sport, wobei er teils über sich schmunzelte, teils über das, was seine Nachbarn von ihm denken mochten. Nun ja, das mußte also warten, bis der Herr Oberst zu Potte gekommen war. Hardthöhe; er konnte sich schon denken, was dieser schneidige Typ von ihm wollte. Volles Lametta, die Bügelfalte scharf genug, um damit Kommißbrot zu schneiden; den mißbilligenden Blick seines Besuchers auf die dicke Zigarre hatte er genau registriert. Der Knabe erweckte ganz den Eindruck, als könne er jedem Wehrpflichtigen im Gelände noch was vormachen, und die ihm wohl angeborene naßforsche Art hatte man ihm mühsam auf dem Stabslehrgang abgewöhnt. Andererseits – wenn sein unerwünschter Gast nicht darauf bestanden hätte, mit ihm zu sprechen, wäre jetzt noch ein Mensch mehr in diese häßliche Geschichte eingeweiht. Jede Medaille hatte eben zwei Seiten.

«Es ist eine etwas heikle Mission, Herr Staatssekretär.»

Oha! Heikel! Aus Grigoleits Aktennotiz wußte er, daß der Vertreter des MAD bei der Besprechung am Montag einiges nicht geschnallt hatte, aber doch klug genug gewesen war, sich nachträglich zu informieren. Mit dem Erfolg, daß der Herr Oberst aus dem Verteidigungsministerium ihm nun einen unsittlichen Antrag unterbreiten würde.

«Uns ist zu Ohren gekommen, daß Ihr Haus federführend an einer Entwicklung beteiligt ist, die auch uns interessieren würde.»

Du meine Güte, das war eine Lüge im Kasinoton! Als ob die Brüder in Uniform nicht schon viel früher Wind von der Sache bekommen hätten! Er seufzte und legte voller Bedauern die Dannemann in den Aschenbecher.

«Einen Moment bitte, Herr Oberst! So, wie Sie es formulieren, ist es nicht ganz korrekt. Deswegen erlauben Sie mir bitte vier Bemerkungen, die ich nicht näher erläutern kann. Erstens handelt es sich um eine rein zivile Entwicklung, die strengster Geheimhaltung unterliegt, ich bin nicht befugt, irgendwelche Auskünfte zu erteilen. Zweitens läge eine mögliche militärische – ahem – Applikation außerhalb unserer Verantwortung und außerhalb unseres Einflußbereiches. Drittens steht es nach noch nicht abgeschlossenen Prüfungen halbe-halbe, es sind – hm – Probleme aufgetreten, die eine Weiterverfolgung des Projekts äußerst zweifelhaft erscheinen lassen. Viertens war von Anfang an bestimmt, daß sich alle Minister vorbehalten, über die Einführung zu entscheiden.»

Der Oberst lächelte höflich. Solche Sprüche hörte er oft, der alte Knabe wollte nicht, das war die Botschaft, wenn man seine gestelzten Sätze auf das Wesentliche reduzierte. Was nicht viel zu bedeuten hatte, höchstens, daß der ganz kleine Dienstweg damit versperrt wurde, sie schlimmstenfalls also Zeit verloren.

Tönnissen las die Gedanken seines Besuchers wie in einem offenen Buch. Er war deshalb nicht beleidigt, aber der Herr Oberst sollte nicht glauben, daß er sich nur pro forma weigerte.

«Der Minister verfolgt das Projekt mit der gebotenen Aufmerksamkeit. Im Moment neigt er zu der Überzeugung, daß die entsprechenden Ausschüsse der Parlamente an der Entscheidung über eine Einführung beteiligt werden müssen.»

«Schon vor Abschluß der Tests?»

«Vor Abschluß aller Tests, Herr Oberst.»

«Diesen Abschluß könnten wir Ihnen ohne Aufsehen ermöglichen.»

Ja, so war das wohl bei den Soldaten. Man kam sofort zur Sache. Seine Sträucher und Wildblumen würden also auf das Gießen warten müssen, es ließ sich nicht umgehen, gleich anschließend ein paar sehr unfreundliche Takte mit den beiden Verrückten zu reden, damit sie nicht noch mehr Unheil anrichteten. Verstimmt grabbelte er nach seiner Zigarre und sagte scharf: «Da sei Gott vor! Und ich wäre Ihnen sehr verbunden, Herr Oberst, wenn Sie diese meine Bemerkung wörtlich übermitteln würden.»

XX

Das Widerlichste war der Gestank. Im Haus brütete eine schwüle Hitze, die den fauligen Geruch konservierte, obwohl Zogel gar nicht so viel Blut verloren hatte. Die Kugel war präzis in die Schläfe eingedrungen, und als sein Kopf auf die Tischplatte fiel, lag die größere Austrittswunde auf dem Holz. Das Blut hatte sich zu einer großen, flachen Lache ausgebreitet. Fliegen summten aufdringlich; Sartorius schüttelte sich.

Die Pistole befand sich an der richtigen Stelle, rechts neben dem Stuhl, fast genau unter dem herabhängenden Arm. Selbstmord, ohne jeden Zweifel, auch ohne den an die Tischlampe gelehnten Brief mit der Aufschrift «Herrn Hauptkommissar Sartorius». Die Haustür war von innen verschlossen gewesen, und ohne diese kleine Freche, die geschellt hatte und dann um das Haus herumgelaufen war, hätte Zogel hier noch lange liegen können.

Hellmers trat zurück: «Ein Schuß, die Kugel ist rechts rein, links raus.»

«Und wann?»

Der Arzt schnaufte unglücklich: «Mensch, Paul, du weißt doch – meinetwegen. Um die 48 Stunden.»

«Also Mittwoch abend etwa.»

Das Projektil hatten sie schon gefunden. Keine Spuren eines gewaltsamen Eindringens, sie hatten die Verandatür aufbrechen müssen. «Okay, dann fort mit ihm.»

Ungeduldig winkte er zwei Leuten und deutete auf den Brief. Für alle Fälle mußten sie Fingerabdrücke sichern, obgleich der Füllhalter und der Schreibblock direkt vor dem Kopf des Toten lagen. Scheißspiel! So hatte er sich das Ende nicht vorgestellt.

Isa Dittrich wartete in der Küche und blickte Sartorius mehr aufgeregt als erschüttert entgegen. Hauptzeugin in einem Selbstmordfall, hach, wer hätte an so was je gedacht? Als sie über ihre Lippen leckte, mußte er sich beherrschen, um ihr nicht eine zu scheuern. Ein kleines Hürchen, darauf verwettete er seine Pension, das sein süß-unschuldiges Aussehen gezielt einsetzte. Bewußt grob tönte er sie an: «Du kennst also Hajo Zogel?»

«Ja, natürlich.» Sie zirpte und ahnte nicht die Gefahr, in der sie schwebte, wenn sie seine Geduld weiter strapazierte.

«Wann hast du ihn zuletzt gesehen?»

«Am Mittwoch, nach dem Dienst.»

«Und wo?»

«Hier im Haus.»

«Und warum?»

«Er hatte mich eingeladen. Es gab Champagner.»

«Soso, Champagner. Und das war alles?»

«Nein, nein», widersprach sie gekränkt. «Danach haben wir gebumst. In seinem Schlafzimmer.»

«Wie alt bist du eigentlich?»

«Sechzehn.» Gekonnt senkte sie den Kopf, er hatte schon die Faust geballt und mußte erst heimlich bis zehn zählen.

«Bist du freiwillig mit ihm ins Bett gegangen? Oder hat er dich gezwungen?» Ein listiger Blick streifte ihn, und deshalb drohte er: «Sag lieber die Wahrheit! Wir kriegen doch alles heraus. Ich weiß auch schon, wo ich mich erkundigen muß.»

Ihre giftige Miene amüsierte ihn. «Freiwillig.»

«Aha! Freiwillig. Deine große Liebe, was?»

«Er hat mir zweihundert Mark geschenkt.»

Ein hübscher Euphemismus. «Und warum bist du heute hierher gekommen?»

«Weil er gestern und heute nicht in seinem Büro war. Seine Sekretärin hat mir erzählt, der OB hätte ihn am...»

«Der wer?»

«Der Oberbürgermeister. Der hätte Hajo am Mittwoch fristlos rausgeschmissen, aber davon hatte er mir am Abend nichts erzählt. Deshalb wollte ich ihn heute besuchen.»

Seine Backenmuskeln mahlten. Richtiger war wohl, daß sie wieder Geld brauchte, aber sie war gewitzt genug, die Naive zu spielen. Und dazu minderjährig, nein, vorerst wollte er ihr alles abkaufen.

«Er hat aber nicht aufgemacht, und da bin ich ums Haus herumgelaufen, bis ich in das Zimmer sehen konnte. Und dann hab ich die Polizei alarmiert.»

«Na schön, deine Anschrift haben wir, du kannst gehen. Wir sprechen uns noch.»

Plötzlich rollten zwei Tränchen aus den weit aufgerissenen Augen: «Herr Kommissar, meine – meine – Eltern – müssen die alles erfahren?» Sie war auf dem Stuhl so weit nach vorn gerutscht, daß sie gleich herunterfallen würde. Und das kurze Röckchen hatte sich so unglücklich verklemmt, daß er zwischen den Schenkeln das Weiß ihres Slips gar nicht übersehen konnte.

«Das entscheidet das Jugendamt!» blaffte er sie an. Dieser Zogel war nicht nur ein Schwein, sondern auch ein vollendeter Hornochse. Wie konnte er nach Ilonka Bertrich auf dieses Mädchen hereinfallen? Erst ein Kind, dann eine – eine –, die auf kindlich machte, daß ihm übel wurde.

Ihre Miene verzerrte sich jäh zu einer häßlichen Grimasse, aber ihr Schutzengel hielt sie davon ab, ihm das an den Kopf zu werfen, was ihr schon auf der Zunge lag. Als sie hinausschwebte, schüttelte sie wütend die Hand der Polizistin ab, die auch mehr Mitleid als Durchblick besaß.

Der Brief war mit der Hand geschrieben.

«Sehr geehrter Herr Sartorius, ich scheide freiwillig aus dem Leben. Die Pistole ist mein Eigentum, Sie finden den Waffenschein im Schreibtisch. Bevor ich abdrücke, muß ich Ihnen etwas gestehen, eine Tat, die mich seit Monaten verfolgt, die ich nicht länger ertragen kann. An Silvester wollte ich Blumen kaufen, in unserer Gärtnerei an der Feuerwiese. In den Gewächshäusern traf ich

Ilonka Bertrich, wir haben natürlich miteinander gesprochen, und ich habe sie, fast mehr aus Scherz als ernsthaft, zu mir eingeladen. Sie kam, und ich habe ihr Champagner angeboten, den sie nicht kannte. Ich schwöre Ihnen: Ich wußte nicht, daß sie nichts vertrug, ich habe sie nicht absichtlich betrunken gemacht, aber als sie mich dann fragte, ob sie sich ausziehen sollte, habe ich ja gesagt. Ich bin ins Schlafzimmer gegangen und habe auf sie gewartet und habe sie endlich gesucht, weil sie nicht kam. Sie müssen mir glauben: Ich habe sie nicht gezwungen und nicht angerührt, sie hatte sich erbrochen und lag tot im Badezimmer. Ich bin nicht in Panik geraten, ich habe Stunden im Haus gesessen, bis es dunkel wurde, und dann habe ich Ilonka in den Kesterwald gebracht. Ihre Kleider habe ich später in fremde Mülltonnen geworfen.

Wenn ich mich nicht entschlossen hätte, mein Leben zu beenden, würde ich versuchen, Ihnen meine Gründe zu erklären. Aber das ist jetzt bedeutungslos geworden. Die Stunden neben der toten Ilonka im Haus waren zuviel für mich, ich habe versagt und meinen Job verloren, um den ich so lange gekämpft habe. Wegen meiner Karriere hatte ich Ilonka heimlich weggeschafft, aber die Erinnerung war stärker als mein Wille. Als mich der Oberbürgermeister am Mittwoch fristlos vor die Tür setzte, war mir alles egal. Nur deshalb habe ich Isa eingeladen, sie hat auch mit mir geschlafen und sich hinterher ganz offen zweihundert Mark genommen. Sonst bekäme sie nur die Hälfte, aber ich könnte es mir ja leisten, und sie freute sich auf das nächte Mal. Daß ich auf eine kleine Hure hereingefallen bin, hat mir den letzten Stoß versetzt, mir die Augen endgültig dafür geöffnet, daß ich ein Idiot, ein Schwächling, ein Versager bin, der verantwortlich ist für den würdelosen Tod des einzigen Mädchens, das je zu mir gesagt hat: Ich liebe dich. Nein, ich kann nicht mehr und ich will nicht mehr. Ihr Hans-Joachim Zogel.»

Stumm faltete er die Blätter zusammen und schob sie in den Umschlag zurück. Ein verdammt bitteres, kurzes Resümee eines verpfuschten Lebens. Den Lebenden hatte er gehaßt, der Tote weckte sein Mitleid, sogar etwas Schuldgefühl, weil er geglaubt hatte, er müsse einen Gewissenlosen aufspüren, nicht einen

Schwachen, der unter der Last zusammenbrach. Neben ihm räusperte sich Noack und zog so genußvoll wie pietätlos die Nase hoch: «Ich werd doch wieder gläubig!»

«Häh?» Der riesige Oberkommissar war ihm nicht sympathisch, aber in der Schutzpolizei hatte Noacks Wort Gewicht, und selbst auf der Teppichboden-Ebene des Präsidiums überlegte man es sich reiflich, bevor man sich mit dem Funktionär der Gewerkschaft der Polizei anlegte oder auch nur Streit anfing.

«Wenn die Not am größten, ist die Hilfe am nächsten.»

«Wie meinst du das?»

«Weißt du nicht, wer das ist?» Verächtlich deutete er auf die Zinkwanne, die eben von zwei Männern hinausgetragen wurde.

«Zogel? Nein.»

«Er ist – er war Jochkamps Neffe.»

«Der Neffe unseres Präsidenten?»

«Unseres Noch-Präsidenten.» Noack gurgelte vor Hohn, seine Bronchien rasselten. «Ich kann diesen Fatzke nicht riechen.»

«Deine Partei hat ihn auf den Sessel gehievt.»

«Kein Widerspruch. Wie heißt es doch: Freund-Gegner-Feind-Parteifreund. Na, an dieser Nuß wird er noch zu knacken haben.»

Sartorius verkniff sich jeden Kommentar. Mit Politik hatte er nichts am Hut, und was ihn an dieser Verwandtschaft wirklich interessierte, sprach Stunden später Petra aus: «Jochkamp konnte jederzeit an deine Akte Ilonka Bertrich herankommen. Vieles, was du über den Unbekannten spekuliert hast, traf auf seinen Neffen zu, und vielleicht ist ihm auch Zogels verändertes Benehmen aufgefallen.»

«Glaubst du, er hat interveniert?»

«Warum nicht? Woher sonst konnte Zogel wissen, daß du ihn verdächtigt hast?» Sie lag auf dem Bauch, den Kopf auf beide Fäuste gestützt, und wippte mit den Füßen. Gelenkig war sie, und als er sie in den Po kniff, begann sie: «Paul, zweihundert für einen...»

«Petra!» Solche Wörter mochte er nicht, was sie genau wußte.

«Es würde mein Gehalt wesentlich aufbessern und dich rasch ruinieren.»

«Von wegen!» brauste er auf. «Mein Bett kostet dich auch

zweihundert pro Nacht, oder glaubst du, ich schlafe aus reiner Begeisterung auf der Couch?»

«Ach, und ich ziehe mich kostenlos aus?» Lachend rollte sie sich auf den Rücken. «Du darfst meinen Busen küssen, das kostet dich allerdings noch eine Flasche Wein.»

XXI

Sie fuhren recht spät los; mitten in der Nacht hatte sie ihn unsanft geweckt: «Du produzierst ruhestörenden Lärm – oh, ah, nein, was fällt dir ein...»

Beim Frühstück hatte sie seinen Blick gemieden, und nachdem er sich auf der Autobahn eingefädelt hatte, murmelte sie scheinbar aus heiterem Himmel: «Ich habe mit Ulrike Hansen gesprochen, in der OK ist eine Hauptmeisterstelle frei. Sie will meine Bewerbung unterstützen.»

Danach schwiegen sie, bis er in Brikow vor dem «Rhönhotel» bremste. «Du mußt dich jetzt entscheiden, Petra. Wenn alles so abläuft, wie ich mir das vorstelle, kriegst du höchstens noch einen Posten in der Registratur.»

«Abwarten!» wischte sie seine Warnung beiseite.

Sie stellten nur ihre Sachen auf dem Zimmer ab, das er gestern telefonisch vorbestellt hatte, und fuhren nach Kastenitz weiter. Das «Industriegebiet» war heute, am Samstag, so verlassen wie am vorigen Sonntag; zu seinen Erklärungen nickte sie nur. Langsam schlichen sie Richtung Osten, und er zeigte auf die Villa am jenseitigen Hang: «Da wohnt sie.»

«Wieso bist du so sicher, daß sie heute alle kommen werden?»

«Sicher bin ich nicht. Aber die Zeit drängt, ich habe sie alle wissen lassen, daß ich mir über die Alfachem und Kastenitz ein paar Gedanken mache, die über den Fall Peter Cordes weit hinausreichen.»

Sie brummelte zustimmend und lachte plötzlich auf: «Wenn dich diese Regine Urban nicht in dem Gewitter aufgegabelt hätte...»

«... hätte ich etwas länger gebraucht.»

«Da urteilt der Allwissende!» spottete sie. «Gib doch zu, du hast sie für Inge Wortmann gehalten, Braunecks Freundin.»

«Stimmt. Bis sie in der Nacht diesen – diesen Tanz mit der nackten Lesbe veranstaltet hat.»

An der Baustelle wendete er, sie starrte lange Zeit geradeaus und seufzte endlich verstohlen. Im Hotel wachten sie gleichzeitig auf und blieben stumm nebeneinander liegen. Als er nach ihr tastete, hielt sie seine Hand fest: «Bitte nicht, Paul.»

Kurz nach sechs zog sie sich um, dunkle Hosen, dunkler Pullover, dunkle Laufschuhe. Fernglas, Funksprechgerät mit Voice scrambler, ein zweiter, voll geladener Akku-Pack, Taschenlampe, Gassprühflasche gegen Hunde und andere Belästiger – das SEK besaß viele schöne Dinge, die es ausgesprochen ungern auslieh; er hatte eine Menge Süßholz geraspelt.

«Viel Glück, Petra!»

«Ebenfalls! Sei vorsichtig!» Ganz leise schloß sie die Tür hinter sich. Ab jetzt war sie auf sich gestellt. Sie sollte den Wagen in der Nähe der Villen-Einfahrt verstecken und versuchen, auf das Gelände zu kommen, um zu melden, was auf der Straßenseite der Villa geschah. Er mußte die Dämmerung abwarten, bis er jenseits des Baches den Hang bis zum Zaun der Villa unbemerkt hinaufsteigen konnte. Wenn heute nichts geschah, dann morgen oder übermorgen, er hatte Zeit und noch mehr Geduld, und wenn die anderen Akteure Polizisten wären, wüßten sie, daß er sich nicht so einfach abschieben ließ. Aber sie konnten sich Härte nur als Kraftmeierei vorstellen und verachteten deswegen Zähigkeit.

Eine Stunde später trieb ihn die Unruhe auch hinaus. Am Bachufer entlang führte ein Fußweg bis nach Kastenitz, auf der hochgelegenen Straße hörte er nur selten Autos vorbeirauschen. Die wenigen Menschen, denen er in Kastenitz begegnete, beachteten ihn nicht. Östlich des Ortes, auf der Höhe des Sägemühlenwehres, gabelte sich der Weg, ein Pfad hielt sich nahe am Bach, der andere stieg an und führte auf eine Gruppe von Bäumen zu. Dort stand eine verwitterte Bank, von der aus er unbehindert den Talgrund und den jenseitigen Hang bis zur Villa beobachten konnte.

Ungeduldig steckte er sich eine Zigarette an, die verdammte Sonne wollte einfach nicht untergehen, obwohl es in den langen Schatten spürbar kühler wurde. Immer wieder schaute er durch das Glas und hätte beinahe die Gestalt übersehen, die unten über den Steg lief; sie trug eine weiße Bluse, weiße Jeans und weiße Schuhe. Die hüftlangen schwarzen Haare hatte sie mit zwei roten Schnallen zu einem festen Strang zusammengeklammert, der bei ihren weiten, energischen Schritten von einer Seite auf die andere pendelte. Den weißen Fleck konnte er auch ohne Glas mühelos verfolgen. Auf der anderen Seite des Baches hielt sie sich zuerst nach rechts, bog dann nach links ab. Der kaum erkennbare Trampelpfad führte schräg hoch, direkt auf den Zaun zu, der das Villen-Gelände umgab. Trotz ihres Tempos brauchte sie zwanzig Minuten, ein paar Meter lief sie am linken Zaun entlang, blieb dann stehen und verschwand plötzlich hinter den Büschen, die auf dieser Seite des Grundstückes die Einfriedung verdeckten. Also ein Gartentor. Nach dreißig Sekunden erschien sie wieder an der linken Hausseite, streckte eine Hand aus und trat ins Haus.

«Danke, Mädchen», murmelte er und schaltete das Funksprechgerät ein: «Petra, hörst du mich?»

«Ja, ich höre dich. Ich bin auf Position und kann die Haustür und die Garagen überwachen. Die Tore sind offen, drin steht ein Mercedes, das Kennzeichen kann ich leider nicht lesen.»

«Gut. Eben hat die schwarzhaarige Lesbe das Haus betreten. Die Tür befindet sich an der von dir aus gesehen rechten Schmalseite.»

«Okay!»

«Ich mach mich dann auch auf den Weg.» Die Dunkelheit glitt jetzt wie lautlos fließendes Wasser in das nach Westen offene Tal. Er lief so rasch, wie er konnte, und geriet auf dem Hang bald ins Schwitzen. Seine Lungen begannen zart zu stechen, er keuchte und schwor sich wieder einmal, die Anzahl der Zigaretten zu halbieren. Außerdem war es wirklich nur ein schmaler Pfad durch hartes, hohes Gras, uneben und bucklig, genau das Richtige, um umzuknicken und mit geschwollenem Knöchel weiterzuhumpeln. Notgedrungen ging er langsamer und lauschte irritiert auf die ungewöhnliche, bedrohliche Stille.

Als er die Zaunecke erreichte, summte das Funksprech. «Autoscheinwerfer, Paul – jetzt biegt der Wagen in die Einfahrt.» Eine Minute blubberte es leise im Lautsprecher. «Zwei Männer steigen aus, nach deiner Beschreibung können es Althus und Fanrath sein. Ein heller BMW mit Stuttgarter Kennzeichen, JK 3902... Eine Frau öffnet die Haustür, läßt sie eintreten, die drei kennen sich.»

«Gut, ich bin am Zaun. Ende.»

Tatsächlich, ein nicht verriegeltes Törchen, es schwang lautlos auf. Hinter der dicken, aber nicht sehr hohen Ligusterhecke hockte er sich auf den Boden und inspizierte das Haus. In dem großen Zimmer, das er kannte, brannten alle Lampen, die meisten Gardinen waren nicht vorgezogen, und vier Türen zur Veranda standen halb offen. Die anscheinend nicht sehr breite Terrasse war mit einzelnen Sträuchern und Büschen von der geneigten Rasenfläche abgetrennt; gleich hinter dem Zaun fiel das Gelände steiler zum Tal hinunter ab. Links von ihm führten Stufen zur Nebentür, durch die das Mädchen eingetreten war. Alles in allem keine vorteilhafte Lage. Neben dem Törchen hockte er zwar im tiefschwarzen Schatten, verstand aber nicht, was im Haus gesprochen wurde. Andererseits fiel so viel Licht auf die Terrasse und den Rasen, daß er dort jederzeit durch einen dummen Zufall entdeckt werden konnte. Es sei denn – wenn er die schmalen, doch langen Schattenkeulen der Sträucher am Rande der Terrasse ausnutzte – für Winnetou sicherlich ein Kinderspiel – doch für einen in Ehren steif gewordenen deutschen Hauptkommissar – leise ächzend legte er sich flach und begann zu kriechen, erinnerte sich im letzten Moment daran, den Lautstärkeregler des Funksprechs auf «Leise» zu schieben, das fehlte noch, Petras laute Stimme aus dem Nichts... der Rasen wollte kein Ende nehmen. Als ihm die ersten Zweige des angepeilten Busches über den Kopf schabten, mußte er ein lautes Schnaufen unterdrücken. In seinen Ohren rauschte es stetig.

«… schick endlich die Schlampe weg!» Die herrische, zornige Männerstimme übertönte sogar das sanfte Brausen.

«Norbert, ich verbitte mir…» Eine Frauenstimme, häßlich vor Empörung.

«Du kannst später machen, was du willst, aber jetzt haben wir etwas zu besprechen.»

Ein anderer Mann mischte sich ein: «Bitte, Regine, wir haben keine Zeit…»

«Ich geh ja schon!» Eine vierte Stimme, wahrscheinlich die Schwarzhaarige.

Fünfzehn Sekunden später bemerkte er einen hellen Schimmer an der linken Hausecke, die Schwarzhaarige in der weißen Kleidung sprang die Stufen zum Gartentörchen hinunter und schmetterte es lautstark ins Schloß. Vor Schreck hatte er die Luft angehalten, bis ihm klar wurde, daß sie ihn in seiner schwarzen Kluft nur mit Eulenaugen bemerken konnte.

«So, und was machen wir jetzt?» Der erste, herrische Mann – das mußte Althus sein. Fanrath hatte eine etwas dunklere Stimme.

«Das weiß ich doch nicht! Das müßt ihr entscheiden!» Sie wehrte sich. «Hier läuft alles nach Plan. Ich habe keinen Bockmist gebaut.»

«Was willst du damit andeuten?»

«Nichts! Gar nichts! Wollt ihr die Bücher sehen? Wir machen sogar Gewinn.» Ihr Lachen klang eine Spur zu schrill, um echt zu sein. «Und die Produktion ist angelaufen, die ersten zehn Ladungen sind schon unterwegs.»

«Mein Gott, Regine, niemand macht dir einen Vorwurf.»

«Dazu habt ihr auch nicht den geringsten Anlaß! Aber bei euch geht alles schief. Was ist mit meiner Schwester passiert?»

«Du mußt mir glauben, Gine, wir wissen es nicht. Im Krankenhaus läßt man uns nicht in Angelas Zimmer, wir haben nicht die geringste Ahnung.» Fanrath sprach leiser als sein Kompagnon, müde, fast schleppend, bei aller äußeren Ähnlichkeit schienen sie doch zwei sehr verschiedene Temperamente zu sein. «Das macht ja alles so – so kompliziert.»

«Ihr habt alles kompliziert, nur ihr. Wer wollte denn einen Kunden suchen, einen, wohlgemerkt? Wer hat den Hals nicht vollbekommen?»

In diesem Moment pfiff das Funksprech ganz leise.

«Ja?» flüsterte er in das Mikrophon.

«Zwei Autos biegen in die Auffahrt ein – jetzt halten sie vor der Haustür – sieben, nein, acht Männer steigen aus – sie klingeln –»

Das Schellen hörte er sogar hinter seinem Busch.

«Wer ist das?» bellte Althus.

«Keine Ahnung», stammelte Regine Urban.

«Erwartest du Besuch?»

«Nein – nein...»

Wieder schrillte die Klingel.

«Los, wer immer es ist, wimmele ihn ab!» befahl Althus.

«Ja – ja – mach ich!» sagte sie, und in derselben Sekunde schrie Petra unterdrückt auf: «Paul, die Kerle haben MPs in den Händen – und jetzt biegen andere Autos in die Einfahrt ein, ohne Licht, drei, vier Wagen – ein Dutzend Männer, um Himmels willen, mit Helmen – auch MPs, Paul, das ist ein MEK, Vorsicht...»

Der Rest ihrer gekreischten Meldung ging in einem Inferno unter, das wie der Blitz aus heiterem Himmel losbrach, so laut und brutal, daß sein Gehirn den Dienst verweigerte. Überall schienen plötzlich Schüsse zu peitschen, Maschinenpistolen ihr tödliches Stakkato in die Luft zu knattern. Männer schrien und brüllten unverständliche Befehle, übertönt vom Krachen einzelner Detonationen, dann Schmerzensschreie, ein dumpfes Wummern, das sogar die Mauern erzittern ließ, abgelöst vom widerlichen Belfern der Maschinenwaffen, Glas splitterte, ein unmenschlich hohes Jaulen vergurgelte plötzlich, eine Kanone donnerte los, nein, eine explodierende Blendgranate, der Blitz schnellte über das Tal. Rufe, Brüllen, Krachen, scharfes Knallen und grelles Reißen, noch einmal übertönte eine Explosion alles, das Haus schien in der Helligkeit zu verglühen, dazwischen immer wieder Schüsse, einzeln und in Salven, plötzlich wurde es stockdunkel, alle Lampen und Lichter waren erloschen, für lange Sekunden verstummte der Lärm, bis eine Männerstimme einen Befehl schrie. Erneut tackerten die Maschinenpistolen, als solle nun ein Krieg entfesselt werden, neue Schmerzensschreie – und so unvermittelt, wie er begonnen hatte, hörte der Höllenlärm auf. Pfeifende, heulende Geräusche entfernten sich, verstummten, und die nervenzerrende Stille endete mit Stöhnen und Wimmern.

Eine Ewigkeit war verstrichen, als er leise Schritte mehr ahnte als hörte. Dann Stimmen, direkt vor ihm, sie mußten ihn doch sehen, sie waren höchstens einen Meter von seinem Kopf entfernt...

«Scheiße, sie sind weg!»

«Alle?» Der zweite Mann atmete schwer.

«Einen Toten haben sie zurückgelassen. Und einen Schwerverletzten, der schafft's nicht mehr.»

Sartorius wagte nicht, tief durchzuatmen.

«Und unsere Verluste?»

«Ein Schwer-, vier Leichtverletzte.»

«Verflucht, das darf doch alles nicht wahr sein.»

«Wer konnte denn damit rechnen, daß die sofort losballern?» Der Mann verteidigte sich und mußte dazu seine Wut beherrschen.

«Was ist mit der Frau?»

«Sie hat einen Splitter in den Oberarm bekommen. Und eine Kugel scheint in der Schulter zu stecken.»

«Na prächtig! Wie soll ich das nur erklären?» Der Einsatzleiter keuchte. «Okay, sammeln Sie alles ein, wir rücken ab. Die Verletzten zum Einsatzkommando, bestellen Sie Hubschrauber.»

«Paul! Paul, hörst du mich?» flüsterte das Funksprechgerät.

Eine fürchterliche Sekunde lang starb er vor Angst.

«Was war das?»

«Was meinen Sie?»

«Da hat doch jemand geflüstert.»

«Wo? Wer?»

Sein Gehirn war tot, vereist, verfault, nicht er, sondern seine Finger suchten automatisch nach dem Schalter des Geräts. Das Klicken dröhnte in seinen Ohren wie ein Donnerschlag, in Wahrheit übertönt von einem dumpfen Poltern im Haus, gefolgt vom Krachen zersplitternden Porzellans.

«Quatsch, Sie hören Gespenster. Passen Sie lieber auf, daß Ihre Leute nicht wie die Vandalen hausen!»

«Z'Befehl!» Der Mann schnarrte vor Ärger, dumpfe Schritte entfernten sich, der andere zischte: «Schießwütige Vollidioten!» Danach leichtere Schritte über die Terrasse Richtung Haus, ihm wurde übel vor Erleichterung.

«Abrücken!» kommandierte jemand. «Laßt das Haus stehen. Den Toten mitnehmen.»

Vorsichtig hob er den Kopf. Die Dunkelheit war abenteuerlich, in der Villa strichen Lichtflecken hin und her, dumpfe Schläge, die Männer ließen ihre Wut und Erbitterung am Mobiliar aus. Er hob das Funksprech vor den Mund und rückte den Schalter auf «Ein»: «Petra?»

«Paul, was ist passiert?»

«Später. Bleib in deinem Versteck, bis ich dir sage, daß wir verduften können.»

«Ich hab Angst», wimmerte sie.

«Ich auch! Das ist ein Befehl: Nicht bewegen, bevor ich es dir erlaube. Stell das Funksprech auf ganz leise und halte es fest ans Ohr. Keine Meldung mehr! Und werde bloß nicht nervös, es kann noch Stunden dauern. Alles verstanden?»

«Ja... aa.»

«Bis dann.»

Einiges sprach schon dafür, daß es sich um ein Mobiles Einsatzkommando handelte. Bei dieser Ballerei, diesem Feuerzauber nur ein Schwerverletzter – die MEK-Leute besaßen ausgezeichnete Panzerwesten. Und auch ausgeklügelte Kommunikationsmittel, er wollte nicht riskieren, daß jemand ein verwürfeltes Gespräch auf einer der üblichen Frequenzen empfing. Trotzdem hatten die harten Burschen nicht mit diesem bleihaltigen Empfang gerechnet. Obwohl sie die ersten Besucher der Villa offenkundig beschattet hatten.

Nach zehn Minuten hörte er regen Verkehr auf der anderen Seite des Hauses, Autos kamen und fuhren wieder ab. Die Nacht trug den Schall sehr weit, viele Kilometer entfernt klatschten Hubschrauber-Rotoren; erst jetzt bemerkte er, daß Sterne ungerührt auf ihn herunterfunkelten. Als endlich Ruhe einkehrte, war sie falsch und täuschungsvoll; er wagte nicht, sein Feuerzeug anzuknipsen und auf die Uhr zu schauen. Jetzt stieg auch die Kälte in seinem Körper hoch, manchmal klapperten seine Zähne.

Petra hatte den gefährlicheren Part. Sie brauchten sein Auto, sie mußten außerdem damit rechnen, daß die Männer bei Tageslicht zurückkommen würden; spätestens dann mußte der Wagen aus der Nähe der Villa verschwunden sein. Vielleicht hatten sie eine Wache zurückgelassen... langsam robbte er sich zu dem Tor, öffnete und schloß es im Zeitlupentempo. Erst auf dem Hang wagte er zu funken: «Petra?»

«Endlich!» Sie schluchzte fast.

«Ich kann dir jetzt nicht helfen. Geh zum Auto und fahr Richtung Hotel. Wenn du unterwegs angehalten wirst, mach keine Dummheiten. Sag den Leuten, wer du bist und sonst gar nichts.»

«Okay!» Waren das Tränen, die ihre Stimme erstickten?

Man konnte sich auch an Sternenlicht gewöhnen, trotzdem schlich er wie ein Wackelgreis den Hang hinunter und atmete erleichtert auf, als er den festen Weg erreichte. Auf dem Steg über das Wehr blieb er stehen und lauschte neidvoll dem friedlichen Glucksen des Wassers. Er war eine Stadtpflanze, ohne Zweifel, aber angesichts der sternenhellen Nacht mit ihren gleichmäßigen Geräuschen beschlich ihn das bohrende Gefühl, etwas zu versäumen, sich für die falschen Dinge zu engagieren. Nicht wegen des Rechts oder der Gerechtigkeit hatte er die Recherchen im Fall Cordes fortgesetzt, das behauptete er denen gegenüber, die ihn daran hindern wollten. In Wahrheit hatten diese Eingriffe ihn persönlich gekränkt. Wie der unwürdige Tod der Ilonka Bertrich. Paul Sartorius, das Maß aller Dinge, der letzte Grund aller Taten! Das Wasser blubberte hämischen Beifall.

Gleichmäßig marschierte er durch Kastenitz, die Leere bedrückte ihn nicht mehr, und die beiden Autos an der Einmündung der Stichstraße zum «Industriegebiet» ließen ihn kalt. Auf dem Rest des Weges begleitete ihn der Bach mit seiner verstohlenen, eigenwilligen Sprache, die er nicht jedem offenbarte. Bis zum «Rhönhotel» in Brikow brauchte er insgesamt zwei Stunden.

Petra wartete schon vor dem Hotel auf ihn, lief ihm entgegen und warf sich in seine Arme. Zärtlich wickelte er ihre Haare um die Finger und schämte sich, daß er da oben in seiner Angst ihre Angst vergessen hatte.

XXII

Überhaupt nicht ausgeschlafen tappten sie gegen neun Uhr in das Frühstückszimmer, wegen des Gähnens ständig mit einer Hand vor dem Gesicht. Das Büffet war reichlich, für seine Gewohnheiten sogar üppig, der Kaffee wurde sofort gebracht, und als er dann im schwach besetzten Raum herumschaute, blieb ihm der Bissen im Halse stecken. In der Ecke gegenüber hatte der große, breitschultrige Jugoslawe oder Italiener mit dem prachtvollen Schnauzbart Platz genommen, der ihm im Haus Lauxenstraße Nr. 77 aufgefallen war, weil er es allem Anschein nach auf Britta Martinus abgesehen hatte – bis Sartorius ihn verscheuchen konnte. Der Riese hatte ihn sofort wiedererkannt, fixierte ihn in höhnischer Wut und sagte etwas zu seiner Begleiterin, die ihnen den Rücken zukehrte und sich jetzt umdrehte. Der hüftlange schwarze Zopf folgte träge der Bewegung, das war seine Lesbe in Weiß, die ihm gestern unfreiwillig den Weg über den Hang zur Villa gewiesen hatte. Ein schmales, mageres Gesicht, in dem sich die Schädelknochen wie bei einem Totenkopf abzeichneten. Aber ihre dunklen Augen glühten vor Haß, sie kehrte sich wieder um, tuschelte mit dem Riesen, sprang auf und verließ das Zimmer.

Unbehaglich aß er weiter, Petra hatte das Intermezzo hinter ihrem Rücken nicht bemerkt. Minuten später kam die Schwarzhaarige zurück. Die weite Jeans-Latzhose konnte ihr Untergewicht nicht kaschieren, sie erinnerte an ein wandelndes Skelett. Entschlossen rückte er seinen Stuhl, damit er nicht in ihre Richtung schauen mußte.

Petra kämpfte sich systematisch durch den vollen Teller. Auch sie hatte vor 24 Stunden zum letztenmal etwas gegessen und stopfte nun Löcher; ihm hatte das merkwürdige Paar den Appetit verschlagen; er kaute lustlos und grübelte, was den Riesen und das Skelett verbinden mochte. An Zufälle wollte er nicht mehr glauben, nicht in diesem Fall.

«Hast du was?» murmelte Petra.

«Nein, ich fürchte nur, daß der Ärger jetzt erst richtig losgeht.»

Darin hatte er sich nicht getäuscht. Als er die Tür zu ihrem Zimmer aufklinkte, drehte Monika Karutz nur flüchtig den Kopf und packte ungerührt ihre Koffer weiter.

«He, was fällt Ihnen...» Petra spannte sich vor Zorn, doch dann räusperte sich jemand hinter der Tür und schnitt ihr das Wort ab; sie wirbelte herum, die Hand zum Kantenschlag bereits hochgerissen, aber der Pistolenlauf, genau auf ihren Magen gerichtet, ließ sie mitten in der Bewegung erstarren. Der Mann betrachtete sie so aufmerksam wie gleichgültig; Sartorius ahnte, daß er ohne Zögern abdrücken würde. Wegen des Schalldämpfers war der Schuß schon im Nebenzimmer nicht mehr zu hören, sie waren zwei Profis in die Hände gefallen. Petra wurde blaß und trat einen Schritt zurück, stieß gegen ihn; er legte einen Arm um ihre Taille: «Zwecklos, Petra.»

Der Mann nickte zustimmend. Monika Karutz ließ die Kofferschlösser zuschnappen und blaffte hörbar verärgert: «Sie haben's zu weit getrieben, Herr Sartorius. Jetzt werden Sie ein paar Tage unsere Gäste sein müssen. Ihre Autoschlüssel und -papiere bitte! Kommen Sie freiwillig mit?»

«Bleibt uns eine andere Wahl?»

«Sicher, unfreiwillig. Also los!»

Stumm gab er ihr Schlüssel und Papiere; sie nahm beide Koffer und die Plastiktüten mit der Ausrüstung: «Nichts vergessen? – Bezahlt ist schon, dann also bitte unauffällig auf den Parkplatz.»

An der Rezeption lehnte sich der Riese auf die Theke und redete laut mit der Schwarzhaarigen in einer fremden Sprache, die Sartorius nicht kannte.

Beim Anblick des hellgrauen Autos seufzte er, kein Kleinbus, sondern eine dieser Großfamilien-Kutschen mit schräger Schnauze. Die mittlere Sitzreihe war ausgebaut, Platz hatten sie also im Überfluß, und daß alle Scheiben, auch das Trennglas zur Fahrerbank, undurchsichtig waren, nur eine diffuse Helligkeit durchließen, überraschte ihn nicht; jemand verschloß von außen die Türen. Der Wagen hatte eine beachtliche Beschleunigung, und wer immer am Steuer saß, verstand sein Handwerk, fuhr schnell und zügig, in manchen Kurven jaulten die Reifen leise auf. Petra hatte sich mit steinernem Gesicht in eine Ecke gedrückt, erst nach einer halben Stunde fragte sie unvermittelt: «Weißt du, wohin wir gebracht werden?»

«Nein. Denk dran, daß wir abgehört werden.»

«Ganz recht, Herr Sartorius», schepperte der flache Lautsprecher an der Decke.

Sie fuhren vier Stunden, bergauf, bergab, langsamer über kurvenreiche Straßen, dann wieder schneller über Strecken, die Autobahnen sein konnten. Weil er es mit Profis zu tun hatte, versuchte er gar nicht, sich am Sonnenstand zu orientieren, den er an den etwas helleren Seitenscheiben erkennen konnte. Sie probten solche Entführungs- und Verwirrfahrten nicht zum erstenmal, und er vertraute dem Wort der Karutzin: Man wollte sie für einige Zeit aus dem Verkehr ziehen, nicht mehr und nicht weniger. Solange sie mitspielten, würde ihnen kein Haar gekrümmt. Die letzten Minuten rollte der Wagen deutlich langsamer, es roch plötzlich nach frischem Holz, dann rüttelte er über ein Waschbrett, daß die Stoßdämpfer wehklagten. Endlich wurden die Türen entriegelt und geöffnet, Monika Karutz rieb sich das Kreuz und sagte mit schmerzverzerrter Miene: «So, wir sind da.»

Vor ihnen lag eine zweistöckige Villa mit einem angedeuteten Portikus. Sie stammte aus dem vorigen Jahrhundert und war nur flüchtig renoviert worden. Der Rasen um das Haus war gepflegt, kurz geschnitten und saftig grün; zwanzig Meter weiter begann eine Wildnis aus Kruppelbäumchen, wuchernden Sträuchern, Dornen und hüfthohem Unkraut, alles so dicht verfilzt, daß er das Ende des Geländes nicht sehen konnte. Wortlos folgten sie den beiden ins Haus, die Treppe hoch ins Obergeschoß, den Gang nach links bis zum Ende. Eine Tür stand offen, der Begleiter stellte Koffer und Tüten ins Zimmer und verließ sie nach einem prüfenden Rundblick; draußen rasselten Schlüssel, zwei Schlösser knackten, sie waren gefangen und *incomunicado*. Petra schluckte ein paarmal, blieb aber tapfer und setzte sich aufs Bett, während er stumm ihre Zelle inspizierte.

Geräumig war sie, eingerichtet wie ein normales Hotelzimmer mittlerer Preislage, freilich ohne Telefon. Ein bis oben hin gefüllter Kühlschrank, ein großes Bad, alles sehr sauber und ein wenig altmodisch und völlig unpersönlich. Nichts deutete darauf hin, wo sie waren, der große Stapel Zeitungen und Zeitschriften enthielt kein regionales oder lokales Blatt. Zu seiner Verblüffung war das große Fenster nicht verriegelt, aber der erste Hund begann schon zu bellen, als er den Griff drehte, und während er den Flügel aufzog, fiel eine ganze Meute ein, fröhlich, häßlich, wütend, lautstark, es konnte Tote aufwecken.

«Guck dir das mal an!»

Sie trat neben ihn und lachte unwillkürlich. An die vierzig Hundeaugen starrten zu ihnen hoch, und der Besitzer dieser Meute schien es darauf angelegt zu haben, daß alle Hunderassen dieser Welt in seinen zwanzig Mischlingen vertreten waren. Da unten bellten, kläfften und wedelten unbeschreibliche Exemplare, und was ihnen an Schönheit fehlte, ersetzten sie durch Wachsamkeit. Das Aussehen konnte täuschen, aber bissig oder gar bösartig schienen sie nicht zu sein. Nur eben verflixt hellhörig. Als ein junger Mann auf den Rasen trat und zu ihnen hochwinkte, verstummte die Kakaphonie; er pfiff leise, und prompt tobte das Rudel davon.

«Sie können das Fenster ruhig offen lassen», rief der Wächter, «die Hunde geben nur Alarm, wenn sich was ändert.»

«Glauben Sie, man kann sie mit Salzstangen, Erdnüssen oder Tonic-Water bestechen?»

«Einige ja, andere nein.» Der junge Mann übte sich in Höflichkeit. «Einige sind auch Vegetarier.»

«Pech für uns!»

Nachdenklich setzte er sich in einen Sessel. Die Warnung hatte er verstanden, aber der Tonfall des Mannes gab ihm zu denken. Kein Brutalo oder Macho, auch kein Schläger oder Sadist; aller Voraussicht nach hatten sie es also mit intelligenten Typen zu tun, was seinen Plan nicht unbedingt erleichterte. Dieser verwilderte Garten war an die hundert Meter tief – er holte das Fernglas, blieb aber im Zimmer stehen. Viel konnte er nicht erkennen, am Rande der Wildnis schien es eine Art Graben zu geben. Und ganz so dicht sollte das Gestrüpp auch nicht sein, von hier oben sah es aus, als ließe sich ein Pfad durch die Ranken und Büsche bahnen. In der Ferne Felder und Wiesen, am Horizont Wald und Anhöhen. Als sie ausstiegen, hatte er einen merkwürdigen Hügel entdeckt, ganz kurz nur, Autowracks oder Schrott, und der Haufen hatte zwei Gebäude verdeckt, es konnten Fabrikhallen sein.

«Was geschieht jetzt?» quengelte sie plötzlich.

«Das hängt von den mithörenden Herren ab.»

Sie begriff sofort. «Dann solltest du eine Stunde schlafen. Es gibt kein Mikrophon, das dein Schnarchen sechzig Minuten übersteht.»

«Da wäre ich nicht so sicher, Frau Wilke», belehrte eine höfliche Geisterstimme. Er lachte und deutete auf das Bett; die Federn quietschten Protest, als sie eng umschlungen in die Kissen purzelten, und unter der Decke konnte er ihr ins Ohr flüstern, was er plante. Dabei strampelte sie und stieß undefinierbare Laute aus.

Bis zum späten Nachmittag kümmerte sich kein Mensch um sie. Die Bettlaken waren groß und fest, er drehte sie zu einem Seil zusammen, in das er mehrere Knoten knüpfte. Probeweise rüttelte er am Fensterstock. Zwei Hunde bellten sofort; Petras Gewicht würde der Rahmen auf jeden Fall aushalten, und er konnte notfalls springen. Ein Stuhl paßte mit der Lehne genau unter die Türklinke. Brennbares Material gab's, die Zeitungen und Zeitschriften, Gardinen und Vorhänge, Handtücher und das Bettzeug, zum Schluß rollte er sogar das Toilettenpapier ab. Koffer und Tüten stellte er ins Bad. Ihre Gastgeber irrten sich, wenn sie glaubten, er habe resigniert und warte geduldig ab.

Kurz vor acht Uhr hielt er das Feuerzeug an den Haufen und war erschrocken über seine Brandstifterbegabung. Mit einem der abgetretenen Läufer hatte er eine Art Dreiecks-Kamin über dem Papier geformt, es begann gewaltig zu qualmen und zu stinken, aber schon eine halbe Minute später schlugen hohe Flammen aus der Öffnung, die schnell am Schrank entlangleckten. Irgendeine Plastik an der Unterseite des Läufers emittierte ätzende Schwaden, sie mußten sich an das Fenster zurückziehen, prompt stimmten die Hunde ihr Warnkonzert an. Der Zug riß den Qualm waagerecht durch das Zimmer zum Fenster hinaus, er befestigte das Seil am Mittelstock, das anhebende Knacken, Prasseln und Zischen machte die Verständigung schon schwierig. Beängstigend schnell fing auch das hölzerne Bettgestell Feuer, eine ganze Wand schien zu brennen, die Hunde bellten sich die Seele aus dem Leib. Plötzlich verfärbte sich der Rauch, wurde tiefschwarz; er warf das Seil aus dem Fenster und boxte ihr in die Rippen. Ängstlich schwang sie sich aus dem Fenster und tastete mit den Füßen nach dem ersten Knoten, hangelte dann blitzschnell nach unten; er war bereits nach außen geturnt, als sich die brennende Wand wie unter dem Schlag einer Riesenfaust nach vorn wölbte; Petra hielt das Laken straff, den letzten Meter sprang er; oben fuhr die erste Flamme wie eine heiße Zunge in der Fensteröffnung hin und her. Die Hunde tobten, kamen aber nicht näher; aus dem Nichts waren drei Männer aufgetaucht, in dem stetig wachsenden Fauchen schienen sie lautlos zu laufen.

«Weg!» brüllte er und erwischte ihre Hand, zog sie mit sich. Sie liefen direkt auf die Meute zu, die jetzt vor Erregung und Angst wild durcheinanderwirbelte. Doch keines der Tiere machte Anstalten, sie anzufallen, alle wichen heulend aus. Zwei Männer bemühten sich, ihnen den Weg abzuschneiden, bevor sie das dichte Gestrüpp erreichten. Wie auf Kommando vollführten sie dasselbe Manöver, schwenkten auf ihre Verfolger zu und ließen sich auf die Knie fallen; Petra schrie vor Schmerzen, und auch er mußte die Zähne zusammenbeißen, so heftig war der Aufprall, aber es klappte, beide Verfolger segelten über sie hinweg zu Boden, sie schnellte hoch und landete mit beiden Füßen in den Nieren ihres Opfers, dessen Schrei den Lärm übertönte; er erwischte seinen Mann im besten Polizeigriff, ruckte mit aller Kraft und spürte, wie der Arm im oder unterhalb des Gelenks brach. Sekunden später zwängten sie sich schon durch die Wildnis von Sträuchern, Dornen, Ranken, toten Ästen, von denen sie festgehalten oder geohrfeigt oder geschlagen wurden. Es ging quälend langsam voran, so schwierig hatte er sich das nicht vorgestellt – und plötzlich wäre er beinahe in den Graben gestürzt, der doch gut zwei Meter tief war. «Springen!» befahl er, und sie gehorchte.

Unten jammerte sie plötzlich los: «Ich hab so ein komisches Gefühl, Paul.»

«Wieso?»

«Weil wir so leicht abhauen konnten.»

«Ich auch!» murrte er.

Die andere Seite des Grabens war als Rampe ausgebildet, Autos hatten keine Chance, dieses Hindernis zu überwinden. Sie drehten sich um: Dichter, fettig-schwarzer Rauch stieg hoch und verteilte sich nur träge, Flammen waren nicht zu sehen, aber über den Wipfeln flackerte es hell und unruhig. Entweder war das Haus uralt und zundertrocken gewesen – oder niemand dachte ans Löschen.

Stumm marschierten sie über das Feld auf eine kleine Baumgruppe zu. Von dort wollte er, sobald es richtig dunkel geworden war, in einem großen Bogen um die Villa herum die Straße erreichen, von der sie auf das Waschbrett-Stück abgebogen waren. Plötzlich schien es heller zu werden, und als sie sich umdrehten, schlugen hohe Flammen gen Himmel.

Da brannte nicht nur ein altes Gemäuer!

Links tauchten die dunklen Erhebungen auf, die er beim Aussteigen kurz gesehen hatte. Zwei Rechtecke, die tatsächlich Fabrikhallen sein konnten, und ein unregelmäßig gezackter Hügel, vielleicht ein Schrotthaufen, vielleicht eine Abraumhalde. Der Rauch verbreitete sich jetzt nach allen Seiten.

Sie warteten hinter den Bäumen, bis die Dunkelheit herabsank. Nirgendwo die typischen Lichtstreifen von Autoscheinwerfern. Das Feuer fiel langsam in sich zusammen.

«Also los! Links neben diesen Hallen muß es eine Straße geben.»

Ihr Tempo hatte sich verringert, auf dem unebenen Boden

konnten sie leicht stolpern. Die Schatten verschwammen, wurden verschluckt, mit der Entfernung hatte er sich jedenfalls grandios verschätzt. Und dann erhob sich ein klatschender, brummender Ton, den er sofort erkannte.

«O Scheiße, Hubschrauber», fluchte er.

«Die können uns doch nicht mehr sehen?»

«Hoffentlich nicht! Aber den Kerlen traue ich zu, daß sie Nachtsichtgeräte oder eine Infrarot-Anlage an Bord haben.» Verbissen stapften sie weiter. Der Hubschrauber kam näher, flog ohne Lichter mit ohrenbetäubendem Lärm über sie hinweg, entfernte sich. Die Schwärze war jetzt abenteuerlich, sie liefen schon mit ausgestreckten Händen; die Villa lag halbrechts, und von dort zuckte noch gelegentlich ein unruhiges Licht herüber. Der Hubschrauber schien über dem Brandort zu kreisen.

Unvermittelt wurde die Dunkelheit vor ihnen noch eine Stufe schwärzer. Ein Gebäude, langgestreckt, niedrig – Baracken? Das Holzlager? Sie waren also doch nicht geraudeaus gelaufen, sondern hatten einen Bogen geschlagen.

«Was ist das?»

«Ich glaube, ein Holzlager. Mal sehen, ob wir reinkommen.»

Die nächste Tür stand weit offen, aus dem Inneren wehte es sie kühl an, überdeckte den Gestank faulenden Holzes.

«Willst du da wirklich rein? Dann sitzen wir in einer Falle.»

So präzis hätte sie seine Sorgen gar nicht definieren müssen. Wenn er nicht irrte, lagen halblinks, zweihundert, dreihundert Meter entfernt, die Hallen und der Werkshof – die Entscheidung wurde ihm abgenommen. Links erschien ein diffuses Licht, wurde heller, jetzt hörten sie auch das Geräusch eines Motors, und als ein heller Strahl hin und her schwenkte, begriff er endlich: ein Wagen mit einem Suchscheinwerfer.

«Stehenbleiben! Nicht bewegen!» zischte er und griff nach ihrer Hand. Sie zitterte. Der Motorlärm wurde stärker, das war kein Personenauto, das mußte ein kleiner Laster sein, vielleicht ein Unimog – für Sekunden nahm es ihnen beiden den Atem. Von wegen: Suchscheinwerfer! Das war eine ganze Batterie extrem heller Lampen auf einem beweglichen Gestellt montiert, eine schrecklich lange Zeit wurde die Vorderfront der Baracke unnatürlich hell ausgeleuchtet, selbst neben der Hintertür hätten sie Zeitung lesen können. Drei-, viermal wechselten Schwärze und unerträgliches Weiß ab, dann war der Laster vorbeigedröhnt, vor seinen Augen blitzte und funkte es.

«Suchen die uns?» Sie weinte fast, das gleißende Licht war so aggressiv, drohend gewesen. Sein Mut sank. Wenn er nun falsch kalkuliert hatte, wenn die anderen nun nicht nur Zeit gewinnen wollten... Zwei Menschen waren schon umgekommen, wenn nun auch weitere Opfer gar nicht mehr zählten?

Der Lärm des Unimogs verebbte und ließ ein anderes Geräusch hervortreten, der Hubschrauber kehrte zurück, genau zu ihnen, aus dem Himmel schoß plötzlich ein weißer Strahl zu Boden.

«Rein!» schrie er; vor Schreck war sie wie gelähmt, er mußte sie die Stufe hoch in die Baracke zerren, keinen Moment zu früh, der Lichtkegel strich über die Stelle, auf der sie eben noch gestanden hatte. Sie jappsten nach Luft, das pfeifende Klatschen der Rotorblätter übertönte das Motorengeräusch, und kaum war das verklungen, jaulte der Scheinwerfer-Wagen wieder heran. Sie begann zu schreien, bis er ihr die Hand auf den Mund legte.

Wie lange dieses Katz-und-Maus-Spiel dauerte, wußte er nicht, er verlor jedes Zeitgefühl. Sie hockten auf dem Boden, Petra klammerte sich schutzsuchend an ihn und besaß zum Schluß nicht einmal mehr die Kraft zu schluchzen. Hubschrauber – Unimog – Hubschrauber – sie nagelten sie in dieser Baracke fest, solange der Treibstoff des Hubschraubers reichte. Bis dahin hatten sie einen zweiten organisiert, und er zweifelte bald, daß sie diese Lichtattacken so lange überhaupt ertragen würden; er hatte noch nie ein so gleißendes Licht gesehen, das schmerzte und selbst bei geschlossenen Lidern blendete. Keine Chance, es über die holprige Straße bis auf den Werkshof zu schaffen. Mit der Morgendämmerung würden die Suchketten anrücken, seine Rechnung war nicht aufgegangen, er hatte sie unterschätzt.

Er irrte erneut. Ohne jede Vorwarnung betäubte sie der Krach einer Explosion, die heranrollende Druckwelle erschütterte ihre Baracke, und darauf folgte ein dumpfes Platschen, ein Scheppern, das nicht enden wollte, und das widerliche Kreischen reißenden, schabenden Metalls. Eine zweite Explosion, er spürte, wie er sich aufbäumte, noch verweigerte sein Gehirn den Dienst, die konnten doch nicht mit Granaten – eine dritte Explosion, wieder diese Kaskaden von Poltern, Krachen – der Schrottplatz. Mitten in den Autowracks gingen Sprengladungen hoch, stürzten Blechstapel um, mein Gott, die glaubten doch nicht im Ernst, sie würden sich hinter dem Schrotthaufen verstecken – dann faßte eine eisige Faust zu. Er war und blieb ein Schwachkopf, zu feige, das zu Ende zu denken, was er selbst herausgefunden hatte. Was hatten sie denn noch zu verlieren? Und warum sollten sie Rücksicht nehmen? Sie murmelte pausenlos vor sich hin, er verstand es nicht, der Hubschrauber stoppte über einer Fabrikhalle, das dumpfe Plopp des Behälters, der das Dach durchschlug und auf dem Hallenboden zerplatzte, bildete er sich nur ein, aber er wußte, was die Besatzung tat. Sie waren jetzt die Versuchskaninchen, und das erste Experiment hatte ein Menschenleben gefordert.

«Raus, Petra, wir müssen raus!»

«Nein – nein – nein», stammelte sie, er riß sie gewaltsam hoch, der pfeifende, brüllende Hubschrauberlärm übertönte ihr Schreien. Direkt über ihnen... die grelle Helligkeit der Lampenbatterie, die jetzt voll auf die Baracke gerichtet war, blendete ihn, ihr Widerstand kostete wertvolle Sekunden, dann stolperte sie, schlug lang hin, er taumelte weiter, auf den Ausgang zu, und nur die Angst vor dem unvermeidlichen Geräusch ließ es ihn hören, das Platzen der morschen Dachpappe, der satte Aufschlag des Kanisters. Wie eine Schießbudenfigur kippte er aus der Baracke, drinnen heulte sie schrill, gellend, in Todesangst auf; er kroch auf allen vieren, hielt die Luft an, richtete sich auf und lief um sein Leben, bis es ihm die Lungen zerriß, er mußte atmen, noch hüllte ihn der Schatten der Baracke ein, noch war der Scheinwerfer des Hubschraubers direkt nach unten gerichtet, dann wurde die Dunkelheit undurchdringlich. Instinktiv streckte er die Arme aus, stieß schmerzhaft gegen Holz. Die Stapel! Er tastete sich daran entlang, nur weg von dem Gebäude. Plötzlich erloschen die hellen Lichter, der Hubschrauber entfernte sich, für lange Minuten herrschte eine lähmende Stille. Er hastete weiter. Vor ihm erschien ein matter Streifen, die Zufahrtsstraße zur Villa, dahinter der Schatten der Fabrikhallen. Irgendwo tuckerte auch noch der Unimog, aber er schien sich nicht zu bewegen. Ohne Überlegung spurtete er quer über die Straße auf den Fabrikhof. Hinter dem Dieselmotor drängte sich ein anderes Geräusch hervor, auch ein Motor, der bedrohlich hoch drehte, näher kam, plötzlich alles übertönte. Er wagte nicht stehenzubleiben; die Verstärkung rückte an – dann trat er in eine Vertiefung und segelte nach vorn, ein entsetzlicher Schmerz zuckte durch sein Knie, er schrie, bis ihm die Lunge zu platzen drohte. Wimmernd quälte er sich Richtung Halle, hinter ihm wurde es wieder hell, er tauchte in das dunkle Gebäude ein, humpelte, stolperte, kroch und lehnte sich schließlich an einen rostigen Pfeiler. Vor der Halle wurde gerufen, mehrere Männer brüllten und schrien, wieder erlosch die Helligkeit. Eine Minute plötzlich absolute Ruhe; das Geräusch heimlicher Schritte klang danach so laut wie eine Explosion. In seiner Nähe schabte Metall auf Metall.

Sartorius atmete flach und lautlos. Noch immer zuckte der Schmerz von seinem Knie hoch, sobald er das Bein rührte. Bis jetzt hatte ihn seine Regungslosigkeit geschützt, sie suchten ihn, er hörte das Scharren, das vorsichtige Tappen, aber in dieser Halle mit den vielen Trägern und Trümmern ließ sich keine Richtung ausmachen. Zwei Steine stießen aufeinander. Metall klirrte auf Metall, das war eindeutig von rechts gekommen, ein Schuh hatte ein Eisenstück gegen ein anderes geschoben. Sie alle vermieden jedes Geräusch, lauschten, hofften, daß der andere sich verriet.

Beim nächsten Ton war er nicht sicher, ob seine Nerven ihm nicht einen Streich spielten. Etwas Weiches war auf Weiches getroffen, links, keine zehn Meter entfernt. Menschen waren ganz nahe herangekommen, das spürte er, er sah sie nicht, aber er wußte, daß es viele waren. Sie kamen von links und von rechts, sie nahmen ihn in die Zange, als wüßten sie genau, daß er sich hinter dem Träger an eine verrostete Maschine preßte. Rechts erklang wieder dieses dumpf-feuchte Geräusch, und links brach ein kaum vernehmbares Scharren blitzschnell ab. Die Stille dröhnte in seinen Ohren. Über dem Dach der Halle ging eine Sonne auf, Schatten wurden sichtbar, die für Momente scharfe Konturen bekamen.

«Paß auf!» schrie eine helle Frauenstimme. «Da vorn, gleich...» Der Rest des Satzes wurde abgeschnitten, ein Schuß peitschte, begleitet von dem Surren eines Querschlägers, noch ein Schuß, dunkler, kräftiger, ein Schmerzens- oder Überraschungsgebrüll, das sofort erstickte. Schritte überall, Laufen, jemand rief: «Vorsicht, die sind alle bewaffnet.» – «Die beiden Tore bewachen!» Niemand kümmerte sich mehr um den Lärm, Gerümpel polterte um, als sei die Halle zum Leben erwacht.

Jetzt handelte er instinktiv, noch entfernten sich die Männer von ihm, das Licht über der Halle wurde stärker, viel Zeit hatte er nicht, und sein Knie würde keine lange Strecke durchhalten. Vor ihm bildete eine umgestürzte Platte ein schräges Dach, er kroch in das zweifelhafte Versteck, eine Maschinenpistole belferte los, laute Schreie, wer schoß da eigentlich auf wen? Eine Männerstimme überdröhnte den Lärm: «Los, eine Ladung rein! Ohne Rücksicht auf Verluste.»

Keine zehn Sekunden später platzte etwas mit einem schmatzenden Geräusch, er wußte es, er verlor jede Beherrschung und schnellte hoch.

XXIII

Unerträgliche Kopfschmerzen weckten ihn; sein Knie brannte wie Feuer, er stöhnte und wollte die Augen nicht öffnen, wälzte sich vor Pein hin und her. In seinen Ohren summte es immer lauter, gleich würde es ihm die Trommelfelle zerreißen.

Kräftige Fäuste packten zu, hielten ihn wie in Stahlklammern fest, er konte sich nicht mehr bewegen. Jemand machte sich an seinem Arm zu schaffen, ein Stich, er tat nicht einmal weh, und von der Stelle breitete sich wohlige Taubheit über seinen Körper aus. Als sie seine Stirn erreichte, entfernte sich das Summen, und die Müdigkeit überwältigte ihn.

Montag, 16. Juli, abends

Der Minister las langsam und konzentriert, studierte jede Zeile. Er wußte, daß seine politische Zukunft jetzt davon abhing, nichts zu übersehen, keinen eigenen Fehler zu begehen und keinen fremden zu dulden. Von denen gab es schon zu viele, der Bericht strotzte von Katastrophenmeldungen. Zwar waren die Gründe nirgends verzeichnet, aber der Profi erkannte sie mühelos: Die Sache war zu groß geworden, zu viele hatten sich aus egoistischen Motiven hineingehängt. Zu viele wußten von diesem geheimen Auftrag, nein, das ließ sich alles nicht mehr kontrollieren.

«Die spinnen doch!» murmelte der Minister und lachte wütend. «Mit Handgranaten rumzuballern. Die einzige unbegrenzte menschliche Fähigkeit ist tatsächlich die Dummheit.»

Er beruhigte sich wieder. Kratzt du nicht an meinem Stecken, kümmere ich mich nicht um deinen Dreck.

Tönnissen unterdrückte ein Gähnen. Du meine Güte, wie viele Betriebsunfälle hatte er schon ausgebügelt. Aber für den Minister war es die erste Erfahrung dieser Art, da mußte er durch, Minister absolvierten ihre Lehrzeit im Amt. Kein Grund zur Panik! Noch war nichts verloren, wenn sie ihre Trümpfe geschickt ausspielten. Außerdem waren es keine Handgranaten gewesen, sondern die neuen splitterfreien Druckladungen, kombiniert mit Blendsätzen.

«Wir ziehen den Auftrag zurück, mit sofortiger Wirkung!» entschied der Minister.

«Schon geschehen.»

«Was machen wir mit den beiden Geldgierigen?»

«Nichts.»

«Sie haben uns in der Hand.»

«Wir sie auch, Herr Minister.»

Der Minister blinzelte. Bis heute hatte er nicht herausgefunden, was sein Staatssekretär im Schilde führte, wenn er so förmlich wurde.

«Diese Zeugenaussage, die Sie eben gelesen haben, bleibt unter Verschluß. Ich habe die beiden – und diese Schwestern – wissen lassen, daß sie jederzeit mit einer Anklage rechnen müssen. Außerdem zahlen wir keinen Pfennig, nein, die werden jetzt ganz andere Sorgen haben.»

Das bedachte der Minister eine lange Minute, bevor er nickte. «Dann bleibt nur der außenpolitische Scherbenhaufen.»

«Da ist eine Menge schon wieder gekittet worden. Die Israelis waren natürlich stinksauer, als sie von dem Projekt hörten. Aber daß sie hier frei schalten und walten konnten, mit Unterstützung unserer Dienste, hat sie davon überzeugt, daß es sich um die verbrecherische Aktivität von Privatleuten gehandelt hat, daß die Regierung sofort eingegriffen hat, als sie davon erfuhr.»

«Und die arabischen Regierungen?»

«Seite 27 oder 28.» Tönnissen deutete auf den Bericht. «Wissen von nichts und sehen deshalb keinen Grund für eine offizielle Entschuldigung, würden aber nicht zögern, sie auszusprechen, sollten unsere Unterstellungen tatsächlich zutreffen.»

«Eine optimale Lösung.» Auch der Minister mußte gähnen, es war ein langer und anstrengender Tag gewesen. «Wie werden sich dieser Brauneck und seine Freundin verhalten?»

«Denen haben wir erfolgreich eingeredet, daß wir sie zu ihrem eigenen Schutz incomunicado gehalten haben.» Weil der Minister schmunzelte, setzte Tönnissen eindringlich hinzu: «Was zu fünfzig oder mehr Prozent auch zutrifft. Wir haben doch in Kastenitz erlebt, wie die – hm – enttäuschten Kunden mit Partnern umspringen, von denen sie sich getäuscht fühlen. Glauben Sie, die hätten auch nur die geringste Hemmung gehabt, einen ihrer Meinung nach störenden Zeugen zu beseitigen?»

«Wahrscheinlich nicht.» Der Minister stand auf, reckte seine verkrampften Muskeln und lächelte breit: «Herr Tönnissen, was halten Sie von einem Cognac? Zum Abschluß einer Aktion, aus der wir uns mit einem blauen Auge, aber ohne ernsthafte Blessuren hinausschlängeln?»

«Sehr viel.» Tönnissen war kein Freund harter Sachen, aber er wußte das Angebot zu würdigen.

«Dann bleibt nur noch dieser Sartorius. Der Kerl hat schon meinen Vorgänger gestürzt – okay, okay, ich weiß, das ist verkürzt und übertrieben, ganz so simpel war es nicht, aber wer bremst diesen Kohlhaas?»

«Er sich selber.»

«Wie meinen Sie das?»

«Das ist eine etwas komplizierte Geschichte.» Das Beste am Cognac war der Duft, wenn die rotgoldene Flüssigkeit in einem angewärmten Schwenker kreiselte. «Jochkamp, der neue Polizeipräsident, will aus Gesundheitsgründen zurücktreten – nein, nein, es ist so. Jochkamps Neffe hat Selbstmord begangen, unter anderem wegen des Todes eines minderjährigen Mädchens. In der Staatsanwaltschaft existiert nun eine Akte, in der Jochkamps Neffe mit diesem Todesfall in Verbindung gebracht wird...»

«Nein!»

«... und Jochkamp hat tatsächlich seine Beziehungen spielen lassen, um die Untersuchung zu bremsen.»

«Das darf doch nicht wahr sein! Und der ermittelnde Beamte heißt Sartorius, nicht wahr?»

«Treffer!» Tönnissen trank sehr vorsichtig.

«Eine Landplage, dieser Mann.»

«Ein guter Polizist, Herr Minister.»

«Ein Sturkopf. Ein Gerechtigkeitsfanatiker.»

«Nein, viel gefährlicher. Ein Skeptiker, auch ein Spötter, wenn's not tut, zwischen allen Fronten. Von denen es, weiß Gott, genug gibt.»

Einen Moment schien der Minister ehrlich verärgert: «Ich kenne Ihre Bedenken, Herr Tönnissen, aber ich kann nicht die gesamte Polizei auswechseln.»

«Das erwartet auch keiner. Aber die Politik muß endlich aufhören, einerseits den Polizeiapparat wie eine Beute zu besetzen und andererseits die Augen vor den Fehlentwicklungen zu schließen. Diese kritischen Polizisten sind nicht die Ursache, sondern die Folge der Misere, und die Misere hat zwei Hauptwurzeln, Herr

Minister: fehlende Kontrolle und fehlende Fürsorge. Ein General gewinnt nicht das Vertrauen der Truppe, wenn er mit den Gemeinen säuft und in kritischen Situationen den Proviant in seine Küche umlenkt.» Tönnissen ließ einen Schluck auf der Zunge rollen. «Ich habe Anweisung gegeben, Sartorius reinen Wein einzuschenken. Sie können anders entscheiden.»

Der Minister starrte an seinem Staatssekretär vorbei in das mittlerweile dämmrige Zimmer. Alles, was ausgesprochen war, würde in diesen vier Wänden bleiben. Er wußte auch, daß Tönnissen loyal jede Anordnung ausführen, unter Umständen aber danach ohne jedes Aufsehen seinen Hut nehmen würde. Mit seiner kurzen Rede hatte er nicht rebelliert, sondern die Grenzen markiert, bis hierhin und nicht weiter. Es war nicht einmal ein Machtkampf, weil ja feststand, wo die Macht lag. Er konnte jetzt seinen Willen durchsetzen, mühelos Gehorsam erzwingen. Doch wer warnte ihn in Zukunft vor Fehlern und Fallstricken? Zum Beispiel bei der Auswahl eines neuen Polizeipräsidenten?

XXIV

Der Raum war klein und schmucklos eingerichtet, das Fenster stand weit offen, und die hereindringende Wärme war mit dem Duft von Blüten und frisch geschnittenem Gras beladen. Die beiden Männer betrachteten ihn ausdruckslos. Sie mochten um die Fünfzig sein und trugen ihre maßgeschneiderten Anzüge wie Uniformen. Als er eintrat, erhoben sie sich, aber außer ihren Namen «Jessen» und «Struve» und einem höflichen «Guten Morgen, Herr Sartorius» sagten sie nichts. Wer sie waren, wen sie vertraten, woher sie kamen – das alles würden sie nicht verraten, und Sartorius hatte in der stummen Minute gegenseitigen Abschätzens erkannt, daß sie solche Aufgaben nicht zum erstenmal erfüllten. Jenseits aller offiziellen Dienstbezeichnungen waren sie aufeinander eingespielte *troubleshooter* und, wenn es sein mußte, auch Ankläger, Richter und Vollstrecker.

«Schön», begann er widerwillig, «ich erzähle also meine Geschichte. Das meiste wissen Sie ja besser als ich. Die Polizei sucht seit langem nach einer Distanzwaffe, die nicht tödlich ist, keine schweren Verletzungen erzeugt, aber gewalttätige Zusammenstöße zuverlässig verhindert. Dabei ist sie auf eine, wie ich vermute, amerikanische Entwicklung gestoßen, ein Gas, das Panik erzeugt, also den Menschen, der es eingeatmet hat, zu kopfloser Flucht veranlaßt. Ich nehme an, daß dieses Gas weiterentwickelt werden mußte, damit es dem Wasser der Werfer beigemischt werden kann. Mit dieser geheimen Entwicklung wurde die Firma Alfachem beauftragt, und in der letzten Phase holte die Alfachem oder irgendein Innenministerium einen amerikanischen Fachmann namens Michael Turner zur Hilfe.»

Das Mineralwasser war eiskalt, noch immer plagten ihn ein quälender Durst und ein brennend trockener Mund.

«Die beiden Chemiker, Norbert Althus und Dieter Fanrath, hatten allerdings von Anfang an eigene Vorstellungen, und die liefen etwa so: Wenn es gelang, dieses Gas mit normalen Artilleriegranaten zu verschießen, also in den feindlichen Linien Panik zu erzeugen, mußte dieses Gas eine Art Wunderwaffe gerade für arme Staaten werden, die sich keine großen Streitkräfte leisten können. Nun ist Gas auch für den Anwender heikel. Ein Behälter fällt runter, zerbricht, und die eigene Truppe geht in Panik stiften. Oder sie muß dauernd mit hinderlichen und vor allem auffälligen Gasmasken arbeiten. Deswegen der Versuch, die eigentliche Substanz in zwei Komponenten zu zerlegen, die jede für sich harmlos ist. Das Gas entsteht erst, wenn sich beide Komponenten unter dem Druck oder der Hitze der Granatenexplosion verbinden.»

«Eine gute Erklärung binärer Waffen.» Der Linke nickte gelangweilt.

«Mit dieser binären Entwicklung waren Althus und Fanrath erfolgreich. Um nicht aufzufallen, verlegten sie die Produktion einer Komponente nach Kastenitz, in ein kleines Werk, das normalerweise sogenannte Naturfarben herstellt. Als Geschäftsführerin holten sie Regine Urban, die Stiefschwester von Angela Wintrich, die in gleicher Funktion bei der Alfachem tätig ist.»

Wieder mußte er einen Schluck trinken.

«Jetzt muß ich spekulieren. Althus und Fanrath waren so sehr mit der binären Waffen-Version beschäftigt, daß sie für das Gas, das die Polizei bestellt hatte, kaum Zeit fanden. Bis die deutschen Auftraggeber ungeduldig wurden und Michael Turner zur Hilfe riefen.»

«Im großen und ganzen korrekt», bestätigte der Rechte.

«Würden Sie mir die Unkorrektheiten erläutern?»

«Nur als wahrheitsgemäße Antworten auf präzise Fragen.»

«Ah ja, ich verstehe. Nun liefen einige Dinge schief. Die Alfachem suchte Kunden für die binäre Waffe, und zwar im Nahen und Mittleren Osten. Ich vermute stark, daß Althus und Fanrath in ihrer Geldgier gleich mit mehreren arabischen Regierungen verhandelt haben und dabei so unvorsichtig vorgingen, daß der israelische Geheimdienst Wind von der ganzen Sache bekam. Israel informierte die Bundesregierung, die es sich nach der Giftgasfabrik im libyschen Rabta und der deutschen Beteiligung am irakischen Giftgas nicht leisten konnte, erneut in solch einen Skandal verwickelt zu werden. Richtig?»

«Zutreffend.» Der Linke hieß doch Jessen?

«Die zweite Panne war, daß ein Mitarbeiter der Alfachem, ein gewisser Dr. Alexander Brauneck, mißtrauisch geworden war. Trifft es zu, daß er sich mit deutschen Behörden in Verbindung gesetzt hat?»

«Ja.»

«Aber er hatte nur den Verdacht, es werde illegal eine Waffe entwickelt?»

«Ja.»

«Von dem Polizei-Gas hatte er keine Ahnung?»

«Kein Kommentar.»

«Gut, dann ändere ich meine Frage. Bei den ersten Kontakten mit deutschen Behörden ging er nur von einer Waffe, von einer binären Granate, aus?»

«Ja.»

«Danke, damit haben Sie eine Lücke geschlossen. Dann schlug der Zufall zu. Brauneck wurde von einem Nachtwächter der Alfachem gebeten, Geld aufzubewahren. Deshalb kam er an einem Tag, für den er sich eigentlich abgemeldet hatte, doch noch mal spätabends ins Werk und wurde Zeuge, wie das Gas zum erstenmal ausprobiert wurde, und zwar an diesem Nachtwächter Peter Cordes. Der alte Mann mit dem schwachen Herzen überlebte das nicht. Richtig?»

«Ja.»

«Hat Brauneck die beiden Täter Norbert Althus und Dieter Fanrath erkannt?»

«Nein.»

«Und warum nicht?»

«Die beiden Männer trugen Schutzanzüge, Tauchermasken und schweres Atemgerät, ihre Gesichter waren vollständig bedeckt.»

«Ja, das klingt logisch. Deshalb hat Brauneck auch sofort erfaßt, daß es sich um Gas handelte. Und einen entsprechenden Hinweis in seinem Labor aufgebaut. Das hat er Ihnen verschwiegen?»

«Ja.»

«Weil ihm plötzlich die Idee oder der Verdacht kam, das Gas könne in offiziellem Auftrag, also mit Billigung irgendeiner Behörde, entwickelt werden?»

«Ja.»

«Würden Sie mir verraten, was ihn auf diesen Gedanken gebracht hat?»

«Kein Kommentar.»

«Die Frage ist doch präzis gestellt, oder?»

«Kein weiterer Kommentar.»

«Na schön, es spielt auch keine große Rolle. Brauneck hat der Polizei jedenfalls nicht mehr getraut, und ich denke mir so, daß er sich über die Untätigkeit der Polizei gewundert hatte, nach dem er dort seinen Verdacht geäußert hatte, bei der Alfachem werde gegen das C-Waffen-Verbot verstoßen. Deswegen hat er in der Alfachem auch die Feuerwehr und nicht die Polizei alarmiert. Der Einsatzleiter Brandes, einer vom Stamme der Choleriker, stiftete anschließend Ärger, und die zuständigen Stellen erfüllten ganz schnell alle seine Forderungen. Daraufhin hielt zwar Brandes still, aber seine Intervention hatte viele Behörden und Stellen und Ministerien – wie soll ich sagen? – aufgescheucht.»

«Vergessen Sie den Teil der Story!» knurrte der andere, Struve. «Das fällt unter innen- oder parteipolitische Schadensbegrenzung.»

«Immerhin hat sie dazu geführt, daß man mir und meinen Leuten Knüppel zwischen die Beine geworfen hat.»

«Ohne großen Erfolg, wie ich sehe.»

«Ich lasse mich nicht gern verschaukeln.»

Die beiden Männer lächelten grimmig, entgegneten aber nichts.

«Brauneck ist geflohen, nachdem er seine Hinweise im Labor aufgebaut hatte. Genügend Bargeld hatte er, von dem Nachtwächter Cordes. Er hat seine Freundin Inge Wortmann alarmiert und seinem Nachbarn Hektor Heidenreich einen Brief mit einer weiteren Spur – dem Namen Kastenitz – geschrieben. Warum ist er nicht zur Polizei gegangen?»

«Wie Sie gesagt haben: Er hat der Polizei nicht mehr getraut.»

«Aber Sie haben Brauneck und Inge Wortmann bald geschnappt?»

«Geschnappt? – Nein.»

«Dann hat er doch bei der Polizei Schutz gesucht?»

«Ja.»

«Nachdem er einem Mordanschlag oder einem Kidnapping-Versuch entgangen war?»

«Ja.»

«Ausgeübt oder versucht von Leuten, von Ausländern, die für jene Regierungen arbeiteten, denen Althus und Fanrath die binäre Waffe angeboten hatten?»

«Ja.»

«Aha! Das erklärt vieles. Dieser Erdal Beyazit oder Dr. Georgios Paloudis arbeitete für den Bundesnachrichtendienst?»

«Nein.»

«Also für CIA und Mossad?»

Struve und Jessen wechselten rasche Blicke, dann seufzte

Struve: «Können wir diese Frage ausklammern? Aus vielen Gründen, die Sie sich ja denken können, wollten wir nicht intervenieren. Wir haben sogar höflich geschwiegen, als die Israelis sehr, sehr spät zu uns kamen und erklärten, daß sie mit ihren eigenen Leuten bei uns herumgestöbert und Kastenitz gefunden hatten...»

«Mit Hilfe dieses bleichen, dürren Mädchens mit den langen schwarzen Haaren?»

«Unter anderem, ja.»

«Ein Anlaß für diese – diese Kontaktaufnahme war der Mord an Beyazit alias Paloudis?»

«Ja.»

«Kennen Sie die Mörder?»

«Nein.»

«Aber sie vermuten, daß sie aus dem Nahen Osten stammen?»

«Wer auch immer, wir mußten eingreifen.»

«Ich vermute, Sie wollten Agentenkriege verhindern?»

«Richtig.»

«Und Sie mußten das Leben von Alexander Brauneck und Inge Wortmann schützen?»

«Das auch, ja.»

«Mir ist nicht ganz klar, warum diese Ausländer so hartnäckig nach Brauneck gesucht haben.»

«Spekulieren Sie doch mal!» Struve und Jessen grinsten.

«Nach dem – hm – Unglücksfall Cordes mußten Althus und Fanrath auf Tauchstation gehen, Zeit gewinnen. Deshalb haben sie den ungeduldigen Kunden vorgeflunkert, Brauneck wisse jetzt zuviel, solange er nicht – eliminiert sei, ginge es nicht weiter.»

«So ungefähr, ja.»

«Wahrscheinlich hofften die beiden, die ungeduldigen Ausländer würden den einzigen für sie gefährlichen Zeugen ausschalten.»

«Auch das ist möglich.»

«Dann haben Althus und Fanrath die Zeichen, die Brauneck in seinem Labor hinterlassen hatte, richtig gedeutet.»

«Anzunehmen. Die Martinus hatte keinen Grund, den beiden etwas zu verschweigen.»

«Wer hat eigentlich die Martinus beschützt?»

«Unwichtig, Herr Sartorius.»

Die Auskunft gefiel ihm nicht, aber er hatte schon gemerkt, daß Jessen und Struve immer dann mauerten, wenn er wissen wollte, wer sich auf deutscher Seite an dieser Gasaktion beteiligt hatte. Es mußten viele Stellen gewesen sein. «Das Spiel ist aber mißlungen, die Kunden wollten sich nicht länger hinhalten lassen und eine Entscheidung erzwingen, notfalls mit Gewalt, in Kastenitz, in dieser Villa. Sie waren diesen Leuten auf den Fersen, aber Sie hatten nicht mit solch einer Schießerei gerechnet.»

«Nein.»

«Seit wann hatten Sie denn diese Ausländer unter Beobachtung?»

«Seit zwei von denen Sie in Regensburg fertigmachen wollten.»

«Das heißt, Sie haben auch mich überwacht?»

«Natürlich.»

«Prost!» Struve und Jessen lächelten nur kurz.

«Michael Turner hat an dem Tag, als Angela Wintrich verletzt wurde, einen anonymen Brief erhalten. Stammte der von Brauneck?»

«Ja.»

«Mit Ihrer Zustimmung geschrieben?»

«Selbstverständlich.»

«Wo liegt das Haus, in das Ihre Leute Petra und mich verschleppt haben?»

«Das Sie abgebrannt haben, Herr Sartorius – kein Kommentar.»

«Ich habe auf der Flucht Explosionen gehört. Waren das schon diese binären Granaten?»

«Nein. Weil Sie nun mal so schön unterwegs waren, haben wir an Ihnen zwei neue Einsatzmittel ausprobiert. Immerhin haben Sie auf Ihrer Flucht zwei unserer Leute schwer verletzt.»

«Eines war dieses schrecklich grelle Licht?»

«Ja.»

«Und das andere?»

«Eine Art Sprengladung, die keine Splitter verbreitet, sondern nur eine extrem hohe Druckwelle erzeugt.»

«In der Fabrikhalle wurde aber scharf geschossen. Auf wen?»

«Auf unsere ausländischen – hm – Freunde.»

«Wie haben die das Versteck gefunden?»

«Durch Verrat in den eigenen Reihen.»

«Wenn Sie mir noch eine Spekulation erlauben – Verrat von Männern, die früher für die Staatssicherheit gearbeitet haben? Und Kontakte zur PLO besitzen? Oder besaßen?»

«Ja.»

Sie schwiegen. Sartorius wußte, daß es überall in der Polizei deswegen Unruhe gab. Viele Kollegen, gerade jüngere, wollten nicht einsehen, daß Volkspolizisten in den Dienst übernommen worden waren, an deren demokratischer Gesinnung und Vergangenheit massive Zweifel erlaubt waren. Das Argument, es gehe nicht ohne Polizei und andere Kräfte finde man so schnell nicht, überzeugte sie nicht. Ein Polizist müsse mehr aufbringen als blinden Gehorsam gegenüber Vorgesetzten und Befehlen. In diesem Punkt wiederum dachten ältere Vorgesetzte anders, denen der Begriff «demokratische Polizei» mächtig stank. Der Zank wurde weder laut noch öffentlich ausgetragen, vergiftete aber die ohnehin schlechte Atmosphäre.

«Wo ist Petra – ich meine, Frau Wilke?»

«Unverletzt, zu Hause.»

«Wirklich gesund?»

«Ja. Ein Tag Kotzen und Kopfschmerzen, aber jetzt krakeelt sie schon wieder herum und verlangt, daß man Sie sucht.»

«Und wo bin ich hier?»

«Der Ort heißt Kommerau und liegt nahe der belgischen Grenze. Ihr Auto mit allen Ihren Sachen steht vor der Tür, vollgetankt, eine Straßenkarte auf dem Nebensitz.»

«Das heißt, ich kann gehen?»

«Jederzeit.»

«Und was geschieht weiter?»

«Nichts.»

«Der Fall Cordes bleibt also ungesühnt?»

«Ja. Brauneck kann die Täter nicht identifizieren, und eine zweite, sehr sorgfältige Obduktion des Nachtwächters hat keinen Hinweis auf ein Fremdverschulden ergeben.»

«Und Erdal Beyazit respektive Dr. Georgios Paloudis?»

«Aus vielerlei Gründen möchten wir auch diesen Fall in aller Stille beerdigen.» Struve atmete schwer. «Wie übrigens auch die anderen Opfer. Alle Beteiligten schreiben ihre Verluste ab.»

Er überlegte und kam zu keinem Ende. Fast alles war geklärt – «eine Frage noch: Warum ist Britta Martinus, Braunecks Laborantin, von Ihnen überwacht worden?»

«Sie hatte den wichtigen Hinweis auf Kastenitz in aller Harmlosigkeit an Brauneck weitergegeben. Aber sie konnte jederzeit irgend etwas kombinieren, ausplaudern und damit sich und andere gefährden.»

Sartorius sah ihn lange an, sagte aber nichts. Über Monate hatte Monika Karutz ihre Nachbarin Britta bewacht, so lange wußten sie also schon, daß mit der Alfachem etwas nicht stimmte, daß dort Illegales geschah. Über Monate hatten sie nicht eingegriffen, weil sie immer noch auf ihr Gas hofften, ja, wahrscheinlich hätten sie sogar die binäre Waffe in Kauf genommen. Bis sie in die Zwickmühle gerieten, in die Zange genommen wurden. Auf der einen Seite der Kriminalhauptkommissar Paul Sartorius und der Brandrat Brandes, auf der anderen eine empörte Regierung eines befreundeten Landes und die Furcht vor einem neuen Skandal mit außenpolitischen Folgen. Doch was nutzte es, wenn er ihnen jetzt grob oder sarkastisch verdeutlichte, wie sehr ihn dieses Spiel anwiderte?

«Na schön», sagte er leise. «Jetzt will ich mal eine kleine Rede halten. Zufällig bin ich nicht nur Opfer, sondern auch Zeuge geworden, wie dieses Panikgas wirkt. Ich habe gesehen, wie Angela Wintrich sich in dieser Panik selbst verletzt hat. Lebensgefährlich verletzt. Ich stelle mir nun eine Demonstration vor, fünftausend Leute, friedliche Bürger, alte Leute, Mütter mit Kleinkindern. Mittendrin der schwarze Block, der sich plötzlich maskiert, die Helme aufsetzt und losstürmt. In dieses Getümmel schießen oder werfen oder spritzen Sie das Panikgas. Können Sie sich vorstellen, was dann passiert? Wollen Sie diese Verantwortung tragen?»

Jessen und Struve zuckten mit keiner Wimper, und vielleicht blieben ihre Gesichter eine Spur zu unbewegt. Sie näherten sich dem Kern, dem wahren Handel, dem Grund für die Auskünfte, der Schadensbegrenzung, auf die es ihnen wirklich ankam.

«Ich möchte es nicht tun.»

Jessen räusperte sich: «Das brauchen Sie auch nicht. Die Entwicklung der – hm – polizeilichen Version des Gases ist bereits abgebrochen. Unter anderem wegen der Unmöglichkeit, eine genaue Dosierung beim Einsatz zu erreichen.»

‹Wegen der Unmöglichkeit›, o ja, er kannte Amtsdeutsch, die Sache war bereits entschieden, nun mußten sie nur noch verhindern, daß ein gewisser Hauptkommissar in der Öffentlichkeit komische Geschichten verbreitete.

«Das Zeugs wird auch nicht als binäre Waffe hergestellt?»

«Nein.»

Er stand auf und stellte sich an das Fenster. Der Garten war groß und bunt, auf den freien Flächen trocknete geschnittenes Gras, und an dem kleinen Wasserbecken zankten sich zwei Amseln.

«Warum sollten Petra und ich in der Öffentlichkeit Dinge behaupten, für die es keine Beweise gibt?» murmelte er friedlich.

Eine Minute schwiegen sie gemeinsam, bis Struve auflachte: «Die Tage, die Sie bei uns verbracht haben, werden Ihnen nicht auf den Urlaub angerechnet. Ach ja, und dann sollen wir Ihnen noch ausrichten, daß sich eine Inge Wortmann, eine Britta Martinus und ein Alexander Brauneck auf Ihren Besuch freuen. Leben Sie wohl, Herr Sartorius.»

«Auf Wiedersehen», antwortete er automatisch.

«Bloß nicht!» schnappte Jessen.

«Lieber nicht!» empfahl Struve.

Horst Bieber

«**Horst Bieber** leistet sich einen Luxus. Er nimmt sich Zeit mit dem Erzählen. Viele Versuche, bei uns den Privatdetektiv-Roman zu etablieren sind gescheitert. Horst Bieber ist die Ausnahme.» Rudi Kost in «Schwarze Beute»

Fehlalarm
(thriller 3028)
Bei der Firma alfa-chem wird spät abends ein Brandalarm ausgelöst. Doch die anrückende Feuerwehr entdeckt kein Feuer, sondern die Leiche des Nachtwächters. Hauptkommissar Sartorius entdeckt bei dem Toten DM 53.000,-- in bar und nicht nur das kommt ihm merkwürdig vor...

Sein letzter Fehler
(thriller 2756)
Martina ist siebzehn Jahre jung, intelligent, tüchtig, hilfsbereit und zuverlässig - sagen die einen. Für die anderen ist sie berechnend, ehrgeizig und gerissen - jetzt liegt sie tot im Kleingartenverein...

Zeus' an alle
(thriller 2948)
Ingeborg Wendel, Landtagsabgeordnete, hält die Strafverfolgung hierzulande für viel zu lasch. Als ihre Tochter Opfer eines blutigen Einbruchs wird, will sie endlich Taten sehen...

Jede Wahl hat ihren Preis
(thriller 2820)
Für Thomas Quirt beginnt der Tag mit einer Schußwunde im Knie. Der Regierungspartei kommt dieser Anschlag auf den persönlichen Referenten des Innenministers gelegen, aber aus dem einen Fall werden zwei und nicht in jedem ist Quirt das Opfer...

rororo thriller

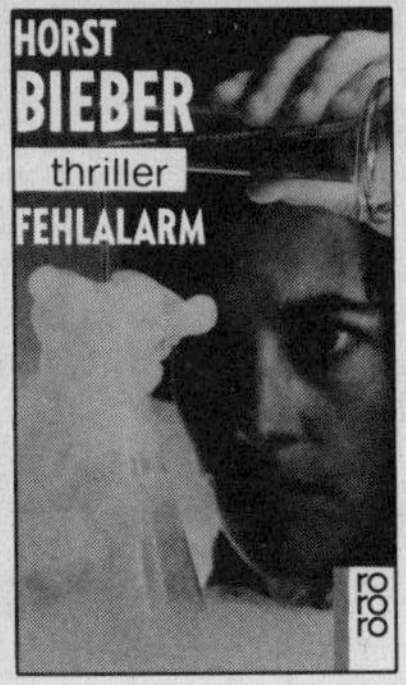

Schnee im Dezember
(thriller 2994)
Kriminalrat Wegener ist des Mordes an seiner Frau Gesine angeklagt. Das Gericht spricht ihn zwar frei, weil die Beweise nicht ausreichen, aber damit ist seine Karriere am Ende. Vom Dienst suspendiert, zieht er in das Dorf und in das Haus, in dem seine Frau seit ihrer Trennung gelebt hat. Hier sucht er Indizien, die ihn auf die Spur des Mörders führen könnten...

Jürgen Breest

«... gefragt sind sauber recherchierte, flott erzählte Geschichten, und da tun sich die Autoren offenbar nicht leicht. Um so erfreulicher ist es, wenn im Reigen altbekannter Namen ein neuer entdeckt wird: **Jürgen Breest.**»
Saarbrücker Zeitung

Der Dreckfleck
(thriller 2835)
Wer aus der Reihe tanzt, macht sich verdächtig. Daß Widmer, der Eigenbrötler, der Außenseiter alles auf sich nehmen muß, was passiert, scheint völlig klar...

In memoriam Vincent
(thriller 2892)
Diebstahl eines Gemäldes von van Gogh aus einer städtischen Kunstgalerie, bei dem fast alle falsch spielen: der Direktor, der Kunsthändler, der Dieb und seine Geliebte.
«Ein raffinierter Plot.»
Frankfurter Rundschau

Kennwort Pinguin
(thriller 2804)
«Die blitzsaubere Story eines Mannes, der an seiner Umwelt zerbricht. Ein bemerkenswerter deutscher Thriller.»
Saarbrücker Zeitung

Das Mädchen, das nicht nein sagen konnte
(thriller 2781)
«... ein leiser Krimi, kein drastischer Fetzer - eher einer, der gerade wegen seiner Alltäglichkeit, wegen seiner Harmlosigkeit für um so nachhaltigere Gänsehaut sorgt.»
Norddeutscher Rundfunk

rororo thriller

Böses Blut
(thriller 2876)
Hunderttausend Mark sind für eine Fixerin eine Menge Geld. Aber als sie hört, wie sie die Summe verdienen soll, lehnt sie erst einmal ab...

Der Spatzenmörder
(thriller 2819)
Es müssen nicht immer Profis sein. Der fünfzehnjährige Ralf Behlow bringt in der schulfreien Zeit einen Rentner um, aus Langeweile.
«Breest ist das ebenso faszinierende wie abschreckende Psychogramm eines Jugendlichen gelungen, der durch seine sinnlosen und aggressiven Aktionen eigentlich nur Aufmerksamkeit erregen will.»
Südwestpresse

Schade, daß du ein Miststück bist
(thriller 2966)

Doppeltes Leben - doppelter Tod
Ein Fall für Eike Budde
(thriller 2926)

3002/2